EDIÇÕES BESTBOLSO

Amar de novo

Danielle Steel nasceu em Nova York, em 1947. Seus livros já venderam mais de 500 milhões de exemplares em todo o mundo e são best-sellers em 47 países. Traduzida para mais de vinte idiomas, a autora publicou seu primeiro livro, *O apelo do amor*, em 1973, e se tornou conhecida mundialmente com *Segredo de uma promessa*, em 1978. Além de *Amar de novo*, a BestBolso publicou *O fantasma*, *Casa forte* e *Recomeços*.

FICÇÃO ESTRANGEIRA

Amar de novo

Danielle Steel nasceu em Nova York, em 1947. Seus livros já venderam mais de 500 milhões de exemplares em todo o mundo e são best-sellers em 47 países. Traduzida para mais de vinte idiomas, a autora publicou seu primeiro livro, O apelo do amor, em 1973, e se tornou conhecida mundialmente com Segredos de uma promessa, em 1976. Além de Amar de novo, a Best Bolso publicou O imigrante, Casa, Jóia e Recomeças.

Amar de novo

Tradução de
NEIDE CAMERA LOUREIRO

1ª edição

EDIÇÕES
BestBolso

RIO DE JANEIRO – 2015

CIP-BRASIL. CATALOGAÇÃO NA PUBLICAÇÃO
SINDICATO NACIONAL DOS EDITORES DE LIVROS, RJ

S826a
Steel, Danielle, 1947-
Amar de novo / Danielle Steel; tradução Neide Camera Loureiro.
– 1ª ed. – Rio de Janeiro: BestBolso, 2015.
12x18 cm.

Tradução de: To Love Again
ISBN 978-85-7799-352-9

1. Ficção americana. I. Loureiro, Neide Camara. II. Título.

CDD: 813
CDU: 821.111(73)-3

14-12788

Amar de novo, de autoria de Danielle Steel.
Título número 386 das Edições BestBolso.
Primeira edição impressa em dezembro de 2014.
Texto revisado conforme o Acordo Ortográfico da Língua Portuguesa.

Título original norte-americano:
TO LOVE AGAIN

Copyright © 1980 by Danielle Steel.
Publicado mediante acordo com Morton L. Janklow Associates, Inc., Nova York, Estados Unidos.
Copyright da tradução © by Distribuidora Record de Serviços de Imprensa S.A.
Direitos de reprodução da tradução cedidos para Edições BestBolso, um selo da Editora Best Seller Ltda. Distribuidora Record de Serviços de Imprensa S. A. e Editora Best Seller Ltda são empresas do Grupo Editorial Record.

www.edicoesbestbolso.com.br

Design de capa: Simone Villas-Boas sobre imagem iStockphoto.

Todos os direitos reservados. Proibida a reprodução, no todo ou em parte, sem autorização prévia por escrito da editora, sejam quais forem os meios empregados.

Direitos exclusivos de publicação em língua portuguesa para o Brasil em formato bolso adquiridos pelas Edições BestBolso um selo da Editora Best Seller Ltda. Rua Argentina 171 – 20921-380 – Rio de Janeiro, RJ – Tel.: 2585-2000.

Impresso no Brasil

ISBN 978-85-7799-352-9

*Para Beatrix e Nicholas, com todo meu amor.
E para Phyllis Westberg, com amor e gratidão.*

1

Em qualquer cidade há uma época do ano que se aproxima da perfeição. Ocorre após o calor intenso do verão, antes do inverno devastador, antes que a neve e a chuva nem sequer façam parte de nossos sonhos. Uma época que se destaca por sua limpidez cristalina, quando o ar começa a esfriar; uma época em que o azul do céu ainda é radiante, quando usar peças de lã dá um enorme prazer outra vez e quando se anda mais depressa do que se andava antes. Uma época para sentir-se vivo novamente, fazer planos, agir, ser, à medida que setembro caminha para outubro. É uma época em que as mulheres se produzem mais, os homens se sentem mais dispostos e até as crianças parecem mais animadas ao voltarem para o colégio em Paris, Nova York ou São Francisco. E, talvez, mais ainda em Roma. Todos estão em casa outra vez após os ociosos meses de verão passados tagarelando em táxis antigos desde a *piazza* até a Marina Piccola, em Capri, ou estão revigoradas depois dos banhos de mar em Ischia, com os dias ensolarados de San Remo ou até mesmo com os banhos de mar na praia de Ostia. Mas no final de setembro tudo está acabado, o outono chegou. Um mês sério, um mês lindo, quando o simples fato de se estar vivo faz um enorme bem.

Isabella di San Gregorio encontrava-se sentada tranquilamente no banco traseiro da limusine. Ria consigo mesma, os olhos escuros dançando, o cabelo preto e brilhante afastado do rosto por dois pesados pentes de tartaruga, enquanto observava os transeuntes caminharem apressados pelas ruas. O tráfego romano estava como sempre: aterrorizante. Ela já se acostumara, vivera ali toda a sua vida, exceto quando fazia visitas ocasionais à família da mãe, em Paris, e no período que passara nos Estados Unidos, aos 21 anos. Com esta idade, casara-se com Amadeo di San Gregorio e tornara-se uma espécie de lenda, a rainha preponderante da alta-costura romana. Naquele reino ela era uma princesa de nascença, e com o casamento tornara-se algo mais, porém sua fama fora conquistada pelo talento e não apenas por obter o nome de Amadeo. Amadeo di San Gregorio era o herdeiro da Casa de San Gregorio, o tabernáculo da alta-costura italiana, o pináculo do prestígio e do gosto requintado na eterna competição internacional entre as mulheres de recursos e aspirações colossais. San Gregorio – palavras consagradas para mulheres consagradas, e Isabella e Amadeo, as palavras mais consagradas de todas. Ele em toda sua magnificência florentina loura, de olhos verdes, herdou a casa aos 31 anos; ela, neta de Jacques-Louis Parel, o rei da alta-costura parisiense desde 1910.

O pai de Isabella era italiano, mas sempre tivera prazer em dizer à filha que tinha certeza de que ela possuía sangue totalmente francês. Isabella tinha sentimentos franceses, assim como suas ideias e seu estilo, e herdou o gosto impecável do avô. Aos 17 anos já sabia mais a respeito da alta-costura do que a maioria dos homens do ramo aos 45. Estava em seu sangue, em seu coração e em seu espírito. Isabella possuía um dom excepcional para o design, talento para lidar com cores e conhecimento a respeito do que combinava e o que não combinava, resultado dos estudos que fazia nas coleções do avô ano após ano. Quando finalmente, com cerca de 80 anos, ele vendeu a Parel para uma firma americana, Isabella jurou que jamais o perdoaria.

É claro que o perdoou. Contudo, se ao menos ele houvesse esperado, se tivesse sabido... Porém, por outro lado, ela teria vivido em Paris e jamais conheceria Amadeo, como ocorrera ao instalar seu pequeno ateliê em Roma, aos 22 anos. Foram necessários seis meses para seus caminhos se cruzarem, seis semanas para seus corações determinarem o que seria do futuro deles, e apenas mais três meses para que Isabella se tornasse a esposa de Amadeo e a luz mais brilhante nos céus da Casa de San Gregorio. Um ano depois, ela tornou-se a estilista-chefe, um cargo que qualquer profissional daria a vida para obter.

Era fácil invejar Isabella. Uma mulher que tinha tudo – elegância, beleza, uma coroa de sucessos que usava com a mesma desenvoltura com que punha um chapéu Borsalino, e o tipo de estilo que ainda faria um salão inteiro parar para olhá-la. Isabella di San Gregorio era uma rainha em todos os sentidos e ainda havia mais. O riso fácil, o súbito lampejo dos diamantes engastados nos magníficos olhos de ônix; o modo de saber o que havia por trás do que as pessoas diziam, quem eram, por que eram, o que eram, o que não eram e o que sonhavam ser. Isabella era uma mulher cheia de magia num mundo maravilhoso.

A limusine diminuiu a velocidade em meio à confusão do vasto tráfego próximo à Piazza Navona, e Isabella recostou-se sonhadora no banco e fechou os olhos. O som agressivo e atordoante das buzinas era reduzido pelas janelas fechadas do carro, mas seus ouvidos há muito estavam acostumados com os ruídos de Roma para que isso a perturbasse. Gostava do burburinho, crescera naquele ambiente, aquilo fazia parte de cada fibra do seu ser, exatamente como o ritmo acelerado do seu trabalho. Seria impossível viver sem isso. Razão pela qual jamais deixaria sua vida profissional inteiramente, apesar de ter ficado um pouco afastada no ano anterior. Quando Alessandro nascera, cinco anos antes, o trabalho era tudo para Isabella: a coleção de primavera, a ameaça de espionagem de uma empresa rival, a importância de desenvolver uma coleção *prêt-à-porter* a fim de exportar para os Estados Unidos, a sensatez de incluir roupas masculinas em suas coleções, além de cosméticos, perfumes e sabonetes. Interessava-se por tudo. Não conseguira abrir mão disso, nem mesmo pelo filho de Amadeo. Era sua força vital, seu sonho. Porém, à medida que os anos foram passando, começou a sentir algo lhe roendo por dentro com maior intensidade, um anseio, uma solidão, quando chegava em casa às 20h30 e o filho já estava dormindo, posto na cama por outras mãos que não as suas.

– Isso a aborrece, não é? – Amadeo ficara observando-a enquanto ela se sentava pensativa na poltrona de cetim cinza, colocada num ângulo perfeito no canto da sala de estar.

– O quê? – Ao responder parecia distraída, cansada, aborrecida.

– Isabellezza... – Ele sempre a fizera sorrir quando a chamava assim. Desde o princípio, era assim que a chamava. – Fale comigo.

Ela sorrira timidamente e deixara escapar um longo suspiro.

– Estou falando.

– Eu perguntava se a aborrece muito não ficar aqui com o menino.

– Às vezes. Não sei. É difícil explicar. Passamos... passamos momentos adoráveis juntos. Aos domingos, quando tenho tempo. – Uma pequena lágrima brotara de um de seus olhos, de uma tonalidade escura maravilhosa, e Amadeo estenderalhe os braços. Prontamente, ela lançara-se a eles e sorrira através das lágrimas. – Sou uma louca. Tenho tudo. Eu... por que essa maldita babá não o deixa acordado até chegarmos?

– Às dez da noite?

– Ainda não são dez horas, são apenas... – Consultara o relógio com irritação, percebendo então que ele estava certo. Deixaram o escritório às oito horas, passaram pela casa do advogado, onde ficaram cerca de uma hora, pararam mais um "minuto" para dar um beijo em sua cliente americana favorita em sua suíte no Hassler e então... dez horas. – Droga.

Tudo bem, é tarde mesmo. Mas normalmente estamos em casa às oito e ele nunca está acordado. – Lançara um olhar para Amadeo, que rira gentilmente ao aconchegá-la nos braços.

– O que quer? Uma daquelas crianças que as estrelas de cinema levam aos coquetéis quando ainda nem completaram 10 anos? Por que não tira mais tempo de folga?

– Não posso.

– Você não quer.

– Quero sim, eu realmente quero... não, não quero. – Ambos riram. Era verdade. Ela queria e não queria. Queria estar com Alessandro, para não deixar passar aquilo tudo, para não vê-lo de repente com 19 anos e ela não ter aproveitado a infância dele. Vira acontecer isso a muitas mulheres com carreiras. Elas pretendem, aproximam-se do seu intento, querem e jamais conseguem. Acordam numa bela manhã e seus filhos já não estão mais ali. As idas ao zoológico, ao cinema, aos museus, que nunca aconteceram, os momentos que pretenderam compartilhar; porém, os telefones estavam sempre tocando, os clientes aguardando. Os grandes acontecimentos. Isabella não queria que isso acontecesse com ela. Quando o filho era apenas um bebê isso não tinha importado tanto. Mas agora era diferente. Ele completara 4 anos e já sabia quando não a via por mais de duas horas em três dias, sabia quando ela não estava lá para buscá-lo na escola ou quando ela e Amadeo passavam várias semanas ocupados, fazendo planos para a próxima coleção a ser exportada para os Estados Unidos.

– Você parece infeliz, meu amor. Quer que eu a demita? – Para assombro de Amadeo e dela própria, Isabella assentira com a cabeça. – Sério mesmo? – Havia uma expressão de choque nos olhos dele.

– De certa forma, sim. Deve haver um meio para que eu possa trabalhar menos e estar aqui um pouco mais também. – Olhara para o esplendor de sua *villa*, pensando no filho que não vira o dia todo.

– Vamos pensar a respeito, Bellezza. Acharemos uma solução.

E acharam. Era perfeita. Durante os últimos oito meses ela fora a consultora-chefe das criações da Casa de San Gregorio. Tomara as mesmas decisões de sempre, e em cada detalhe havia sua presença. O toque inconfundível de Isabella ainda podia ser distinguido em cada criação que a San Gregorio lançava. Mas ela própria retirara-se do mecanismo do negócio, dos problemas espinhosos do cotidiano. O que significou sobrecarregar ainda mais o estimado diretor, Bernardo Franco, e contratar outro estilista para encarregar-se das etapas intermediárias entre as ideias de Isabella e o produto final. Mas tudo estava funcionando perfeitamente. Agora Isabella tinha um horário flexível. Participava das principais reuniões. Estudava tudo cuidadosamente com Amadeo um dia por semana. Dava uma passada inesperada na Casa sempre que tinha um compromisso, mas, pela primeira vez, sentia que era de fato a mãe de Alessandro também. Eles almoçavam no jardim. Levou-o à escola pela primeira vez. Levava-o ao parque e ensinava-lhe versos infantis em inglês e cançõezinhas divertidas em francês. Ria com ele, corria com ele e o empurrava no balanço. Isabella tinha o melhor dos mundos. Um trabalho, um marido e um filho. E nunca se sentira tão feliz. Demonstrava isso na luz que dançava em seus olhos, na maneira como se movia, ria e se apresentava quando Amadeo vinha para casa. Demonstrava nas coisas que dizia aos amigos ao deleitá-los com as histórias das últimas realizações de Alessandro: "E Deus do céu, como aquele menino desenha!" Todos achavam divertido. Principalmente Amadeo, que desejava vê-la feliz. Ele ainda a adorava, após dez anos de casados. Na verdade, mais do que nunca. E a Casa prosperava, apesar da ligeira mudança na administração. Isabella não conseguia ausentar-se por completo. Simplesmente não era seu estilo. Sua presença era sentida em toda parte. O som de sua voz assemelhava-se ao eco de um perfeito brinde de taças cristal.

A limusine parou no meio-fio enquanto Isabella lançava um último olhar para as pessoas na rua. Gostava do que as mulheres estavam vestindo naquele ano. Sensual, mais feminino. Lembranças das coleções antigas do avô. Um visual que a agradava muito. Ela própria desceu do carro em um vestido de lã cor de marfim, cujo drapeado perfeito era formado por um mar de pequeninas pregas impecavelmente executadas. Os três longos fios de enormes pérolas pendiam-lhe do pescoço precisamente na direção do decote suavemente ondulado, e sobre o braço trazia uma jaqueta curta de visom cor de chocolate, um abrigo de pele criado especialmente para ela em Paris pelo peleteiro empregado anteriormente por Parel. Mas Isabella estava apressada demais para vesti-lo. Queria discutir com Amadeo alguns detalhes de última hora da coleção americana, antes de ir ao encontro de uma amiga para o almoço. Consultou o relógio de ouro sem mostrador em seu pulso, onde uma safira e um diamante flutuavam misteriosamente em sua superfície, indicando aos conhecedores apenas a hora exata. Eram 10h22.

– Obrigada, Enzo. Sairei cinco para o meio-dia. – Segurando a porta com uma das mãos, ele tocou o quepe com a outra e sorriu. Era fácil trabalhar para ela atualmente, e ele gostava dos frequentes passeios de carro com o menino. Ele o fazia lembrar de seus próprios netos, sete dos quais viviam em Bolonha e os outros cinco em Veneza. Ele os visitava de vez em quando. Mas seu lar era Roma. Exatamente como era o de Isabella, apesar de a mãe dela ser francesa e de ter passado um ano nos Estados Unidos. Roma fazia parte dela, nascera ali, tinha de viver ali, morreria ali. Ele sabia o que todo italiano sabia: o romano não se dispunha a viver em nenhum outro lugar.

Enquanto caminhava resoluta pela calçada em direção à pesada porta preta na fachada antiga, lançou um olhar para a rua, como sempre fazia. Era um jeito certeiro de saber se Amadeo estava no escritório. Tudo que precisava fazer era procurar a Ferrari prateada estacionada no meio-fio. O torpedo prateado, como Isabella a chamava. E ninguém tocava no carro, exceto o marido. Todos o provocavam por causa disso, principalmente Isabella. Amadeo parecia um menino com um brinquedo. Não admitia compartilhá-lo. Ele dirigia, estacionava, mimava e brincava com o carro. Tudo sozinho. Nem mesmo o porteiro da San Gregorio, que trabalhava na empresa havia 42 anos, jamais tocara no carro. Isabella ria consigo ao aproximar-se da suntuosa porta preta. Às vezes, Amadeo parecia um menino; fazendo com que o estimasse ainda mais.

– *Buon giorno, signora* Isabella. – Apenas Ciano, o porteiro idoso de uniforme preto e cinza, a chamava assim.

– *Ciao,* Ciano, *come sta?* – Isabella esboçou um largo sorriso, exibindo dentes tão lindos quanto suas famosas pérolas.

– *Va bene?*

– *Benissimo.* – O tom grave de barítono chegou até ela numa onda musical, enquanto ele abria a porta acenando com a cabeça.

A porta fechou-se com estrondo. Isabella permaneceu na entrada por um momento, olhando para todos os lados. A Casa era seu lar tanto quanto a *villa* na Via Appia Antica. Os pisos de mármore rosado perfeito, os veludos verdes e as sedas rosadas, o candelabro de cristal que trouxera da Parel, em Paris, após longas negociações com seu proprietário americano. O avô mandara fazê-lo em Viena e era de um valor praticamente incalculável. Uma escada de mármore majestosa levava ao salão principal no andar superior. No terceiro e quarto andares havia escritórios decorados nos mesmos tons de cinza e cor-de-rosa, as cores das pétalas das rosas e da cinza da lareira. Uma cor que agradava aos olhos tanto quanto os quadros escolhidos cuidadosamente, os espelhos antigos, as luminárias elegantes, os sofazinhos no estilo Luís XVI para duas pessoas, aconchegados em reentrâncias aqui e ali, onde as clientes podiam descansar e conversar. Empregadas em uniformes cinza moviam-se apressadamente por toda parte, fazendo farfalhar os aventais brancos engomados enquanto levavam chá e sanduíches às salas privativas nos andares superiores, onde as clientes, em pé, suportavam árduas provas, imaginando como as modelos sobreviviam depois de desfiles inteiros. Isabella ficou ainda mais um pouco, como era de costume, examinando seu domínio.

Entrou discretamente no elevador privativo, apertando o botão para o quarto andar, e começou a revisar mentalmente o trabalho da manhã. Havia apenas algumas coisas para providenciar; para sua satisfação, no dia anterior acertara a maioria dos negócios atuais. Precisava resolver com Gabriela, a estilista-chefe, detalhes nas criações e discutir problemas administrativos com Bernardo e Amadeo. O trabalho daquele dia não lhe tomaria muito tempo. A porta abriu-se silenciosamente e fez surgir o longo tapete cinza do corredor. Tudo na Casa de San Gregorio era tratado sem destaque. Ao contrário de Isabella, que em tudo se destacava. Era verdadeira, esplêndida e notável. O tipo de mulher que se desejava conhecer, uma mulher com quem se queria ser visto. Mas a Casa de San Gregorio era uma vitrine para a beleza. Era importante que o que havia para ser exibido ali não ficasse ofuscado pelo próprio ambiente. Não era, não poderia ser. Apesar da beleza do prédio do século XVII, que outrora havia sido o lar de um príncipe, os produtos da San Gregorio eram grandiosos demais para serem ofuscados por alguma coisa ou alguém. Isabella criara uma rede perfeita de modelos notáveis, criações extraordinárias e texturas incríveis, e os unira a mulheres que os vestiam bem. Ela sabia que em algum lugar, nos Estados Unidos, em Paris, em Milão, as mulheres que vestiam sua coleção *prêt-à-porter* não se pareciam em nada com as mulheres que vinham a esse endereço. As frequentadoras da Casa eram especiais – condessas, princesas, atrizes, escritores famosos, personalidades da televisão e nobres capazes de matar ou morrer pelas criações da San Gregorio. Muitas eram mulheres como a própria Isabella – espetaculares, sensuais, soberbas.

Isabella caminhou silenciosamente em direção às portas duplas no final no longo corredor e calcou o trinco de metal extremamente polido. Surgiu como uma visão diante da mesa da secretária.

– *Signora!* – exclamou a jovem, espantada, ao erguer os olhos. Ninguém sabia exatamente quando Isabella apareceria ou o que teria em mente. Mas ela apenas assentiu com a cabeça, sorriu e caminhou imediatamente para o escritório de Amadeo. Sabia que ele estava ali, pois vira seu carro. E, ao contrário de Isabella, ele raramente perambulava pelos outros andares. Amadeo e Bernardo costumavam ficar em seus escritórios nos andares superiores. Era Isabella quem fazia a ronda, quem percorria os departamentos, quem aparecia de repente na sala das modelos, nos corredores onde se localizavam as salas de provas privativas, no salão principal com a longa passadeira de seda cinza, que precisava ser substituída com frequência. O que significava uma fonte de constante irritação para Bernardo, sempre prático na direção da Casa. Era sobre os seus ombros que caíam os custos. Como presidente e chefe do departamento financeiro, Amadeo planejava o orçamento, mas Bernardo tinha de lidar com isso, providenciando para que os tecidos, as contas, as plumas e os maravilhosos e mais detalhados ornamentos coubessem nos limites estabelecidos por Amadeo. E graças a Bernardo, eles sempre subsistiram dentro desse orçamento. Graças a Bernardo, a Casa fora dirigida cuidadosamente e, às vezes brilhantemente, durante anos. Graças aos investimentos e à perspicácia financeira de Amadeo haviam prosperado. Graças ao gênio criativo de Isabella se desenvolveram, bem como conquistaram a glória. Mas era Bernardo quem servia de ponte para o mundo da criação e das finanças. Era quem calculava, especulava, avaliava e ponderava o que daria certo e o que não daria, o que lhes custaria o sucesso da coleção ou se o empreendimento valeria a pena. E, até agora, jamais se enganara. Bernardo tinha o instinto e o talento que faziam Isabella pensar em um matador orgulhoso, altivo, ousado, fazendo cintilar o cetim vermelho diante do touro e sempre vencendo no final. Ela amava seu estilo e o amava. Mas não da maneira como Bernardo a amava. Ele sempre a amara. Sempre. Desde o primeiro dia em que a conhecera.

Bernardo e Amadeo eram amigos havia anos e trabalhavam juntos na Casa de San Gregorio antes de Isabella aparecer em cena. Fora Bernardo quem a descobrira em seu pequeno ateliê em Roma. Fora ele quem insistira com Amadeo para que fosse ver o trabalho dela, conhecê-la, falar com ela e talvez até convencê-la a trabalhar para eles. Isabella já era excepcional então, bela e incrivelmente jovem. Aos 22 anos, era uma mulher extraordinária e um gênio em desenho de moda. Naquele dia chegaram ao seu ateliê e a encontraram usando uma camisa vermelha de seda e uma saia branca de linho, sandálias douradas e praticamente mais nada. Parecia um pequeno diamante preso num cartão do Dia dos Namorados. O calor estivera insuportável, mas piorou momentos depois, quando os olhos dela encontraram os de Amadeo pela primeira vez. Só então Bernardo percebera quanto também se interessava por ela e que já era tarde demais. Amadeo e Isabella apaixonaram-se instantaneamente, e Bernardo jamais se manifestara. Jamais. Era tarde e ele nunca trairia o amigo. Amadeo significava muito para ele; durante anos fora como um irmão, e não era o tipo de homem que se podia trair. Era de grande valor, para todos, amado por todos. Era a pessoa que todos gostariam de ser, não o homem que alguém desejaria magoar. Portanto, Bernardo não o magoou. Também sabia que isso poupava-lhe a dor de descobrir que ela não o amava. Sabia o quanto Isabella correspondia Amadeo. Era a maior paixão de sua vida. Na verdade, Amadeo era mais importante do que seu trabalho, que, no caso de Isabella, era de fato notável. Bernardo não podia competir com isso. Assim, conservou seu orgulho, seu segredo, seu amor e tornou o negócio ainda melhor; aprendeu a amá-la de outra maneira, a amar ambos com uma paixão só dele, e uma espécie de pureza que chegava a queimá-lo por dentro, como se fosse uma fogueira incandescente. Isso criava enorme tensão entre ele e Isabella, mas valia a pena. O resultado de seus embates, da fúria que sentiam e de suas guerras era sempre esplêndido: mulheres de beleza exótica que desfilavam em suas passarelas... Mulheres que de vez em quando desfilavam até nos braços de Bernardo. Mas ele tinha direito a isso. Tinha direito a algo mais do que seu trabalho e seu amor por Amadeo e Isabella. Mantinha acesa uma espécie de luz brilhante só dele, e as mulheres que frequentavam a Casa, modelos ou clientes, sentiam-se atraídas por ele, por algo que jamais compreenderam realmente, algo que jamais revelaram por completo, algo em que o próprio Bernardo, conscientemente, já não pensava a respeito. Era apenas uma parte dele, como seu infalível senso de estilo ou seu respeito às duas pessoas com quem trabalhava, que, a seu próprio modo, tornaram-se uma só. Compreendia perfeitamente o que eram. E sabia que com ele e Isabella jamais aconteceria o mesmo. Teriam continuado dois, sempre dois, sempre apaixonados, sempre em pé de guerra; mesmo se ela soubesse de seus sentimentos, continuariam se encontrando como constelações em colisão, explodindo numa chuva de cometas através dos céus de seu mundo. Mas com Isabella e Amadeo não era assim. Era gentil, terno, forte. Estavam ligados como uma alma única. Ver Isabella olhar nos olhos de Amadeo era vê-la desaparecer neles, mergulhar numa parte mais profunda de si mesma, vê-la crescer e voar com suas asas. Amadeo e Isabella eram como duas águias pairando em seu céu particular, em perfeita harmonia, um só ser, uma total união. Era algo que Bernardo já não ressentia mais. Era impossível ressentir-se com um casal como aquele, lindo de se ver. E agora ele se achava mais à vontade com o que parecia um relacionamento profissional ardente com uma mulher que amava de longe. Tinha sua própria vida. E compartilhava algo especial com eles. Sempre compartilharia. Formavam um trio indestrutível, inseparável. Nada conseguiria intervir entre eles. Os três sabiam disso.

Enquanto parou por um momento diante da porta do escritório de Amadeo, Isabella sorriu. Não podia observar aquela porta sem pensar na primeira vez em que a vira, bem como os corredores. Eram diferentes na época. Bonitos, mas não possuíam a exuberância atual. Ela os tornara algo mais, como Amadeo a transformara em algo mais. Ela crescia em sua presença. Sentia-se infinitamente valiosa e totalmente segura. Segura o suficiente para ser o que era, para fazer o que queria, para ousar, para mover-se num mundo absolutamente ilimitado. Amadeo a fazia sentir-se ilimitada, mostrara-lhe o que ela era que podia ser tudo que quisesse e fazer tudo que desejasse, e Isabella fez tudo com o poder do amor dele.

Isabella bateu suavemente na porta a que poucas pessoas tinham acesso. Ela levava direto ao escritório particular do marido. Uma porta que apenas ela e Bernardo usavam. A resposta veio rápida. Ela moveu o trinco e entrou. Por um momento nada disseram, apenas se olharam enquanto a alma de Isabella era dominada pela mesma emoção que sentira ao vê-lo pela primeira vez. Amadeo retribuiu com um sorriso. Ele também sentia o mesmo. Em seus olhos havia um prazer irrestrito, uma espécie de adoração gentil que sempre a atraía para os seus braços como um ímã. Era essa gentileza nele que Isabella amava tanto, essa bondade, essa ternura que o marido demonstrava sempre. O fogo existente nele era diferente do de Isabella. O dele era uma chama sagrada que permaneceria acesa eternamente, dominante, em prol dos fracos, uma luz altiva, um guia para todos. O dela era a tocha que dançava no céu noturno, tão brilhante e linda que fazia alguém quase recear aproximar-se. Mas ninguém receava aproximar-se de Amadeo. Ele era extremamente acolhedor. Todos queriam ficar ao seu lado, embora apenas Isabella ficasse, de fato. E também Bernardo, é claro, mas de modo diferente.

– *Allora*, Isabellezza. O que a traz aqui hoje? Pensei que tivéssemos acertado tudo ontem. – Ele recostou-se na cadeira, estendeu a mão e Isabella pegou-a.

– Acertamos mais ou menos. Além disso, tive algumas novas ideias. – "Algumas"... Ele riu diante da palavra. "Algumas" para Isabella significavam 35 ou 47 ou 103. Isabella jamais tinha "algumas" do que quer que fosse: nem algumas ideias, nem algumas joias, nem algumas roupas. Amadeo esboçou um largo sorriso quando ela inclinou-se um pouco para beijá-lo no rosto e estendeu a mão para tocar na dela.

– Você está linda hoje. – O brilho de seus olhos banhou-a como um raio de sol.

– Mais do que pela manhã? – Ambos riram. Ela havia passado um novo creme no rosto, o cabelo estava preso no alto da cabeça, usava uma camisola confortável e os chinelos dele.

Mas Amadeo apenas balançou a cabeça.

– Não. Acho que gostei mais de você como estava pela manhã. Mas... também gosto desse vestido. É um dos nossos?

– Claro. Eu usaria alguma coisa que não fosse nossa? – Por um momento, os olhos escuros faiscaram em direção aos olhos verdes.

– Parece uma das criações do seu avô. – Ele a examinava com cuidado, estreitando os olhos. Tinha um modo de ver e saber de tudo.

– Você é muito esperto. Roubei-o da coleção de 1935. Não totalmente, é claro. Apenas um pouco. – Ofereceu-lhe um largo sorriso. – E as pregas.

Divertido, ele retribuiu o sorriso e curvou-se para a frente a fim de dar-lhe um beijo rápido.

– Rápido e excelente.

– Acho ótimo não trabalharmos mais juntos o tempo todo, pois jamais conseguiríamos fazer alguma coisa. Às vezes pergunto a mim mesma como conseguiríamos. – Ela recostou-se na cadeira, admirando-o. Impossível não fazê-lo. Amadeo era o deus grego de uma centena de quadros da Galeria Uffizi em Florença, a estátua de todo rapaz romano de ombros largos, magro, gracioso, elegante; contudo, havia mais. Os olhos verdes sagazes, maliciosos, inteligentes, alegres. Eram rápidos e seguros, e apesar da beleza loura florentina dos genes de Amadeo, havia energia naqueles olhos, bem como poder e autoridade. Ele era o chefe da Casa de San Gregorio, fora o herdeiro de um trono importante, e agora usava bem o manto de sua posição. Caía bem nele. Amadeo parecia o chefe de um império, ou talvez de um enorme banco. Seu terno de listras finas, elegantemente talhado, acentuava o porte alto e esguio, contudo os ombros largos eram autênticos. Tudo em Amadeo era autêntico. Não havia nada de falso ou imperfeito, nada emprestado, nada roubado, nada irreal. A elegância, a beleza aristocrática, o calor do seu olhar, a inteligência sagaz, o espírito aguçado e o interesse que tinha por todos que o cercavam. E a paixão pela mulher.

— A propósito, o que está fazendo aqui hoje, tão bem-vestida? Exceto compartilhar "algumas" ideias comigo, é claro. — Sorriu outra vez quando seus olhos se encontraram. Isabella também sorriu.

— Tenho um almoço com algumas senhoras.

— Parece terrível. Será que um encontro comigo no Excelsior não a atrairia mais?

— Talvez, mas tenho um compromisso com outro homem depois do almoço. — Ela disse isso com presunção, um riso dançando em seus olhos, bem como nos dele.

— Meu rival, Bellezza? — Ele não tinha razão para se preocupar e sabia disso.

— Seu filho.

— Nesse caso, nada de Excelsior. É uma pena.

— Da próxima vez.

— Certo. — Muito satisfeito, ele estendeu as longas pernas, como um gato preguiçoso ao sol.

– Muito bem. Silêncio agora. Temos muito trabalho a fazer.

– *Ecco*. Essa é a mulher com quem casei. Amável, romântica, gentil.

Isabella fez uma daquelas caretas horríveis do filho e ambos riram, ao mesmo tempo em que ela tirava da bolsa um bloco de anotações. À luz do sol que banhava seu escritório, Amadeo viu o fulgor do grande diamante lapidado do anel que lhe dera naquele verão, como presente pelo décimo aniversário de casamento. Dez quilates, é claro. Que mais? Dez quilates pelos dez anos.

– Esse anel é lindo.

Ela assentiu, muito feliz, e olhou para a joia. Ficava linda em sua mão longa e graciosa. Tudo caía bem em Isabella. Principalmente diamantes de dez quilates.

– E é mesmo. Mas você é mais. A propósito, eu amo você. – Sua intenção foi ser insolente, mas ambos sabiam que não era.

– Também amo você. – Compartilharam um último sorriso e depois lançaram-se ao trabalho. Agora era melhor. Melhor quando não ficavam juntos o dia todo. No final da tarde Amadeo sempre estava ávido dela e ansioso para chegar em casa. E agora havia algo especial em seus encontros, em suas noites, em seus almoços, no dia a dia. Ela voltara a ficar misteriosa para ele. Via-se imaginando o que ela andaria fazendo o dia todo, onde estava, o que vestia, enquanto a lembrança do seu perfume dominava-lhe a mente.

– Você não acha que a coleção americana está sóbria demais? Fiquei pensando nela a noite passada. – Olhou-o de soslaio, mas sem vê-lo, pois só tinha em mente os esboços que ela e Gabriela examinaram detalhadamente no dia anterior.

– Não acho. E Bernardo ficou entusiasmado.

– Merda. – Ela voltou os olhos para Amadeo com genuína preocupação. – Então estou certa. – Amadeo riu, mas ela não. – Estou falando sério. Quero mudar quatro tecidos e acrescentar uma ou duas peças da coleção francesa à coleção americana.

Assim ficarão melhor. – Parecia segura, como sempre. E raramente se enganava. Essa certeza absoluta fora responsável pelos prêmios que conquistaram durante anos no mundo da moda. – Quero acrescentar aqueles em roxo, os vermelhos e o casaco branco. Então, ficará perfeito.

– Resolva com Bernardo e avise Gabriela.

– Já fiz isso. Falei com Gabriela, quero dizer. E o novo sabonete de Bernardo para a coleção masculina não está bom. Ficou no meu nariz a tarde toda.

– Isso é ruim?

– Péssimo. Um perfume feminino deve ficar com você. O cheiro de um homem só deve chegar até você no momento em que se aproximar dele, deixando-o apenas como uma lembrança. Não como uma dor de cabeça.

– Bernardo vai adorar. – Por um momento deu a impressão de estar cansado. Às vezes as brigas de Isabella e Bernardo o deixavam esgotado. Embora fossem essenciais para os negócios. Sem o feroz empenho de Isabella e o apoio incondicional de Bernardo, a Casa de San Gregorio teria sido muito diferente. Mas assim como o eixo que impede duas rodas de se soltarem em direções diferentes, Amadeo sentia que a tensão sobre ele às vezes era maior do que gostaria que fosse. Mas, como um trio, formavam um time excepcional, e os três sabiam disso. E no final, de alguma forma, sempre conseguiam permanecer amigos. Ele jamais conseguiu entender. Com Isabella praguejando e xingando Bernardo com nomes que ele jamais sonhara que ela soubesse, e Bernardo parecendo que acabaria cometendo assassinato, horas depois ia encontrá-los em uma das salas de provas, bebendo champanhe e esvaziando um prato cheio de sanduíches, como duas crianças usufruindo dos restos de um chá após a saída dos convidados adultos. Ele jamais poderia entender; apenas ficava grato porque tudo se resolvera daquela maneira. Agora, com um suspiro, consultou o relógio. – Quer que o chame para vir aqui? – Ele não precisava dar recados por Isabella. Ela mesma os entregava sempre. Diretamente. Sem rodeios.

– Seria preferível que você o fizesse. Preciso estar no restaurante ao meio-dia. – Consultou o relógio de mostrador ilegível. Também presente dele.

– Ótimo. O almoço com as senhoras é mais importante. – Mas havia graça em seus olhos. Sabia que na vida de Isabella isso jamais seria verdade. Sem contar ele próprio e Alessandro, era para o trabalho que Isabella vivia, o que a mantinha respirando, estimulada e a mil por hora.

Amadeo pegou o telefone e falou brevemente com a secretária. Ela chamaria o Sr. Franco agora mesmo. O que realmente fez, e ele veio imediatamente, como sempre. Bernardo entrou na sala em largas passadas, como uma explosão, e de repente Amadeo sentiu Isabella tensa. Ela já estava se preparando para a batalha.

– Oi, Bernardo. – Isabella lançou-lhe um sorriso despreocupado quando ele entrou no escritório com um terno escuro igual a outros cem que possuía. Para Isabella todos pareciam exatamente o mesmo. Usava o mesmo relógio de ouro, de bolso, as mesmas camisas brancas impecavelmente engomadas e gravatas geralmente escuras com minúsculos pontinhos brancos. Ou quando ele se sentia muito transgressor, pontinhos vermelhos. – Adoro seu terno. – Era sua piada recorrente. Ela sempre lhe dizia que seus ternos eram excessivamente enfadonhos. Mas a simplicidade fazia parte do seu estilo.

– Ouçam, vocês dois, não comecem hoje. Não estou com disposição. – Amadeo olhou-os ameaçadoramente, porém, como sempre, seus olhos riam mesmo quando seus lábios não. – Além disso, ela tem um almoço dentro de quarenta minutos. Agora esses almoços são mais importantes.

– Imagino. – Bernardo exibiu um pequeno sorriso forçado e sentou-se. – Como está meu afilhado?

– Alessandro está ótimo. As cortinas da sala de jantar, entretanto, não estão. – Amadeo começou a esboçar um largo sorriso enquanto Isabella contava a história. Ele adorava a malícia do menino, o fogo em seus olhos escuros tão semelhante aos da mãe. – Enquanto eu estava aqui ontem, resolvendo os problemas para vocês – ela ergueu uma sobrancelha, aguardando que Bernardo mordesse a isca e ficou claramente desapontada quando ele não o fez –, ele pediu a minha tesourinha de unhas e "deu um jeito nelas", como ele próprio disse. Alessandro cortou cerca de um metro que, como me disse, ficava em seu caminho toda vez que dirigia seu caminhão favorito perto da janela. Ele não conseguia ver o jardim. Agora pode ver o jardim. Na verdade, perfeitamente.

Mas ela também ria, tal como Bernardo. Quando ele sorria daquela maneira, perdia 20 dos seus 38 anos; e não era mais que um menino. Porém há muito que vinha trabalhando exaustivamente, e quando não estava se divertindo com as histórias de Alessandro, em geral aparentava austeridade. Grande parte da responsabilidade da Casa de San Gregorio repousava em seus ombros e muitas vezes isso era perceptível. Sempre trabalhara com afinco e conscienciosamente, e tivera de pagar um preço por isso. Nunca se casou, não tinha filhos, sofria com a solidão, trabalhando até tarde da noite, logo cedo de manhã, aos sábados, nos feriados e dias santos e nos dias em que deveria ter estado em outro lugar, com outra pessoa. Mas vivia para o que fazia, suas responsabilidades ajustavam-se a ele como seus ternos escuros; faziam parte dele, como seu cabelo, quase tão escuro como os de Isabella, e seus olhos eram da cor do céu do verão romano. Tinha o tipo de rosto pelo qual as modelos deixavam-se seduzir. Mas, para Bernardo, elas pouco significavam. Divertiam-no por uma ou duas noites, não mais que isso.

– Seu novo sabonete não está bom. – Como sempre, Isabella foi direta e Amadeo quase chegou a estremecer, esperando pela batalha.

Bernardo continuava muito calmo.

– Por que não?

– Me deu dor de cabeça. É muito forte.

– Se alguém cortasse a cortina da minha sala de jantar pela metade, eu também ficaria com dor de cabeça.

– Estou falando sério. – Os olhos dela fixaram os dele, ameaçadores.

– Eu também. Todos os nossos testes mostraram que é perfeito. Ninguém achou-o forte demais.

– Talvez estivessem muito resfriados e não o sentiram.

Bernardo revirou os olhos e recostou mais na cadeira.

– Pelo amor de Deus, Isabella, acabei de lhes dizer para prosseguirem com a produção. O que quer que eu faça agora?

– Suspenda-a. Ele não está bom. Exatamente igual à colônia que a princípio não estava boa pelas mesmas razões. – Desta vez Amadeo fechou os olhos. Ela estivera certa sobre a colônia também, mas fora uma batalha que Bernardo perdera com desgosto. E fúria. Ele e Isabella mal se falaram durante um mês.

Os lábios de Bernardo estreitaram-se e ele enfiou as mãos nos bolsos do colete.

– O sabonete tem de ser forte. Você usa com água. No banho. Você se enxágua. O perfume desaparece. – Ele fez a explicação com lábios apertados.

– *Capisco*. Já usei sabonete antes. O meu não me dá dor de cabeça. O seu sim. Quero que mude.

– Porra, Isabella! – Ele bateu com o punho fechado na mesa de Amadeo e olhou para ela, mas Isabella estava imóvel.

Lançou um olhar vitorioso para ele.

– Diga ao pessoal do laboratório para fazer serão, e a única ajuda que você receberá para a produção será de uma ou duas semanas.

– Ou meses. Sabe o que vai acontecer com os anúncios que já publicamos? Ficarão perdidos.

– Ficarão mais ainda se você continuar com o produto errado. Confie em mim. Estou certa. – Ela sorriu lentamente.

Durante um instante, Bernardo deu a impressão de que ia explodir.

– Tem mais alguma surpresa desagradável para mim hoje?

– Não, só tenho algumas inclusões para fazer na coleção americana. Já falei com Gabriela a respeito. Não apresentam nenhum problema.

– Meu Deus, como não? Você quer dizer que será fácil? Isabella, não! – Mas, de súbito, ele sorria de novo. Bernardo possuía enorme facilidade para sentir raiva e perdoar.

– Você me dará notícias sobre o sabonete? – insistiu ela, sem rodeios.

– Darei.

– Ótimo. Então tudo está resolvido e ainda tenho vinte minutos para o meu almoço. – Amadeo lançou-lhe um largo sorriso. Ela refestelou-se no braço da cadeira do marido e, gentilmente, passou-lhe a mão pelo rosto. Com o gesto, o diamante do anel captou a luz do sol e lançou-a numa chuva de reflexos coloridos na parede oposta. Ela notou que isso não escapou a Bernardo, por causa de seu olhar de súbita irritação, o que pareceu diverti-la. – O que há, Nardo? Uma de suas namoradas o está aborrecendo de novo?

– Muito engraçada. Acontece que fiquei preso à minha mesa a semana inteira. Estou começando a me sentir o eunuco da casa. – As sobrancelhas de Amadeo se uniram num súbito franzir da testa. Ficou preocupado se estariam fazendo Bernardo trabalhar demais, mas Isabella sabia que o repentino olhar de infortúnio de Bernardo originava-se de uma outra coisa. Conhecia-o bem demais para acreditar que pudesse se importar com o fato de estar mais sobrecarregado de trabalho do que ela. E estava certa ao pensar que ele não se importava. Os três viviam tremendamente sobrecarregados de trabalho e adoravam isso. Bernardo era apenas um pouquinho mais compulsivo que seus dois amigos. Agora, porém, parecia verdadeiramente perturbado ao desviar o olhar do grande diamante do anel de Isabella para o colar de pérolas. – Você é louca, Isabella, por usar essas joias. – E, depois, com um olhar significativo para Amadeo: – Falei com você na semana passada.

– O que significa tudo isso? – Isabella olhava de um para outro, fingindo consternação; depois, seus olhos detiveram-se no rosto do marido. – Ele está tentando fazer com que você pegue de volta meu anel?

– Mais ou menos. – De repente, Amadeo pareceu muito italiano ao dar de ombros.

Mas Bernardo não estava gostando do jogo deles.

– Sabem muitíssimo bem que não foi isso que eu quis dizer. Sabem o que aconteceu aos Belloggios na semana passada. Pode acontecer o mesmo com vocês.

– Sequestro? – Isabella parecia aturdida. – Não seja ridículo, Nardo. Os irmãos Belloggios eram os dois políticos mais importantes de Roma. Conheciam todo mundo e exerciam um poder extraordinário. Os terroristas os odiavam como símbolos capitalistas.

– Também sabiam que ambos valiam uma fabulosa fortuna. E suas esposas andam pela cidade parecendo anúncios da Van Cleef. Não acham que isso poderia ter alguma coisa a ver com o sequestro?

– Não acho. – Isabella parecia imperturbável. Depois, tornou a olhar fixamente para Bernardo. – O que deu em você? Por que de repente começou a se preocupar com isso? Está tendo problemas com a sua úlcera outra vez? Ela sempre o deixa estranho.

– Pare com isso, Isabella. Não seja infantil. Esse foi o quarto sequestro importante deste ano e, ao contrário do que parece, nem todos os sequestros ocorridos ultimamente na Europa são de caráter político. Alguns acontecem apenas porque as pessoas são ricas e deixam que o mundo inteiro saiba.

– Ah, então você pensa que fico andando por aí fazendo propaganda do que tenho? É isso? Meu Deus, Bernardo, que coisa mais baixa e grosseira!

– Mas é isso mesmo, não é? – De repente, seus olhos lançaram farpas, enquanto agarrava um jornal da mesa de Amadeo. Seus olhos fixaram-se nas páginas, que folheava rapidamente. Os outros dois o observavam. – Sim, Isabella, terrivelmente rude. Estou contente porque você não faria uma coisa tão grosseira assim. – Em seguida, abriu o jornal com uma sacudida e mostrou uma grande fotografia de ambos entrando em um suntuoso prédio público na noite anterior, uma festa para comemorar a abertura da temporada de ópera. Isabella trajava um belíssimo vestido de gala bege de *moiré*, com um casaco combinando, debruado de luxuosa zibelina, que caía até seus pés como um manto. No pescoço e nos pulsos trazia fileiras de diamantes que cintilavam em uníssono com a enorme pedra do anel. – Estou contente por você ser tão simples. – Depois olhou sinistramente para Amadeo. – Por vocês serem tão simples. – O Rolls-Royce com motorista, que Amadeo só usava em ocasião de gala, estava visível bem atrás deles, e os botõezinhos da camisa sob o traje a rigor de Amadeo cintilavam tanto quanto os pequenos diamantes nas orelhas de Isabella. Ambos olhavam sem reação para a fotografia, enquanto Bernardo os fitava de modo acusador do lugar em que se encontrava.

– Você sabe que não éramos os únicos na festa – replicou Isabella em voz baixa. Comoveu-a o fato de Bernardo se importar, e o assunto não era de todo novo. Ele já o trouxera à tona antes, mas agora, com os Belloggios sequestrados e assassinados, parecia haver uma intensidade maior em sua preocupação. – Querido, você realmente não precisa se preocupar conosco.

– Por quê? Acham que são tão sagrados assim? Acham que ninguém tocará em vocês? Se pensam assim nos tempos de hoje, então são malucos! Os dois! – Por um momento pareceu que ia chorar. Conhecia um dos Belloggios e tinha ido ao enterro na semana anterior. Insanos, os sequestradores haviam exigido 15 milhões de dólares e a liberdade de seis presos políticos. Mas a família não pudera aceitar tais exigências e o governo também não demonstrara disposição. Os resultados tinham sido trágicos. Mas, embora Isabella e Amadeo parecessem compreensivos, permaneceram impassíveis. Obviamente Bernardo estava exagerando.

Isabella levantou-se devagar e caminhou até Bernardo. Estendeu os braços, abraçou-o e sorriu.

– Nós amamos você. E você se preocupa demais. – Amadeo estava com as sobrancelhas franzidas, mas de preocupação por Bernardo, não por si próprio.

– Vocês não compreendem, não é? – Bernardo olhou-os com um desespero crescente.

Mas desta vez foi Amadeo quem respondeu, enquanto Isabella sentava-se numa cadeira com um suspiro.

– Compreendemos. Mas acho que não há tanto motivo para preocupação como imagina. Olhe para nós – ele apontou humildemente para Isabella e para si mesmo. – Não somos ninguém. Apenas comerciantes de vestidos. O que alguém pode querer de nós?

– Dinheiro. E quanto a Alessandro? E se o pegarem? – Por um instante Amadeo quase estremeceu. Bernardo tinha razão.

– Isso seria diferente. Mas ele nunca fica sozinho, Bernardo. Sabe disso. A *villa* é fechada. Ninguém conseguiria entrar. Não precisa ficar tão preocupado. Ele está a salvo e nós estamos a salvo.

– Engana-se. Ninguém mais tem segurança. E enquanto vocês dois ficam se expondo desta maneira – com expressão infeliz, apontou novamente para a foto do jornal – estão pedindo por uma tragédia. Quando vi isto pela manhã, minha vontade foi dar um pontapé em vocês. – Amadeo e Isabella trocaram um rápido olhar, e Bernardo se virou para o outro lado. Eles não compreendiam. Achavam que ele estava doido. Mas os loucos eram eles. Ingênuos, simplórios e estúpidos. Bernardo queria gritar com eles, mas sabia que seria inútil. –

Comerciantes de vestidos... – A maior casa de alta-costura da Europa, uma das maiores fortunas de Roma, duas pessoas de beleza espetacular, um filho vulnerável, uma mulher coberta de joias... comerciantes de vestidos. Olhou para um, depois para o outro, balançou a cabeça e encaminhou-se para a porta. – Vou providenciar as mudanças no sabonete, Isabella. Mas façam-me um favor, os dois. – Parou por um momento, angustiado. – Pensem no que eu disse.

– Pensaremos – prometeu Amadeo gentilmente, enquanto Bernardo fechava a porta. E, então, olhou para a mulher. – Sabe bem que ele pode estar certo. Talvez devêssemos ser mais cuidadosos em relação a você e Alessandro.

– E quanto a você?

– Dificilmente serei objeto de grande interesse. – Sorriu. – E não fico circulando em diamantes e peles.

Ela também sorriu por um instante; depois ficou amuada.

– Você não pode tomar meu anel de volta.

– Nem pretendo. – Lançou-lhe um olhar carinhoso.

– Nunca? – Ela era uma criança petulante, sentada em seu colo, e ele esboçou um largo sorriso.

– Jamais. Prometo. É seu. E eu sou seu. Para sempre. – Então beijou-a e ela sentiu o mesmo fervor brotar dentro dela, o mesmo ardor que ele conseguira despertar desde que se conheceram. Passou os braços ao redor do pescoço dele e seus lábios pousaram exigentes sobre os do marido.

– Amo você, *carissimo*... mas do que qualquer coisa neste mundo... – Beijaram-se de novo e ela sentiu lágrimas brotarem em seus olhos quando finalmente se separaram. Isso acontecia às vezes. Ela ficava tão feliz que sentia vontade de chorar. Tinham tanta coisa em comum, tantas histórias, tantas vitórias, não apenas os troféus e a fama, mas também as lembranças ternas, o nascimento do filho, os dias que passaram sozinhos numa ilha grega cinco anos atrás, quando sentiram que o trabalho de repente se tornara demasiado para eles; fora então que Alessandro tinha sido concebido. Muitos momentos projetaram-se em sua mente e, mais uma vez, tornaram Amadeo infinitamente precioso para ela.

– Isabellezza... – Ele olhou-a, e seus olhos, de um verde profundo, pareceram sorrir. – Você tornou minha vida perfeita. Já lhe disse isso ultimamente?

– Você fez o mesmo comigo – respondeu ela, sorrindo. – Sabe o que eu gostaria de fazer?

– O quê? – Fosse o que fosse, eles o fariam. Não havia nada que ele lhe negasse. Talvez outros dissessem que ela era mimada, tratada com indulgência pelo marido. Mas não era. Ela também o mimava. Era algo que faziam mutuamente. A reciprocidade de um amor generoso que ambos desfrutavam.

– Gostaria de ir à Grécia outra vez. – As palavras de advertência de Bernardo já estavam esquecidas.

– Quando? – Ele tornou a sorrir. Também gostaria de ir. Tinha sido uma das mais belas épocas de sua vida.

– Na primavera? – Ela ergueu os olhos para o marido e ele achou-a irresistivelmente sensual.

– Vamos fazer outro bebê? – Era algo em que ele estivera pensando durante algum tempo. Esta parecia uma oportunidade ótima. Antes de Alessandro, eles desejavam apenas um filho. Mas ele trouxe tamanha alegria que ultimamente Amadeo estava pensando em abordar o assunto com Isabella.

– Na Grécia? – Os olhos escuros de Isabella arregalaram-se e seus lábios pareciam apetitosos e carnudos quando ele curvou-se para beijá-la. Depois, ela sorriu. – Sabe que não precisamos esperar até chegarmos à Grécia. As pessoas fazem bebês em Roma o tempo todo.

– Fazem? – sussurrou ele em seu pescoço. – Terá de me mostrar como.

– *Ecco, tesoro.* – E, então, de súbito, ela soltou uma gargalhada e consultou o relógio. – Mas só depois do almoço. Estou atrasada.

– Que pena. Talvez fosse preferível você não ir. Poderíamos ir para casa e...

– Mais tarde. – E então ela o beijou mais uma vez e caminhou devagar até a porta, virando-se por um instante com a cabeça inclinada para o lado, enquanto agarrava a maçaneta. Olhou-o por cima do ombro, com uma indagação: – Estava falando sério?

– A respeito de você não comparecer ao almoço? – Divertido, ele sorriu.

Mas ela balançou a cabeça e riu.

– Almoço não, seu devasso. Quero dizer sobre o bebê. – Ela pronunciou a última frase muito gentilmente, como se a ideia também significasse algo para ela.

Mas Amadeo assentiu, sem desviar o olhar.

– Sim, eu falava sério. O que acha, Bellezza?

Ela lançou-lhe um sorriso misterioso da porta.

– Acho que devemos considerar. – Depois, com um beijo, ela partiu e Amadeo continuou olhando para a porta. Queria dizer-lhe mais uma vez que a amava. Mas isso teria que esperar até a noite. Também estava surpreso com o que acabara de dizer sobre outro filho. Tinha pensado a respeito, mas ainda não havia expressado seu pensamento. Agora, de repente, sabia que estava mesmo decidido. E não precisava interferir na carreira dela. Alessandro não interferiu, e ambos tinham muito a dar à criança. Na verdade, quanto mais pensava no assunto, mais o apreciava. Voltou-se para a escrivaninha e apanhou uma folha de papel com um sorriso.

Era quase uma hora da tarde quando Amadeo finalmente se levantou. Espreguiçou-se. Estava satisfeito com os cálculos que andara fazendo. Os negócios americanos que tinham feito naquele outono iam render uma respeitável soma. Muito salutar, realmente. Ele estava a ponto de oferecer a si mesmo um almoço solitário de congratulações quando ouviu uma leve batida na porta.

– *Si?* – Parecia surpreso. Em geral, a secretária usava o interfone, mas provavelmente já devia ter saído para o almoço. Virou-se para a porta e viu uma das subsecretárias meter timidamente a cabeça pela porta entreaberta.

– Sinto muito, senhor, mas... – Ela sorriu. Amadeo era de uma beleza tão incrível que a moça nunca sabia bem o que dizer. De qualquer modo, dificilmente tinha de falar com ele.

– Sim? – Ele retribuiu o sorriso. – Há alguma coisa que posso fazer?

– Há dois homens aqui que desejam vê-lo, senhor. – A voz da jovem foi sumindo aos poucos, enquanto um rubor subia-lhe ao rosto.

– Agora? – Ele lançou um olhar para a agenda aberta sobre a mesa. Não havia nada anotado para antes das três. – Quem são?

– Eles... é sobre seu carro. O... a Ferrari.

– Meu carro? – Ele pareceu surpreso e confuso. – O que há com ele?

– Eles... eles disseram que houve... um acidente. – Ela aguardou uma explosão, mas nada aconteceu. Ele parecia perturbado, mas não zangado.

– Alguém se feriu?

– Acho que não. Mas eles estão aqui... no escritório da Srta. Alzini, senhor. – Ele assentiu gentilmente com a cabeça e passou por ela ao dirigir-se para o outro escritório. Os dois homens pareciam constrangidos. Estavam bem-arrumados, mas suas roupas eram simples, possuíam mãos grandes e morenas e tinham faces coradas; Amadeo ainda não estava certo se isso se devia à mortificação ou ao sol. E era evidente que de modo algum estavam acostumados com um ambiente daqueles. O mais baixo parecia afligir-se com o simples fato de pisar no tapete, enquanto o outro demonstrava claramente desejar que o chão o tragasse. Talvez um açougueiro, talvez um padeiro, trabalhadores braçais. E quando falaram suas vozes soaram ásperas, porém temerosas, respeitosas. Estavam desolados com o que tinha acontecido. Ficaram fora de si ao constatarem que o carro era dele.

– O que aconteceu? – Amadeo ainda parecia confuso, mas sua voz era gentil e os olhos bondosos; e se sentia alguma tristeza por causa do carro, escondia muitíssimo bem.

– Estávamos dirigindo; o trânsito intenso, doutor. Sabe como é, hora do almoço. – Amadeo assentiu paciente com a cabeça enquanto ouvia o relato. – Uma mulher e uma menina corriam pelo meio da rua; desviamos para não atingi-las, e... – O homem mais baixo corou ainda mais. – ... batemos no seu carro, em vez disso. Não foi nada de mais, mas amassou um pouco. Podemos consertar. Meu irmão tem uma oficina, ele trabalha bem. O senhor ficará satisfeito. E nós pagaremos. Tudo. Pagaremos tudo.

– É claro que não. Faremos o serviço com as nossas companhias de seguro. O estrago foi muito grande? – Procurou não demonstrar a infelicidade que sentia.

– *Ma*... Lamentamos muitíssimo. Por coisa alguma deste mundo teríamos batido no carro do doutor. Um Fiat, um carro estrangeiro, qualquer coisa, mas nunca um belo carro como o seu. – O homem mais alto torcia as mãos e, finalmente, Amadeo chegou até a sorrir. Era tão absurdo, aqueles homens parados ali, no escritório de sua secretária, provavelmente mais arrasados do que seu carro. Flagrou-se tendo de reprimir uma explosão de gargalhadas nervosas e ficou de repente satisfeito por Isabella não estar ali para encará-lo maliciosamente, com seu olhar sério e ao mesmo tempo de zombaria.

– Não importa. Venham, vamos dar uma olhada. – Conduziu-os até o pequeno elevador privativo, introduziu a própria chave e ficou parado junto com eles, enquanto desciam para o térreo, os dois homens de cabeças baixas, num gesto de humildade, e Amadeo numa tentativa de quebrar a tensão com uma brincadeira.

Até Ciano tinha ido almoçar quando Amadeo saiu do prédio e lançou um olhar pela rua à procura do carro. Conseguiu ver o carro deles ainda estacionado em fila dupla, ao lado do seu. Era um carro grande, deselegante, antiquado, e na verdade, devido ao seu evidente peso, talvez pudesse ter causado um sério dano. Com uma expressão preocupada que tentava disfarçar, foi subindo a rua em largas passadas, os dois homens caminhando nervosamente atrás dele, sem dúvida preocupados com o que iria ver. Quando se aproximou do carro, caminhando pela calçada, Amadeo notou que uma terceira pessoa aguardava no Fiat antigo, com um ar infeliz ao ver Amadeo chegando mais perto. Inclinou a cabeça num breve cumprimento. Amadeo acercou-se do seu próprio carro a fim de examinar o lado esquerdo danificado. Seus olhos percorreram devagar o lado afetado à medida que se abaixava um pouco, para ver melhor o estrago. Mas enquanto ele, curvado, examinava o local, seus olhos de súbito estreitaram-se, aturdidos: não havia dano algum, nenhum amassado, nenhum arranhão no querido automóvel. Mas era tarde demais para fazer outras perguntas. Quando seus olhos arregalaram-se com a surpresa, um objeto de peso incalculável desceu brutalmente sobre sua nuca. Ao se vergar no mesmo instante, foi empurrado e depois puxado rudemente para o banco traseiro do carro que estava esperando. A cena toda desenrolou-se em menos de um minuto e foi comandada impecavelmente pelos dois visitantes de aparência inocente. Tranquilos, os dois entraram no Fiat, ao lado do amigo, e o carro afastou-se. Dois quarteirões depois da Casa de San Gregorio, Amadeo estava cuidadosamente amarrado, amordaçado e de olhos vendados; sua figura imóvel achava-se em silêncio, mal respirando no chão do carro, enquanto os sequestradores o levavam para longe.

2

O sol acabara de desaparecer, derramando brilhantes tons alaranjados e malva, no momento em que Isabella, resplendente em seu vestido de seda verde, se encontrava na sala de estar. Na parede, discretos candelabros de latão e cristal espalhavam uma luz suave no cômodo. Ela lançou um olhar para o relógio Fabergé azul forte sobre o consolo da lareira. Ela e Amadeo o haviam comprado anos antes em Nova York. Era uma peça de colecionador, de preço incalculável, quase tão incalculável quanto o colar de esmeraldas e diamantes colocado cuidadosamente ao redor do seu pescoço. Fora de sua avó, e diziam que outrora pertencera a Josefina Bonaparte. O colar pendeu no longo pescoço branco em seu fecho delicado quando Isabella levantou-se devagar e começou a andar de um lado para outro na sala. Faltavam cinco minutos para as 20 horas, e eles ficariam muito atrasados para o jantar da princesa de Sant'Angelo. Maldito Amadeo. Que coisa! Será que ele não podia chegar na hora? A princesa era uma das poucas pessoas que realmente irritavam Isabella. Tinha 83 anos e possuía um coração de mármore e olhos de aço; há muitos anos era amiga íntima da avó de Amadeo e uma mulher que Isabella sinceramente abominava. Recebia em sua casa com rígida pontualidade: coquetéis às 20 horas, jantar precisamente às 21 horas. E ainda precisavam praticamente atravessar Roma e depois percorrer a região do campo até o Palazzo Sant'Angelo, onde a princesa conduzia o cortejo usando vestidos de baile antigos, embora surpreendentemente lindos, e brandindo sua bengala de ébano com castão de ouro.

Impaciente, Isabella viu-se de relance no espelho sobre a mesa francesa de entalhes primorosos e perguntou a si mesma se deveria ter feito algo diferente com os cabelos. Examinou sua imagem com desânimo. Simples demais, severa demais. Erguera os cabelos para o alto da cabeça num coque bem natural, de forma a não desvalorizar o colar e os brincos que Amadeo mandara fazer. As esmeraldas eram belas e seu vestido exatamente no mesmo tom de verde. Era da sua própria coleção daquele ano, um tubinho longo de seda verde que parecia cair diretamente dos ombros até o chão. Usaria por cima o casaco de seda branco, que criara para o vestido, de gola estreita e bem ajustada e punhos largos, forrados de seda num tom fúcsia fora do comum. Mas talvez fosse requintado demais ou o cabelo estivesse simples demais ou... droga, onde estaria Amadeo? E por que estava atrasado? Consultou o relógio outra vez e começou a franzir os lábios quando ouviu um suave sussurro ofegante que vinha da porta. Surpresa, virou-se e viu-se olhando fixamente para os olhos escuros e arregalados de Alessandro, de pantufas, escondendo-se atrás da porta da sala de estar.

– Psiu... *Mamma*... Vem cá.

– Mas o que está fazendo? – No mesmo instante aderiu ao tom conspirador, com um largo sorriso dominando seu rosto.

– Fugi dela! – Seus olhos estavam faiscantes, com a mesma chama dos olhos da mãe.

– De quem?

– *Mamma* Teresa! – Maria Teresa, é claro. A babá.

– Por que não está dormindo? – Ela já estava ao lado do filho, ajoelhando-se cuidadosamente com os saltos altos. – É muito tarde.

– Eu sei! – Uma risadinha de puro contentamento de uma criança de 5 anos. – Mas eu queria ver você. Veja o que ganhei de Luisa! – Mostrou a mão cheia de biscoitos, ofertados amorosamente pela cozinheira, as migalhas esmagadas já escapando pelos dedos roliços. Os farelos de chocolate não passavam de uma pasta marrom em sua mão. – Quer um? – Ele meteu um biscoito na boca antes de estender a mão.

– Você devia estar na cama! – Ela ainda sussurrava, contendo o riso.

– Está bem, está bem. – Alessandro devorou outro biscoito antes que a mãe tivesse oportunidade de recusar. – Você me leva para a cama? – Ele lançou-lhe um olhar que lhe derreteu a alma e, cheia de felicidade, ela assentiu com a cabeça. Essa era a razão pela qual Isabella não trabalhava mais onze horas por dia no escritório, não importa quanto lamentava, às vezes, por não passar todo tempo possível ao lado de Amadeo. Isto valia a pena. Aquele olhar e aquele brilhante sorriso maroto.

– Onde está papai?

– A caminho de casa, espero. Vamos. – Alessandro ofereceu cuidadosamente a mão limpa e, de mãos dadas, dirigiram-se ao vestíbulo revestido de parquete e suavemente iluminado. Aqui e ali viam-se retratos dos ancestrais de Amadeo e alguns quadros comprados por ambos na França. A casa parecia mais um palácio do que uma *villa* e, às vezes, quando ofereciam suas magníficas festas, os casais valsavam pelo longo vestíbulo revestido de espelhos, aos acordes de uma orquestra.

– O que faremos se *mamma* Teresa nos encontrar aqui? – Alessandro ergueu os olhos para a mãe, aqueles olhos castanhos, enternecedores.

– Não tenho ideia. Acha que ajudaria se a gente chorasse? – Ele assentiu sério com a cabeça, depois deu uma risadinha, escondendo a boca com a mão cheia de farelos.

– Você é esperta.

– Você também. Como escapuliu do seu quarto?

– Pela porta do jardim. Luisa disse que ia fazer biscoitos esta noite.

O quarto de Alessandro estava decorado com brilhantes tons de azul e repleto de livros, jogos e brinquedos. Ao contrário do resto da casa, não era nem elegante nem suntuoso, apenas o quarto dele. Isabella deixou escapar um longo e significativo suspiro enquanto o levava para a cama e sorria novamente para ele.

– Conseguimos.

Contudo, foi mais do que Alessandro pôde aguentar. Desabou na cama com um pequeno grito de alegria, retirando do bolso o resto dos biscoitos – na mão ele apenas carregara o excesso. Passou a devorá-los enquanto Isabella insistia para aconchegá-lo debaixo das cobertas.

– E não faça muita sujeira. – Mas era um aviso inútil e, na verdade, ela não se importava. Meninos eram assim mesmo: farelos de biscoitos, rodas de carros quebradas, soldadinhos sem cabeça e manchas pelas paredes. Ela gostava que fosse dessa maneira. O resto da sua vida era requintado demais. Gostava dos mínimos e significativos momentos que passava com o filho e tudo que envolvia esses momentos. – Promete que dormirá assim que terminar de comer os biscoitos?

– Prometo! – Olhava para ela com ar sério e com os olhos cheios de admiração. – Você é linda.

– Obrigada. Você também é. *Buona notte, tesoro.* Durma bem. – Beijou-o no rosto e no pescoço. Ele deu uma risadinha.

– Amo você, *mamma.*

– Também amo você.

Ao voltar para o vestíbulo, ela sentiu os olhos se encherem de lágrimas e achou-se uma tola. Que se dane a princesa de Sant'Angelo. De repente, sentiu-se contente pelo atraso de Amadeo. *Mas, meu bom Deus, que horas devem ser agora?* Seus saltos altos batiam rapidamente enquanto dirigia-se às pressas para a sala de estar, a fim de consultar de novo o relógio. Eram 20h25. Como era possível? O que estava acontecendo? Mas sabia muito bem o que provavelmente acontecia. Um problema de última hora, um telefonema urgente de Paris, de Hong Kong ou dos Estados Unidos. Um tecido que não pôde ser entregue, uma tecelagem em greve. Sabia muito bem como era comum um atraso desses. Uma crise semelhante a mantivera afastada de Alessandro todas as noites durante um período longo demais. Com o terno de Amadeo no braço, Isabella decidiu que talvez fosse aconselhável telefonar para ele, encontrá-lo no escritório.

Encaminhou-se para o seu pequeno *boudoir*, todo decorado com seda cor-de-rosa, e pegou no telefone. Os números já faziam parte dos seus dedos, de sua alma, bem como de sua mente. Uma secretária exausta atendeu:

– Alô. San Gregorio.

– *Buona sera.* – Isabella identificou-se rapidamente e sem necessidade, pedindo à moça que localizasse Amadeo para que ele atendesse o telefone. Houve uma pausa, depois uma rápida desculpa pela demora, a seguir outra pausa, enquanto Isabella batia o pé e começava a franzir a testa. Talvez estivesse acontecendo alguma coisa. Talvez ele tivesse batido com aquele maldito carro superveloz. De repente, começou a sentir muito calor naquele vestido pesado de seda verde, achou que o coração parecia prestes a parar. Foi então que Bernardo atendeu.

– Oi, o que há?

– Onde está Amadeo, droga? Ele está quase duas horas atrasado. Prometeu que chegaria cedo esta noite. Temos um jantar na casa da gárgula.

– Sant'Angelo? – Bernardo a conhecia bem.

– Quem mais? A propósito, onde ele está?

– Não sei. Pensei que estivesse com você. – As palavras lhe escaparam rápido demais. Ele franziu as sobrancelhas, formando um vinco na testa.

– O quê? Ele não está aí? – Pela primeira vez Isabella ficou assustada. Talvez tivesse realmente acontecido alguma coisa com ele e com o carro.

Mas Bernardo foi rápido na resposta e não havia nada de extraordinário em seu tom de voz firme.

– Na certa está aqui em algum lugar. Estive ocupadíssimo com aquele maldito sabonete de que você não gostou. Não estive na sala dele desde a hora do almoço.

– Bem, tente encontrá-lo e diga-lhe para me telefonar. Quero saber se devo ir ao encontro dele no escritório, ou se ainda quer vir em casa para mudar de roupa. Aquela bruxa velha na certa vai nos matar. Jamais chegaremos a tempo para o jantar.

– Vou verificar.

– Obrigada. E... Bernardo? Acha que pode ter acontecido alguma coisa?

– É claro que não. Num minuto localizo Amadeo para você. – Sem dizer mais nada, ele desligou. Inquieta, Isabella ficou olhando fixamente para o aparelho.

SUAS PALAVRAS FICARAM soando nos ouvidos de Bernardo... *poderia ter acontecido alguma coisa. Acontecido alguma coisa.* Foi exatamente o que pensou. Ele mesmo tentara localizar Amadeo a tarde toda para discutir uma nova possibilidade para o malfadado sabonete. Precisariam de mais dinheiro para os testes, muito dinheiro mesmo, e tinham necessidade da aprovação de Amadeo. Mas Amadeo estivera ausente. O dia todo. Desde a hora do almoço. Bernardo consolara-se com a ideia de que Isabella e Amadeo deviam ter desaparecido para uma tarde de amor. Faziam isso com frequência, como só ele sabia. Mas se Amadeo não estava com ela, então onde estava? Sozinho? Com outra pessoa? Com outra mulher? Bernardo afastou essa ideia. Amadeo não traía Isabella. Nunca o fizera. Mas então onde estava? E onde estivera desde o meio-dia?

Começou a vasculhar os escritórios, procurando nos quatro andares. Tudo que pôde descobrir foi uma jovem e trêmula secretária, ainda em sua mesa, martelando na máquina de escrever, que explicou que dois homens procuraram Amadeo para comunicar que, acidentalmente, tinham amassado o carro dele. O *signore* San Gregorio então saíra, explicou ela. Bernardo sentiu-se empalidecer enquanto precipitava-se para a rua e entrava nervoso no próprio carro. Enquanto engrenava o Fiat e afastava-se, viu a Ferrari no mesmo lugar onde a vira pela manhã, estacionada junto ao meio-fio. Diminuiu a marcha por um momento ao passar pelo carro. O automóvel não sofrera dano algum. Não fora tocado. Seu coração começou a disparar. Dirigiu-se o mais rápido possível para a casa de Isabella e Amadeo.

CONFORME PROMETERA, obviamente Bernardo o encontrara. Isabella sorriu ao precipitar-se pela sala de estar em direção ao *boudoir* para atender o telefone. Idiota, ele provavelmente esquecera-se da princesa e do seu jantar, bem como da hora. Ela o faria passar um mau bocado. Mas sem muita convicção. Era tão capaz de fazer Amadeo passar um mau bocado quanto de proibir Alessandro de comer seus biscoitos de chocolate. A visão do seu sorriso nos lábios carnudos, cobertos de farelos, voltou à sua mente enquanto pegava o telefone.

– Ora, ora, querido. Um pouquinho atrasado para chegar em casa esta noite, não é? E que diabo faremos quanto à princesa? – Já estava sorrindo, falando antes mesmo de aguardar por uma palavra. Sabia que devia ser Amadeo.

Mas não era. Era um homem estranho.

– Alô, *signora*. Não sei o que farão quanto à princesa. A questão é o que faremos quanto ao seu marido...

– O quê? – Deus do céu. Telefonema de um maníaco. Só lhe faltava essa. E, num breve espaço de tempo, sentiu-se uma idiota. Um admirador secreto, talvez? Apesar do número do seu telefone não constar da lista, de vez em quando alguém ligava. – Lamento. Acho que discou o número errado. – Estava a ponto de desligar quando ouviu a voz de novo. Desta vez soava mais áspera.

– Espere! *Signora* di San Gregorio, creio que seu marido está desaparecido. Não é mesmo?

– É claro que não. – O coração dela havia disparado. Quem era esse homem?

– Ele está atrasado. Certo?

– Quem está falando?

– Isso não interessa. Estamos com seu marido. Aqui... – Ouviu-se um nítido grunhido como se alguém tivesse levado um empurrão com violência ou um soco. Depois, a voz de Amadeo apareceu na linha.

– Querida, não entre em pânico. – Mas sua voz parecia cansada, fraca.

– O que é isso? Algum tipo de brincadeira?

– Não é uma brincadeira. De jeito nenhum.

– Onde você está? – Ela mal conseguia falar, dominada pelo pânico. Então Bernardo tinha razão.

– Não sei. Não importa. Mantenha-se calma, só isso. E saiba... – Houve uma pausa dolorosa e sem fim. O corpo todo de Isabella começou a tremer violentamente, enquanto ela ainda agarrava-se ao telefone. – ...saiba que amo você.

Nesse instante, devem tê-lo afastado do aparelho, a voz do estranho reapareceu.

– Satisfeita? Nós o temos. Você o quer de volta?

– Quem é você? Está louco?

– Não. Apenas ambicioso. – Houve uma risada dissonante ao mesmo tempo em que Isabella tentava, desesperadamente, manter-se firme ao telefone. – Queremos 10 milhões de dólares. Se você o quiser de volta.

– Você está louco. Não temos tanto dinheiro assim disponível. Ninguém tem.

– Algumas pessoas têm. Vocês têm. Sua empresa tem. Arranje-o. Tem todo o fim de semana para consegui-lo enquanto tomamos conta do seu marido.

– Não posso... pelo amor de Deus... ouça... por favor...

Mas ele já havia desligado, e Isabella ficou ali de pé em seu *boudoir*, destroçada pelos soluços. Amadeo! Eles estavam com Amadeo! Oh, Deus, eram loucos!

Isabella não ouviu a campainha tocar, nem a empregada correr para atendê-la, nem os passos rápidos de Bernardo em direção aos seus soluços.

– O que houve? – Ele a olhava com horror, enquanto ela ainda estava estarrecida pelo que ouvira. – Isabella, diga-me, o que houve? – Estaria Amadeo ferido? Morto?

Por um momento, ela não conseguiu falar; sem compreender, ficou olhando para Bernardo fixamente, enquanto as lágrimas rolavam por seu rosto. Sua voz não passava de um lamento patético quando finalmente falou:

– Ele foi sequestrado.

– Oh, meu Deus!

3

Uma hora mais tarde, Isabella ainda se encontrava em seu *boudoir*, pálida e trêmula, agarrada à mão de Bernardo, quando receberam o segundo telefonema.

– A propósito, *signora*, esquecemos de lhe avisar. Não chame a polícia. Saberemos, se chamar. E o mataremos. E se não aparecer com o dinheiro, também o mataremos.

– Mas não podem. Não há como...

– Isso não interessa. Basta ficar longe da polícia. Eles congelarão seu dinheiro assim que os bancos abrirem e, então, nem ele nem você valerão mais nada. – Desligaram de novo, mas dessa vez Bernardo também ouviu a ligação.

Depois do telefonema, ela continuou chorando.

– Isabella, devíamos ter chamado a polícia uma hora atrás.

– Eu disse que não, droga. O homem tem razão. A polícia ficará nos vigiando o fim de semana todo e, na segunda-feira, congelarão tudo que temos para que não possamos pagar o resgate.

– Seja como for, você não pode. Levaria muito tempo para liberar tal importância. E, além disso, o único que pode fazer isso é o próprio Amadeo, você sabe.

– Pouco me importa. Nós conseguiremos. Temos de conseguir.

– Não podemos. Precisamos chamar a polícia. Não há outro jeito. Se de fato querem esse dinheiro, você não o possui para lhes dar, Isabella. Não pode correr o risco de deixá-los zangados. Precisa encontrá-los primeiro. – Enquanto, num gesto de desespero, passava a mão pelo cabelo, Bernardo parecia tão pálido quanto Isabella.

– Mas e se descobrirem? O homem disse...

– Não farão nada. Temos de confiar em alguém. Pelo amor de Deus, neles é que não podemos confiar.

– Mas talvez nos deem tempo de levantar o dinheiro. Há pessoas que nos ajudarão. Podemos dar alguns telefonemas para os Estados Unidos.

– Que se danem os Estados Unidos. Não podemos fazer isso. Você não pode lhes dar tempo. E quanto ao Amadeo, durante o tempo em que você ficar tentando arranjar o dinheiro? O que estarão fazendo com ele?

– Oh, por Deus, Bernardo! Não consigo pensar... – A voz dela foi sumindo num gemido infantil, indistinto, no instante exato em que Bernardo a tomava em seus braços.

— Por favor, deixe-me chamar a polícia. – Sua voz não passava de um sussurro. E a resposta dela foi apenas um consentimento com a cabeça. A polícia chegou em 15 minutos. Pela porta dos fundos, usando roupas surradas, dando a impressão de amigos dos criados, com velhos chapéus nas mãos. Pelo menos esforçaram-se para ocultar suas identidades, pensou Isabella, enquanto Bernardo os conduzia para dentro. Talvez Bernardo estivesse certo, afinal.

– *Signora* di San Gregorio? – O policial a reconheceu imediatamente. Grudada em sua cadeira, Isabella parecia distante e magnificente, ainda usando o vestido de seda verde e suas esmeraldas.

– Eu mesma. – Sua voz quase não saía. Mais uma vez formaram-se lágrimas em seus olhos negros. Bernardo apertou sua mão com força.

– Lamentamos muito. Sabemos quanto deve estar sofrendo. Mas precisamos saber de tudo. Como, quando, quem o viu pela última vez, se houve ameaças anteriores, se há alguém na empresa ou em sua casa que a senhora possa ter razão para suspeitar... Ninguém deve ser poupado. Nada de bondade, nada de gentileza, nada de lealdade a velhos amigos. A vida do seu marido está em jogo. Deve nos ajudar. – Olharam com suspeita para Bernardo, que retribuiu o olhar. Foi Isabella quem explicou que Bernardo insistira em chamar a polícia.

– Mas eles disseram... disseram que se chamássemos... que... – Ela não pôde continuar.

– Nós sabemos.

Fizeram um número interminável de perguntas a Bernardo e ficaram sentados pacientemente com Isabella durante duas horas de interrogatório insuportavelmente dolorosas. Por volta da meia-noite, terminaram. Sabiam tudo que havia para ser dito. Demissões desagradáveis na empresa, intrigas e rivalidades, inimigos esquecidos e amigos ressentidos.

– E não disseram nada sobre quando, onde ou como desejam o dinheiro? – Isabella balançou a cabeça com tristeza. – Desconfio que sejam amadores. Talvez amadores de sorte, contudo não são profissionais. O segundo telefonema, lembrando-a para não chamar a polícia, confirma isso. Os profissionais teriam avisado imediatamente – disse o policial mais velho, em tom sério.

– Sei disso. Foi a razão pela qual não deixei Bernardo chamá-los.

– Foi sensata ao mudar de ideia – falou de novo o oficial encarregado, com tranquilidade e grande consideração. Na força policial romana, era um especialista em sequestro. E, lamentavelmente, adquirira uma experiência extraordinária nos últimos anos.

– Nos será útil o fato de serem amadores? – Isabella olhou-o esperançosa, rezando para que ele respondesse de imediato que sim.

– Talvez. Esses amadores são muito perspicazes. E teremos de proceder de acordo. Pode confiar em nós, *signora*. Eu prometo. – Depois, lembrou-se de algo que ele próprio havia esquecido. – Ia a algum lugar esta noite? – Tornou a olhar para as joias e o vestido dela.

Isabella assentiu com a cabeça.

– Íamos a um jantar... uma festa... Oh, que importa isso agora?

– Tudo importa. Festa de quem?

Por um momento, Isabella quase sorriu.

– Da princesa Sant'Angelo. Fará perguntas a ela também? – Oh, Deus, a pobre gárgula.

– Só se for necessário. – O inspetor sabia de quem se tratava. A viúva mais terrível de Roma. – Porém, no momento, o mais prudente será a senhora não falar com ninguém. Não saia, não fale com amigos. Diga às pessoas que está doente. Mas atenda pessoalmente o telefone. Pode ser que os sequestradores não estejam dispostos a falar com outra pessoa. Precisamos saber o resto de suas exigências o mais rápido possível. A senhora tem um menino, não tem? – Ela apenas concordou com a cabeça. – Ele também não deverá sair. A casa toda ficará cercada por seguranças. Discretamente, sem a menor dúvida.

– Devo também reter os empregados em casa?

– Não. – Ele balançou a cabeça com firmeza. – Não diga nada a eles. Talvez algum acabe se denunciando. Deixe-os sair como de costume. Seguiremos todos.

– Acha que pode ser um deles? – Isabella estava pálida, mas esperançosa. Não importava quem fosse, apenas que encontrassem Amadeo a tempo, antes que aqueles doidos fizessem alguma coisa, antes que eles... ela não conseguia pensar nas palavras. Não queria pensar nelas. Não podia acontecer. Não com Amadeo. Não com eles. As lágrimas tornaram a inundar seus olhos e o inspetor se virou para o outro lado.

– Precisamos apenas nos certificar. E quanto à senhora, lamento, mas será uma hora muito difícil.

– E quanto ao dinheiro? – Porém, assim que pronunciou essas palavras, ela se arrependeu. A expressão do rosto do inspetor endureceu.

– O que tem o dinheiro?

– Devemos... devemos...

– Todas as suas contas, particulares e comerciais, ficarão congeladas segunda-feira de manhã. Notificaremos seu banco momentos antes de abrirem.

– Oh, meu Deus. – Por um instante ela olhou para Bernardo, cheia de terror, e em seguida furiosa, tanto com ele quanto com o inspetor. – Como espera que prossigamos com a empresa?

– A crédito. Por enquanto. – O rosto dele também parecia ter congelado. – Estou certo de que a Casa de San Gregorio não terá problemas com isso.

– Então do que o senhor está certo, inspetor, e do que eu estou certa são duas coisas diferentes. – Ela levantou-se rapidamente, seus olhos faiscando com a própria ira. Pouco se importava com o dinheiro destinado à empresa. Ela só queria saber se podia colocar as mãos nele se fosse obrigada, para Amadeo, caso as ideias dos policiais provassem ser insuficientes. Malditos policiais, maldito Bernardo, maldito...

– Vamos deixá-la para que durma um pouco. – Pela primeira vez, Isabella tinha vontade de gritar "foda-se" bem alto para o inspetor, mas não o fez. Apenas cerrou os dentes e apertou as mãos. Um momento depois, eles tinham ido embora e ela ficou sozinha com Bernardo na sala.

– Viu? Maldito! Viu só? Eu disse que fariam isso. O que faremos agora?

– Esperar. Deixe que façam o trabalho deles. Rezemos.

– Será que não compreende? Eles estão com Amadeo. Se não arranjarmos os 10 milhões de dólares, eles matarão Amadeo! Isso ainda não entrou na sua cabeça? – Por uma fração de segundo ela pensou que ia esbofeteá-lo, mas a expressão dele dizia que ela já o havia feito.

Isabella esbravejou, enfureceu-se, chorou. E, naquela noite, ele dormiu no quarto de hóspedes. Mas também não havia nada que pudessem fazer. Não em um fim de semana, e não com as contas congeladas; e provavelmente nada poderiam fazer, mesmo se não estivessem.

Naquela noite ela não deitou. Ficou sentada, aguardou, chorou, sonhou. Quis quebrar tudo que havia na *villa*, quis embrulhar tudo e dar de presente... qualquer coisa... qualquer coisa... contanto que o mandassem para casa... por favor...

Tiveram de aguardar mais 24 horas até o telefonema seguinte. Neste havia mais uma particularidade. Queriam os 10 milhões na terça-feira e já era noite de sábado. Ela procurou chamá-los à razão, que estavam num fim de semana, que era impossível reunir o dinheiro quando os bancos, os escritórios e a própria empresa deles estavam fechados. Pouco se importaram. Terça-feira. Imaginavam que lhe davam muito tempo. Avisariam quanto ao local depois. E, dessa vez, não deixaram Amadeo vir ao telefone.

– Como posso saber se ele ainda está vivo?

– Não pode. Mas ele está. E ficará, se você, por estupidez, não estragar tudo. Enquanto não chamar a polícia e aparecer com o dinheiro, ele estará ótimo. Ligaremos para você. *Ciao, signora.*

– Ora, Deus... e agora?

Na manhã de domingo Isabella parecia um fantasma, os olhos rodeados por olheiras fundas, o rosto mortalmente pálido. Numa tentativa de manter uma aparência de normalidade, Bernardo ia e vinha e pedia notícias de Amadeo. Era fácil acreditar na história de que Isabella estava doente. Ela realmente passava essa impressão. Mas nenhum dos empregados deixou escapar nada. Ninguém parecia saber a verdade. E a polícia não descobrira nada. No domingo à noite Isabella tinha certeza de que ia enlouquecer.

– Não posso, Bernardo, não posso mais. Eles não estão fazendo nada. Tem que haver outro jeito.

– Como? Aparentemente, até minha conta pessoal ficará congelada. Amanhã vou pedir à minha mãe dinheiro emprestado. A polícia disse que nem posso descontar um cheque no meu banco.

– Vão congelar sua conta também? – Ele assentiu com a cabeça, em silêncio. – Droga!

Mas havia uma coisa que eles não poderiam congelar na segunda-feira. Uma coisa na qual não poderiam tocar. Ela ficou acordada em seu quarto durante a noite toda de domingo, contando, calculando, imaginando e, pela manhã, foi até o cofre. Talvez não tivesse 10 milhões, mas 1 milhão. Ou até mesmo 2 milhões. Apanhou as duas caixas compridas de veludo verde, onde guardava suas joias, e levou-as para o quarto, trancou a porta e espalhou tudo sobre a cama. As esmeraldas, o novo anel de diamantes de dez quilates dado por Amadeo, um colar de rubi que detestava devido à sua extravagância, suas pérolas, o anel de noivado com uma safira que Amadeo lhe dera há quase 11 anos, o bracelete de diamantes da mãe, as pérolas da avó. Fez um inventário cuidadoso e dobrou calmamente a lista. Depois tirou o conteúdo das caixas e colocou-o num grande lenço Gucci e enfiou a pesada trouxa numa grande e velha bolsa marrom de couro. A bolsa quase deslocou-lhe o ombro quando a colocou a tiracolo, mas não se importou. Para o inferno a polícia, ela e sua vigilância eterna, sua verificação e sua ideia de esperar para ver. Um homem em que sabia que podia confiar era Alfredo Paccioli. Durante anos, tanto a família dela quanto a de Amadeo fizeram negócios com ele. Paccioli comprava e vendia joias para reis e príncipes, estadistas e viúvas, e todos os grandes de Roma. Ele sempre fora seu amigo.

Isabella vestiu-se em silêncio, colocando uma calça compridas e um velho suéter de caxemira; chegou a pegar a jaqueta de visom, mas desistiu. Preferiu um velho casaco de camurça e, na cabeça, usou um lenço. Mal se parecia com a Isabella di San Gregorio. Ficou sentada em silêncio por um momento, pensando, imaginando como chegar lá, apesar da vigilância dos seguranças. Em seguida, percebeu que não importava. Não tinha que se esconder deles. Tudo que precisava era obter o dinheiro. E era importante que ninguém a reconhecesse quando estivesse dentro da joalheria. Chamou por Enzo em seu apartamento sobre a garagem e disse-lhe que o queria na porta dos fundos dentro de dez minutos. Gostaria de dar um pequeno passeio.

Minutos mais tarde, ele aguardava com o carro, conforme ela mandara e, furtivamente, Isabella saiu de casa. Não queria que Alessandro a visse, não queria responder às indagações contidas em seus olhos. Dissera-lhe que nesses últimos quatro dias estava doente e não desejara transmitir-lhe a doença, assim ele teria que se ocupar e brincar com *mamma* Teresa, sua babá, em seu quarto ou ao ar livre. Papai estava viajando; telefonaram da escola dizendo que todos estavam em férias. Graças a Deus ele só tinha 5 anos. Mas, ao sair, conseguiu evitá-lo mais uma vez e ficou de súbito grata pela rotina movimentada que Maria Teresa planejava para a criança. Naquele momento ela não poderia ocupar-se com o filho, não poderia encará-lo sem apertá-lo estreitamente nos braços e romper num pranto violento e assustado.

– Está melhor, *signora*?– Enzo olhou-a pensativo pelo espelho retrovisor enquanto se afastavam. Isabella apenas acenou com a cabeça no momento em que sua escolta policial disfarçada afastava-se discretamente do meio-fio.

– *Si*. – Deu-lhe o endereço da loja ao lado da de Paccioli, não muito longe da sua própria empresa, e resolveu que não se importaria se Enzo soubesse por que estava indo àquele endereço. Se ele fosse um dos conspiradores, então era melhor que soubesse que ela estava esforçando-se ao máximo. Os sacanas. Não restava ninguém em quem pudesse confiar. Não agora. E talvez nunca mais. E Bernardo, aquele maldito, como pudera estar tão certo? Conteve as lágrimas enquanto dirigiam-se para o endereço dado. O trajeto levou menos de 15 minutos, e ela fez uma ligeira encenação parando brevemente em duas butiques antes de desaparecer depressa no interior da loja de Paccioli. Como a Casa de San Gregorio, ela tinha uma fachada discreta, neste caso apresentada apenas pelo endereço. Isabella entrou no silencioso recinto bege e falou com uma jovem sentada numa grande escrivaninha no estilo de Luís XV.

– Quero ver o *signore* Paccioli. – Mesmo envolta numa echarpe e sem maquiagem, era difícil despojar-se do seu tom autoritário. Mas a jovem não ficou impressionada.

– Lamento muitíssimo, mas o Sr. Paccioli está numa reunião. Com clientes de Nova York. – Ergueu os olhos como se esperasse que Isabella compreendesse. Mas não foi bem-sucedida. E a obscura bolsa de couro marrom no ombro de Isabella a incomodava extremamente.

– Não importa. Diga a ele que é... Isabella.

A mulher hesitou, mas desta vez apenas por um momento.

– Muito bem. – Havia algo desesperado nessa mulher, algo assustador em seu olhar alucinado enquanto mudava a bolsa de lugar em seu ombro. Durante um momento insano, a jovem rezou para que a desconhecida, estranhamente malvestida, não estivesse carregando uma arma. Porém, nesse caso, havia mais motivo ainda para tirar o Sr. Paccioli da reunião. Encaminhou-se para um longo e estreito corredor, deixando

Isabella sozinha, com dois seguranças uniformizados de azul. E voltou em menos de um minuto, com Alfredo Paccioli andando apressado ao seu lado. Tinha 60 e poucos anos, era quase careca, com uma delicada orla de cabelos brancos que combinavam com seu bigode e acentuavam, de certa forma, seus risonhos olhos azuis.

– Isabella, querida, como está? Em busca de alguma coisa para apresentar com as coleções?

Mas ela apenas balançou a cabeça.

– Posso falar com você por um instante?

– Naturalmente. – Ele a olhou mais de perto e não gostou do que viu. Algo terrivelmente estranho se passava com ela. Como se Isabella estivesse muito doente ou, talvez, um pouco maluca. O que ela fez momentos depois quase confirmou essa teoria, ao abrir silenciosamente a bolsa marrom com um puxão e retirar a trouxa formada pelo lenço de seda, espalhando seu conteúdo sobre a mesa dele.

– Quero vender isto. Tudo. – Então ela enlouquecera mesmo? Ou seria uma briga com Amadeo? Alguma infidelidade da parte dele? Por Deus, o que estava acontecendo?

– Isabella, querida... não pode estar falando sério. Mas esta... esta peça tem estado com sua família há anos. – Olhava horrorizado para as esmeraldas, os diamantes, os rubis, o anel que vendera para Amadeo apenas alguns meses antes.

– Preciso vender. Não me pergunte o motivo. Por favor, Alfredo, preciso de você. Apenas compre isto.

– Está falando sério? – A empresa deles teria ficado com dificuldades de repente?

– Absolutamente sério. – Ele notava agora que ela não estava doente nem louca, mas que algo acontecia, algo muito sério, muito ruim.

– Talvez leve um pouco de tempo. – Ele passou os dedos afetuosamente pelas belas peças, pensando em encontrar um lar para cada uma, mas não era uma tarefa que sentisse prazer em executar. Era o mesmo que vender a família ou um filho em leilão. – Não há mesmo outro jeito?

– Nenhum. E, na verdade, não tenho tempo. Pague o que puder por elas agora. Você mesmo. E não fale com ninguém a respeito. Ninguém. É uma questão de... é... oh, Deus, Alfredo, por favor. Precisa me ajudar. – De repente, os olhos de Isabella encheram-se de lágrimas e ele estendeu a mão enquanto seus olhos questionavam os dela.

– Tenho até medo de perguntar. – Algo parecido já havia acontecido duas vezes antes. Uma vez, há um ano. E a segunda vez apenas há uma semana. Fora horrível... terrível, e inútil.

– Não pergunte. Não posso responder. Apenas me ajude, por favor.

– Certo. Certo. De quanto precisa?

Oh, Deus. Dez milhões de dólares.

– Você não pode me dar a quantia de que preciso. Apenas me dê o que puder. Em dinheiro.

Ele olhou, aturdido; em seguida, assentiu com a cabeça.

– Posso lhe dar – fez um cálculo rápido do dinheiro que tinha disponível na hora – talvez duzentos mil hoje. E talvez a mesma quantia dentro de uma semana.

– Não pode me dar tudo hoje? – Parecia desesperada outra vez e, por um instante, ele achou que ela fosse desmaiar sobre sua mesa.

– Não posso, Isabella. Acabamos de fazer uma compra enorme no Extremo Oriente. No momento, todos os nossos bens disponíveis são em pedras. E, obviamente, não é o que você deseja. – Olhou para o pequeno monte de diamantes, em seguida novamente para os olhos dela, com uma ideia. De súbito sentia-se tão assustado quanto ela. O desespero de Isabella era contagioso. – Pode esperar um minuto, enquanto dou alguns telefonemas?

– Para quem? – No mesmo instante, os olhos de Isabella encheram-se de terror, e ele viu que as mãos dela tremiam de novo.

– Confie em mim. Telefonemas para alguns colegas, alguns amigos. Talvez possamos levantar mais algum dinheiro. E... Isabella... – Hesitou, mas achou que tinha entendido. – *Tem* de ser... dinheiro?

– Tem.

Então ele estava certo. Agora as mãos dele também tremiam.

– Farei o que puder. – Sentou-se ao lado dela, pegou o telefone e ligou para cinco ou seis amigos. Joalheiros, peleteiros, um banqueiro de reputação um tanto duvidosa, um jogador profissional que tinha sido freguês e que se tornara amigo. Com eles, Alfredo conseguiu levantar mais 300 mil em dinheiro. Ele disse a ela e Isabella confirmou com a cabeça. Essa soma completaria o total de 500 mil. Meio milhão de dólares. Um vigésimo do que eles queriam. Cinco por cento. Os olhos dele procuravam os de Isabella com uma expressão penalizada. – Isso não vai ajudar? – Viu-se rezando para que ajudasse.

– Terá de ajudar. Como consigo o dinheiro?

– Mandarei imediatamente um mensageiro. Pegarei o que acho que precisaremos em joias para os outros joalheiros. – Apática, ficou observando enquanto ele separava algumas peças. Quando Paccioli pegou o anel de diamante, ela mordeu o lábio para conter as lágrimas. Nada importava, só Amadeo. – Isto deve bastar. Devo ter o dinheiro aqui em uma hora. Pode esperar?

Ela apenas assentiu com a cabeça.

– Mande seu mensageiro sair pela porta dos fundos.

– Estou sendo vigiado?

– Não. Eu é que estou. Mas meu carro está aí em frente, e eles podem estar observando quem sai daqui. – Alfredo não fez mais perguntas. Não era preciso.

– Gostaria de um pouco de café enquanto espera? – Ela apenas balançou a cabeça, e ele a deixou depois de bater afetuosamente em seu braço. Sentia-se totalmente inútil, e de fato era. Ela ficou sentada em um silêncio solitário pouco mais de uma hora, aguardando, pensando, tentando não deixar sua mente retroceder para os momentos de afeto que tinha compartilhado com Amadeo. Ficou recordando-se dos primeiros e dos últimos momentos, dos tempos alegres, de vê-lo com Alessandro pequenino em seus braços pela primeira vez; do lançamento da sua primeira coleção que apresentaram com excessiva coragem e prazer; da lua de mel; das primeiras férias; da primeira casa; da primeira vez que fizeram amor, e da última vez, apenas quatro dias antes... Lembranças que lhe despedaçavam o coração de tal modo que não conseguia suportar. Os momentos, as vozes e os rostos apinhavam-se em sua cabeça ao mesmo tempo em que ela tentava afastá-los, ao mesmo tempo em que sentia o pânico dominar-lhe a alma. Foi uma hora sem fim até que Alfredo Paccioli acabou voltando. A quantia exata estava num envelope comprido, pardo. Quinhentos mil dólares em dinheiro.

– Obrigada, Alfredo. Ficarei grata a você até o fim da minha vida. – E de Amadeo. Não eram os 10 milhões. Mas era um começo. Se a polícia estivesse certa, se os sequestradores fossem, de fato, amadores, talvez até meio milhão serviria para eles. Teria de servir. Era tudo que tinha, agora que as contas estavam congeladas.

– Isabella... posso... posso fazer alguma coisa?

Silenciosamente, ela balançou a cabeça, abriu a porta e saiu, passando rápido pela jovem na entrada, que alegremente a cumprimentou. Ao ouvi-la, Isabella parou.

– O que disse?

– Eu disse bom dia, Sra. di San Gregorio. Ouvi o Sr. Paccioli mencionar coleções e percebi que era a senhora... desculpe... não a reconheci a princípio... eu...

– Você não reconheceu. – Isabella virou-se para ela, furiosa. – Você não me reconheceu porque nunca estive aqui. Entendeu?

– Entendi... sim... desculpe... – Santo Deus, a mulher era realmente maluca. Mas havia algo mais naquela criatura...

Algo... a bolsa... agora não parecia tão pesada. Pendurou-a no ombro como se de repente estivesse leve. O que a mulher trouxera ali de tão importante e tão pesado?

– Entendeu o que eu disse? – Isabella ainda olhava fixamente para a recepcionista, a exaustão de três noites insones fazendo-a realmente parecer doida. – Porque, se não entendeu, se contar a alguém, se contar que estive aqui, será despedida. Permanentemente. Cuidarei disso.

– Entendi. – Então ela estava vendendo suas joias. A vaca. Educadamente, a jovem assentiu com a cabeça enquanto Isabella apressava-se em direção à porta.

ISABELLA ORDENOU a Enzo que a levasse direto para a *villa*. Durante horas ficou aguardando, sentada ao lado do telefone. Sempre imóvel. Permaneceu sentada no quarto, com a porta trancada. Uma indagação de Louis a respeito do almoço resultou apenas em um simples não. A vigília prosseguia. Eles tinham de telefonar. Era segunda-feira. Queriam o dinheiro para o dia seguinte... Teriam de dizer onde deixar o dinheiro e a que horas exatamente.

Porém, por volta das 19 horas daquele mesmo dia, eles ainda não tinham telefonado. Ela ouvira Alessandro fazer algazarra nos corredores e a voz de *mamma* Teresa chamando-lhe atenção, fazendo-o lembrar-se de que sua mãe estava resfriada. Em seguida, tudo silenciou outra vez, até que, finalmente, ouviu-se uma batida violenta na porta.

– Deixe-me entrar. – Era Bernardo.

– Deixe-me em paz. – Ela não o queria no quarto, caso telefonassem. Ela nada lhe revelara sobre as joias. Provavelmente ele contaria à polícia. Ela já tolerara aquela tolice o suficiente. Agora cuidaria sozinha do assunto. Poderia prometer-lhes um milhão de dólares – metade no dia seguinte e a outra metade na próxima semana.

– Isabella, preciso falar com você. Por favor.

– Estou ocupada.

– Não interessa. Por favor. Preciso... há uma coisa que eu... tenho de mostrar a você. – Por um momento, ela percebeu a voz dele falhar.

Então, disse:

– Passe por debaixo da porta.

Era o jornal da tarde. Página cinco. *Isabella di San Gregorio foi vista hoje na Paccioli...* Descreviam o que ela usara, como estava, e praticamente cada item. Mas como? Quem? Alfredo? E, então, ela compreendeu. A recepcionista. A vagabunda impaciente na entrada. Isabella sentiu o coração parar ao abrir a porta.

Bernardo estava ali de pé, chorando em silêncio, olhando para o chão.

– Por que fez isso?

– Eu tinha de fazer. – Mas, de repente, sua voz tornou-se apática. Se saíra nos jornais, então os sequestradores também saberiam. E saberiam mais: que se ela estava vendendo as joias, provavelmente suas contas haviam sido congeladas. Saberiam que ela falara com a polícia. – Oh, não.

Não disseram mais nada um para o outro. Bernardo apenas entrou no quarto e, em silêncio, ocupou seu lugar ao lado do telefone.

O chamado ocorreu às 21 horas. Era a mesma voz, o mesmo homem.

– Entendido, *signora*. Então, deu com a língua nos dentes.

– Não dei, juro. – Mas sua voz tinha aquele timbre excitado da mentira. – Eu tinha de obter mais dinheiro. Não poderíamos conseguir o suficiente.

– Você jamais conseguirá o suficiente. Mesmo se não tivesse falado com a polícia, agora eles saberiam. Vão começar a bisbilhotar por aí. Se não contou, alguém vai contar a eles.

– Mas ninguém mais sabe.

– Besteira. Que espécie de idiotas pensa que somos? Escute, quer dizer adeus ao seu marido?

– Não, por favor... espere... Tenho dinheiro para vocês. Um milhão...

Mas ele não estava ouvindo, e Amadeo já estava na linha.

– Isabella... querida... está tudo bem.

Está tudo bem? Ele enlouquecera? Mas ela não se importava se ele tivesse enlouquecido. Nunca lhe parecera tão sincero, e o coração de Isabella, que sempre fora fiel, chegou às alturas agora. Ele ainda estava lá, em algum lugar; não o tinham machucado. Talvez tudo *pudesse* ficar bem. Enquanto Amadeo ainda estivesse ali, em algum lugar, em qualquer lugar, estava tudo bem.

– Você tem sido uma garota muito corajosa, querida. Como está Alessandro? Ele sabe?

– Claro que não. E está ótimo.

– Isso é bom. Beije-o por mim. – Ela achou ter ouvido a voz dele tremer, então fechou os olhos com força. Não podia chorar. Agora não. Tinha de ser corajosa como ele a imaginava. Tinha de ser. Por ele. – Quero que... sempre... saiba quanto amo você – disse Amadeo. – O quanto é perfeita. Ótima esposa. Jamais me deu um único dia de infelicidade, querida. Nenhum. – Ela agora chorava abertamente e reprimia com esforço os soluços que lhe embargavam a garganta.

– Amadeo, querido, amo você. Tanto. Por favor... venha para casa.

– Irei, querida. Irei. Prometo. E estou com você agora mesmo. Seja corajosa, só mais um pouquinho.

– Você também, meu querido. Você também. – Depois a ligação foi cortada sumariamente.

A polícia encontrou-o pela manhã, próximo a um galpão, no subúrbio de Roma, estrangulado, ainda muito bonito, e completamente morto.

4

Os carros da polícia cercavam a limusine enquanto Enzo a dirigia lentamente para o centro de Roma. Isabella escolhera a igreja próxima à Casa de San Gregorio, perto da Piazza di Spagna. Santo Stefano. No começo do namoro, costumavam ir a essa igreja quando queriam parar em algum lugar para descansar por um momento, depois das longas caminhadas que davam na hora do almoço. Era antiga, simples e bonita, e para ela parecia mais apropriada do que as catedrais mais pomposas de Roma.

Bernardo ia ao seu lado no carro, enquanto Isabella olhava para a frente, com a visão perdida, fitando apenas a nuca de Enzo. Seria ele? Seria outra pessoa? Quem eram os traidores? Agora não importava. Amadeo se fora. Levando consigo o entusiasmo e o riso, o amor e os sonhos. Amadeo se fora. Para sempre. Ela ainda estava em estado de choque.

Acontecera dois dias depois de sua visita a Alfredo Paccioli, quando ela fora carregando seu lenço cheio de joias. Dois dias. Sentia-se deprimida, como se também tivesse morrido.

– Isabella... *bella mia*. – Bernardo tocava em seu braço gentilmente. Pegou em sua mão em silêncio. Havia tão pouco que pudesse fazer! Ele havia chorado cerca de uma hora quando a polícia telefonara dando a notícia. E novamente quando Alessandro correra para seus braços.

– Mataram meu papai... eles... eles...

A criança ficara soluçando enquanto Isabella permanecia ao lado, deixando-o buscar o conforto que pudesse de um homem. Agora ele não teria nenhum homem, estava sem pai, sem Amadeo. Ele fitara a mãe com grande terror em seus olhos escuros e infelizes. "Vão levar você também?" Não, ela respondera. Não, nunca. Enquanto apertava-o estreitamente em seus braços. *E jamais levarão você tampouco*, tesoro. *Você é meu.*

Fora mais do que Bernardo pôde suportar, e agora isto. Isabella, rígida e formal, em seu casaco, meias e chapéu pretos e um espesso véu. O luto apenas realçava sua beleza, só fazia aumentar seu encanto, em vez de diminuí-los. Ele comprara de volta todas as joias sem dizer uma palavra. Ela agora usava apenas a aliança e o grande solitário que ganhara de presente de aniversário, poucos meses antes. Isso era tudo? Fazia apenas cinco dias que o viram pela última vez? Ele realmente não voltaria mais? O próprio Bernardo sentira-se como uma criança de 5 anos ao olhar para o rosto de Amadeo di San Gregorio, tão quieto e calmo na morte. Mais do que nunca ele se parecia com as estátuas, as pinturas, os jovens graciosos da antiga Roma. E agora se fora.

Bernardo ajudou-a a descer discretamente do carro e segurou seu braço com firmeza. Entraram na igreja. Havia policiais e seguranças em todas as entradas, e pessoas de luto sentadas no interior.

A cerimônia fúnebre foi breve e insuportavelmente dolorosa. Isabella ficou em silêncio ao lado de Bernardo, as lágrimas rolando incontroláveis por sua face, sob o véu preto. Empregados, amigos e parentes soluçavam sem reservas. Até a gárgula estava lá, com sua bengala de ébano com castão de ouro.

A volta para casa pareceu levar anos. Ao contrário da tradição, Isabella informara que não veria ninguém na *villa*. Ninguém. Queria ficar só. Quem haveria de saber qual deles o traíra? Mas Bernardo sabia agora que era improvável ser alguém do seu círculo de amizades. A própria polícia não tinha nenhuma pista. Presumiam, talvez corretamente, que fora obra de "amadores de sorte", ávidos por um quinhão da fortuna de San Gregorio. Não havia impressões digitais, a mínima prova, nenhuma testemunha, e não ocorrera outro telefonema. E não ocorreria, a polícia tinha certeza. Exceto os trotes das centenas e talvez milhares de maníacos, que começariam com seus jogos macabros. A polícia colocara um dispositivo no telefone de Isabella, contando com a investida violenta dos marginais que tinham prazer em assombrar, escarnecer, provocar, confessar, ameaçar ou sussurrar obscenidades ao telefone. Preveniram Isabella do que a esperava. Bernardo encolheu-se ao pensar; ela já sofrera bastante.

– Onde está Alessandro? – Depois da cerimônia fúnebre, Bernardo bebia uma xícara de café, pensando como a casa parecia insuportavelmente vazia. Envergonhou-se por estar grato pelo fato de que fora Amadeo e não a criança. Isabella não teria sido capaz de fazer essa escolha. Mas para Bernardo não havia dúvida. Como não teria havido para Amadeo. Ele teria se sacrificado de bom grado para poupar seu único filho.

– Está no quarto dele com a babá. Quer vê-lo? – Isabella olhou-o tristemente sobre a borda da xícara.

– Posso esperar. De qualquer modo, precisava falar com você a respeito de uma coisa.

– O quê? – Não estava sendo fácil conversar com ela ultimamente, e Isabella não permitiria que o médico lhe desse nenhum remédio para ajudar. Bernardo não se enganou ao calcular que ela ficara de fato sem dormir quase uma semana.

– Acho que você precisa viajar.

– Não seja ridículo. – Ela pousou a xícara sobre a mesa com violência e olhou para ele. – Estou ótima.

– Parece ótima. – Ele retribuiu o olhar, e por um momento Isabella cedeu ao vislumbre de um sorriso. Era a primeira amostra da velha tensão entre eles em uma semana. Parecia confortador e familiar.

– Muito bem, estou cansada. Mas ficarei ótima.

– Não ficará se permanecer aqui.

– Engana-se. Este é o lugar onde preciso ficar. – *Perto das coisas dele, da casa dele... perto... dele...*

– Por que não faz uma viagem aos Estados Unidos?

– Por que não cuida da sua própria vida? – Ela recostou-se na cadeira, com um suspiro. – Não vou, Bernardo. Não me pressione.

– Você ouviu o que a polícia disse. Os maníacos vão ficar telefonando, atormentando você. A imprensa já não a está deixando em paz agora. É assim que deseja viver? O que deseja para Alessandro? Nem pode mandá-lo para a escola.

– Ele pode voltar mais tarde para a escola.

– Então viaje até ele poder voltar. Um mês. Alguns meses. O que prende você aqui?

– Tudo. – Olhou-o muito cautelosa, enquanto tirava lentamente o chapéu e afastava o véu dos olhos. Havia algo assustador e determinado no modo como o olhava agora.

– O que significa isso?

– Significa que volto ao trabalho na segunda-feira. Meio expediente, mas diariamente. Das nove à uma... das nove às duas... O que for preciso.

– Está brincando?

– De modo algum.

– Isabella, não pode estar falando sério. – Ele estava chocado.

– Posso e estou falando sério mesmo. Quem você acha que dirigirá a empresa agora... agora que... ele se foi? – Por um momento, ela titubeou ao pronunciar as palavras. Mas Bernardo empertigou-se assim que ela as pronunciou.

– Pensei que eu pudesse. – Por um instante Bernardo pareceu magoado e irredutível. Ela olhou ao longe, em seguida tornou a olhar para ele.

– Você poderia. Mas não posso fazer isso. Não posso me sentar aqui e abdicar. Não posso abrir mão do que Amadeo e eu compartilhamos, do que ele construiu, do que amávamos, do que fizemos. Ele se foi, Bernardo. Devo isso a ele. E a Alessandro. Um dia a empresa será dele. Você e eu teremos de ensinar a ele o que precisará saber. Você e eu. Os dois. Não posso fazer isso sentada aqui. Se o fizesse, poderia apenas contar-lhe como era vinte anos atrás "quando seu pai estava vivo". Devo a ele mais do que isso, e a Amadeo, e a você e a mim mesma. Vou voltar na segunda-feira.

– Não estou dizendo que não deveria voltar. Só acho que é muito cedo. – Tentou parecer gentil, mas ele não era Amadeo. Não conseguiria tratá-la do modo gentil de Amadeo, só com exaltação.

Porém, desta vez, ela apenas balançou a cabeça e seus olhos se encheram de lágrimas novamente.

– Não é não, Bernardo... não é muito cedo de modo algum. É muito... muito... muito tarde. – Ele pôs a mão sobre a dela e esperou até que Isabella tomasse fôlego. – O que eu faria aqui? Ficaria perambulando pela casa? Abrindo os armários dele? Sentando no jardim? À espera em meu *boudoir*? À espera do quê? De um homem... – Um soluço brotou dela enquanto permanecia sentada com as costas eretas, o rosto erguido bem alto. – ... um homem... a quem... amei... e que jamais... voltará... para casa. Preciso... voltar a trabalhar. Preciso. Faz parte de mim, e fazia parte dele. Eu o encontrei no trabalho. Diariamente. De mil maneiras diferentes. Das maneiras que importavam mais. Eu apenas... preciso. É só. Até Alessandro compreende. Conversei com ele esta manhã. Ele compreende perfeitamente. – Pareceu orgulhosa por um instante. O filho era um excelente menino.

– Então você o está deixando louco, igualzinho a você. – Mas Bernardo não quisera dizer isso de modo cruel, e Isabella apenas sorriu.

– Talvez eu o deixe tão louco como eu, Bernardo. E tão adorável como o pai. Talvez o torne maravilhoso assim. – Em seguida levantou-se e, pela primeira vez em vários dias, ele viu um autêntico sorriso e apenas um vislumbre do que outrora tinha sido um brilho em seu olhar, outrora de apenas alguns dias, apenas alguns dias. – Preciso ficar sozinha agora. Por algum tempo.

– Quando voltarei a vê-la? – Ele levantou-se, observando-a. Isabella ainda estava ali. Em algum lugar, dormindo, esperando, mas ela voltaria a viver outra vez. Ele estava certo disso. Havia muita vida nela para ser desperdiçada.

– Você me verá na segunda-feira de manhã, é claro. Em meu escritório.

Ele apenas olhou-a em silêncio, depois saiu. Tinha muita coisa em mente.

5

Isabella di San Gregorio de fato apareceu no escritório na segunda-feira pela manhã, e todos os dias dali em diante. Ficava das 9 horas às 14 horas causando estupefação, terror, admiração e respeito. Era tudo que Amadeo sempre imaginara dela. Era feita de ferro e fogo, de emoção e garra. Agora usava o chapéu dele, bem como o seu também, e centenas de outros. Continuava a trabalhar com os documentos em casa, em seu quarto, à noite, muito depois de Alessandro ter ido dormir. Agora tinha dois interesses na vida: seu trabalho e seu filho. E pouquíssima coisa mais. Estava tensa, cansada, deprimida, mas fazia o que dissera que ia fazer. Inclusive mandou Alessandro de volta para a escola – com um segurança, com cautela, com preocupação, mas também com determinação. Ensinou o menino a ser orgulhoso, a não ter medo. Ensinou-o a ser corajoso, a não ter raiva. Ensinou-o tudo que ela própria era e ainda conseguiu dar-lhe algo mais. Paciência, amor, riso. E, às vezes, também choravam juntos. A perda de Amadeo custara a ambos quase tudo que tinham. Mas isso aproximou-os mais, fortaleceu sua amizade. O único cuja amizade se viu prejudicada foi Bernardo.

Foi ele quem suportou o impacto do sofrimento, das ansiedades e da fadiga de Isabella. Apesar de Bernardo dirigir mais a empresa, tinha a impressão de que dirigia menos. Trabalhava com mais afinco, durante mais tempo, tinha mais afazeres, mesmo assim ela tentava ser tudo, a raiz, a essência, o coração e a alma da Casa de San Gregorio. A ele cabia o trabalho enfadonho. E a amargura. E a ira. O que transparecia entre eles em cada reunião. As brigas eram constantes, e Amadeo não estava mais ali para moderá-las. Ela tentava ser Amadeo, bem como ela própria, e não compartilhava opiniões com ele como fizera com Amadeo. Ela ainda estava na chefia. Isso criou mais tensão do que nunca entre os dois. Mas, pelo menos, a empresa não sofrera com o golpe da morte de Amadeo. Um mês depois, os números permaneciam estáveis; dois meses depois, estavam melhores do que no ano anterior. Tudo melhorava, exceto o relacionamento entre Bernardo e Isabella – e a aparência de Isabella. O telefone tocava constantemente, dia e noite, em casa e no escritório. Os maníacos apareceram, conforme o esperado. Ameaças, discussões, confissões, blá-blá-blás, solidariedade e acusações, obscenidades e propostas indecorosas. Ela já não atendia mais o telefone. Três homens o atendiam 24 horas por dia na *villa* e outros três faziam o mesmo no escritório. Mas ainda nenhuma pista fora encontrada que identificasse os sequestradores, e agora estava claro que jamais seriam encontrados. Isabella compreendia. Tinha de compreender. Como também sabia que, no final, eles a deixariam em paz. Os fanáticos, os maníacos, os idiotas. Todos. Um dia. Ela podia escapar. Mas Bernardo não concordava.

– Você está doida. Não pode continuar vivendo dessa maneira. Já emagreceu nove quilos. Está praticamente esquelética. – Não falava a verdade, é claro; para ele, ela estava sempre linda, mesmo que parecesse doente.

– Isso nada tem a ver com os telefonemas. Tem a ver com o que eu como ou não. – Ela tentou sorrir do outro lado da mesa, mas estava cansada demais para continuar discutindo. O que fizeram a manhã inteira.

– Você está prejudicando o menino.

– Pelo amor de Deus, Bernardo, não estou não! – Lançou-lhe um olhar furioso. – Temos sete seguranças na casa. Um com Enzo no carro. Outro na escola. Não seja ridículo.

– Espere, espere só, sua grande imbecil. Eu avisei vocês naquele dia, não avisei, sobre o modo como os dois viviam? Eu estava errado?

Foi um golpe cruel.

– Saia da minha sala – gritou Isabella. – Saia da minha vida!

– *Va cagare*! – Ele bateu a porta ao sair. Por um momento Isabella ficou aturdida demais para ir atrás e exigir desculpas; e sentia-se cansada demais até para tentar. Estava extremamente cansada de brigar com Bernardo; procurou recordar se sempre fora assim. Antes não chegava até ser engraçado? Já não chegaram a rir juntos? Ou apenas tinham rido quando Amadeo estava ali para convencê-los a abandonar as lutas? Já não conseguia lembrar-se mais. Não conseguia lembrar-se de coisa alguma, exceto das montanhas de papéis que tinha sobre a mesa... exceto à noite. Então, lembrava-se. Demais. Lembrava-se dos sons suaves de Amadeo dormindo na cama à noite e suas mãos sobre a carne tépida de suas coxas. Lembrava-se do modo como ele bocejava e espreguiçava-se ao acordar, a expressão dos seus olhos ao sorrir para ela por cima do jornal da manhã, do seu cheiro bom logo após ter feito a barba e tomado banho, o som de sua risada ecoando no corredor enquanto brincava com Alessandro, o modo como...

Todas as noites deitava-se com essas lembranças. Levava trabalho para casa, na esperança de deter as visões, esperando perder-se nos pedidos de tecido e detalhes da coleção, estatísticas, algarismos e investimentos. As noites ficavam longas demais depois que Alessandro ia para a cama.

Agora, sentada ali no escritório, fechou os olhos com força, procurando obrigar-se a voltar para o trabalho, mas ouviu uma suave batida na porta. Surpresa, deu um pulo, relutante. Era na porta lateral que dava para o escritório de Amadeo, a porta que ele sempre usara. Por um momento, sentiu-se trêmula. Ainda tinha aquela sensação louca de que ele ia voltar. Que tudo não passava de um pesadelo, uma terrível mentira, que uma noite dessas a Ferrari iria deslizar suavemente pela entrada de cascalho, a porta iria bater e ele chamaria por ela: "Isabellezza! Cheguei!"

– Quem é? – Olhou fixamente para a porta ao ouvir outra vez a batida.

– Posso entrar? – Era apenas Bernardo, ainda parecendo constrangido.

– É claro. O que está fazendo aí? – Ele estivera no escritório de Amadeo. Ela não o queria ali. Não queria ninguém ali. Ela usava o escritório em busca de um refúgio, às vezes, por um instante, na hora do almoço ou no fim do expediente. Mas sabia que não podia impedir Bernardo de entrar lá. Ele tinha direito ao acesso aos papéis de Amadeo, aos livros que ele mantinha na parede, atrás da escrivaninha.

– Estava dando uma olhada em alguns arquivos. Por quê?

– Por nada. – A expressão de sofrimento era inconfundível. Por um momento, Bernardo tornou a sofrer por ela. Não importava o quanto ela fosse impossível às vezes, não importava o quão diferentes eram em suas aspirações para a empresa, ainda assim ele compreendia a grandeza da perda que ela sofrera.

– Incomoda-se tanto assim quando entro ali? – Sua voz estava diferente agora do que estivera há poucos instantes, quando gritara e batera a porta.

Ela assentiu com a cabeça, olhando ao longe um segundo, em seguida para ele.

– Estupidez, não é? Sei que precisa de coisas do escritório dele de vez em quando. Assim como eu.

– Você não pode transformá-lo num santuário, Isabella. – Sua voz estava suave, mas tinha firmeza no olhar. Ela já fazia isso com a empresa. Ele gostaria de saber quanto tempo iria durar.

– Eu sei.

Constrangido, Bernardo continuou na soleira da porta, em dúvida se esta seria uma boa ocasião. Mas quando então? Quando poderia perguntar-lhe? Quando poderia dizer-lhe o que pensava?

– Podemos conversar um instante ou está muito ocupada?

– Tenho algum tempo. – O tom de sua voz não era muito convidativo. Isabella forçou-se a suavizar a voz. Talvez ele quisesse desculpar-se pelo que dissera no momento exato em que batera a porta da sala dela, pouco tempo atrás. – Alguma coisa em especial?

– Acho que sim. – Ele suspirou suavemente e sentou-se. – Há uma coisa com a qual eu não desejava incomodá-la, mas acho que esta talvez seja uma boa ocasião.

– Oh, Deus. O que é agora? – Quem estava pedindo demissão, o que fora cancelado, o que não ia chegar? – É sobre aquele maldito sabonete outra vez? – Ela sabia o suficiente, e toda vez que tinham de discutir sobre o assunto, isso a fazia recordar-se do dia quando... quando Amadeo... naquela última manhã... Ela desviou o olhar.

– Não faça essa cara. Não é nada desagradável. Na verdade – tentou convencê-la com um sorriso – talvez seja muito bom.

– Não estou certa se poderia suportar o choque de alguma coisa "muito boa" acontecendo. – Recostou-se na cadeira, lutando contra a exaustão e uma dor nos rins. Nervos, tensão estavam ali desde... – Muito bem, desembuche. Pode falar.

– *Ecco, signora*. – E, de repente, ele lamentou por não tê-la levado para almoçar. Talvez tivesse sido melhor, algumas horas longe dali, uma boa garrafa de vinho. Mas quem ainda conseguia levá-la a algum lugar? E sair do edifício significava levar junto o exército de seguranças. Não, aqui era melhor. – Recebemos um telefonema dos Estados Unidos.

– Alguém fez um pedido de 10 mil peças, estamos vestindo a primeira-dama ou acabei de ganhar o prêmio cobiçado internacionalmente. Certo?

– Bem... – Ambos sorriram por um instante. Graças a Deus, ela se mostrava mais jovial do que no começo da manhã. Ele não estava certo do motivo, talvez porque ela precisasse muito dele, ou talvez apenas estivesse cansada demais para brigar. – Na realidade, não foi essa espécie de telefonema. Foi um telefonema de Farnham-Barnes.

– O monstro onívoro das lojas de departamentos? Que diabo querem agora? – Nos últimos dez anos, a F-B, como era chamada, estivera devorando atentamente todas as principais lojas de departamentos de alta qualidade dos Estados Unidos. Agora era uma empresa poderosa a ser levada em consideração e uma conta cobiçada por todos no comércio. – Ficaram satisfeitos ou não com seu último pedido? Não, não importa. Sei a resposta, querem mais. Bem, diga-lhes que não podem ter mais. Você já sabe disso. – Devido ao número de lojas que a cadeia F-B possuía, Isabella cuidara de manter um controle bastante firme. Portanto, só poderiam ter grande quantidade da sua *prêt-à-porter* e uma pequena quantidade da coleção de criações exclusivas. Não queria que as mulheres de Des Moines, Boston e Miami vestissem centenas de vestidos iguais. Até com a coleção *prêt-à-porter* Isabella era cuidadosa e mantinha um rígido controle. – É isso? – Olhou para Bernardo, já empertigando-se, e ele sentiu que perdia a coragem.

– Não é bem isso. Eles tinham algo mais em mente. A companhia matriz, denominada I.H.I., International Holdings and Industries, que por acaso possui as Fábricas Farrington, as Linhas Aéreas Interamericanas e Produtos Alimentícios Harcourt, vem fazendo sindicâncias discretas a nosso respeito desde que Amadeo... nos últimos dois meses.

– Que espécie de sindicâncias? – Os olhos dela pareciam ardósia negra. Frios, duros e apáticos.

Mas não havia razão para continuar com rodeios.

– Querem saber se você está interessada em vender.

– Você enlouqueceu?

– Em absoluto. Para eles seria uma brilhante adição ao que já fizeram com a F-B. Eles já adquiriram quase todas as principais lojas de departamentos existentes nos Estados Unidos, embora tenham conservado a identidade de cada uma. É uma cadeia sem ser uma cadeia. Cada loja continuou exatamente como era antes, embora lucre por ser parte de uma organização muito maior, capital mais extenso para recorrer, maiores recursos. Em termos de negócios, o sistema é brilhante.

– Então parabenize-os por mim. E diga-lhes para irem se foder. O que estão pensando? Que a San Gregorio é mais uma lojinha de departamentos italiana para anexar à sua cadeia? Não seja ridículo, Bernardo. O que eles fazem não tem nada a ver conosco.

– Pelo contrário. Talvez tenha tudo a ver conosco. Isso nos oferece um sistema de abastecimento internacional para todas as coleções, facilidades de produção, marketing de massa, se o quisermos, para as colônias, o sabonete. É uma operação de alta categoria e se adaptaria perfeitamente a todas as nossas coleções principais.

– Você perdeu o juízo. – Olhou-o e sorriu nervosamente. – Está mesmo sugerindo que eu venda para eles? É o que significa toda essa história?

Ele hesitou apenas uma fração de segundo; depois assentiu com a cabeça, temendo o pior. Chegou rápido.

– Está louco? – gritou ela e se pôs rapidamente de pé. – Era isso o que significava todo aquele disparate desta manhã? Como eu parecia cansada? Como estava magra? O que é isso, Bernardo? Eles estão lhe oferecendo uma rica comissão caso consiga me convencer? Cobiça, todos são motivados pela cobiça, como os... aqueles... – ela reprimiu as palavras, pensando nos sequestradores de Amadeo, e virou-se rapidamente para esconder uma súbita onda de lágrimas. – Não quero discutir esse assunto. – Continuou de costas para ele, olhando pela janela, procurando inconscientemente o carro de Amadeo. Já fora vendido.

Atrás dela, a voz de Bernardo soou surpreendentemente calma.

– Não estou recebendo comissão de ninguém, Isabella. A não ser de você. Sei que é muito cedo para pensar nisso. Mas faz sentido. É o próximo passo óbvio para a empresa. Agora.

– O que isso quer dizer? – Ela virou-se de novo para encará-lo, e ele sofria por ainda ver lágrimas em seus olhos. – Acha que Amadeo teria feito isso? Vender para algum monstro comercial da América? Para uma corporação? Uma F-B e uma I.H.I. e só Deus sabe o que mais. Esta é a San Gregorio, Bernardo. San Gregorio. Uma família. Uma dinastia.

– É um império com um trono vazio. Durante quanto tempo você realmente acredita que pode controlar tudo? Morrerá de exaustão antes de Alessandro atingir a maioridade. E não é só isso. Você corre o mesmo risco que correu Amadeo, assim como Alessandro também corre. Sabe o que acontece na Itália hoje em dia. E quanto a você? E se alguma coisa lhe acontecer? Com que frequência poderá se manter protegida, toda vez que tiver de sair e entrar ou levantar ou sentar-se?

– Enquanto eu precisar. Isso vai diminuir aos poucos. Acha mesmo que vender é a solução? Como pode sequer dizer uma coisa dessas depois do que produziu aqui, depois do que construiu conosco, depois... – Novamente seus olhos encheram-se de lágrimas.

– Não a estou traindo, Isabella. – Lutou para se controlar. – Estou tentando ajudá-la. Não há outra solução para você a não ser vender. Estão falando de enormes somas de dinheiro. Alessandro seria um homem imensamente rico. – Mas, ao dizer isso, sabia que o dinheiro não era o problema.

– Alessandro será o que o pai dele era. O chefe da Casa de San Gregorio. Aqui. Em Roma.

– Se ainda estiver vivo. – As palavras foram pronunciadas suavemente, com uma camada finíssima de raiva.

– Pare com isso! Pare! – Isabella olhou fixamente para ele. Suas mãos tremiam, o rosto contorceu-se subitamente numa expressão terrível. – Pare de dizer essas coisas. Nada igual acontecerá de novo. E não venderei. Nunca. Diga a essas pessoas que não! Isso é tudo, minha palavra final. Não quero saber da oferta. Não quero que você trate de coisa alguma com eles. Na verdade, eu o proíbo de falar com eles!

– Não seja tola – gritou Bernardo. – Fazemos negócios com eles. E, apesar das suas estúpidas restrições, a I.H.I. ainda é uma das nossas maiores contas.

– Cancele-a.

– Não cancelarei.

– Pouco me importa o que fizer, dane-se. Apenas me deixe em paz.

Desta vez foi Isabella quem bateu a porta da sala e refugiou-se no escritório de Amadeo, ao lado. Bernardo ficou sentado na sala dela por um momento, depois retirou-se para a sua, ao longo do corredor. Isabella era uma tola. Ele sabia que ela nunca concordaria, mas vender era a decisão mais segura. Alguma coisa estava acontecendo com ela. Outrora, a empresa tinha acrescentado alegria, prazer e algo maravilhoso e poderoso à sua vida. Agora, ele via que a destruía. O dia inteiro nos escritórios a deixava mais solitária, mais amarga. O dia inteiro cercada de seguranças a deixava mais assustada, não importa quanto negasse. O dia todo sonhando com Amadeo despedaçava mais um pedaço de sua alma. Mas era ela quem tinha as rédeas agora. Isabella di San Gregorio estava no comando.

Na manhã seguinte, Bernardo ligou para o presidente da I.H.I. e comunicou-lhe que Isabella recusara. Após ter feito isso e pensado tristemente na oportunidade que Isabella rejeitara, sua secretária chamou-o pelo interfone.

– O que é?

– Há uma pessoa aqui que deseja vê-lo.

– Sobre o quê?

– É a respeito de uma bicicleta. Ele disse que o senhor mandou que a entregasse aqui. – Cansado, Bernardo sorriu para si mesmo e deixou escapar outro suspiro. A bicicleta. Praticamente era a única coisa que estava com disposição de tratar, depois do começo difícil do seu expediente.

– Irei agora mesmo.

Era vermelha, com um selim azul e branco, flâmulas vermelhas, brancas e azuis esvoaçando nos guidons, uma campainha, um velocímetro e a plaquinha com o nome de Alessandro. Era uma bicicleta pequena e linda, e ele sabia que iria encantar a criança, que desde o verão morria de vontade de ter uma "bicicleta de verdade". Bernardo sabia que Amadeo planejara dar uma ao menino no Natal. Ele encomendara essa bicicleta, uma miniatura da roupa prateada de astronauta e meia dúzia de jogos. Ia ser um Natal difícil e, lançando um olhar para o calendário ao levantar-se, Bernardo notou que só faltavam duas semanas.

6

— *Mamma, mamma...* é Bernardo! – Alessandro comprimia o nariz contra a vidraça; a árvore de Natal cintilava atrás dele. Isabella envolveu-o em seus braços e olhou para fora, sorrindo. Ela e Bernardo puseram as desavenças de lado alguns dias antes. Ela precisava desesperadamente dele este ano, bem como a criança. Ela e Amadeo tinham perdido os pais durante a década anterior e, como filhos únicos, não tinham mais ninguém a oferecer a Alessandro, a não ser eles próprios e seus amigos. Como sempre, Bernardo fazia o que era devido. – Oh, veja... veja! É enorme! Ele tem um embrulho... e veja! Mais! – Bernardo fez uma mímica engraçada, cambaleando sob o peso dos seus pacotes, todos enfiados num saco gigante. Usava um chapéu de Papai Noel com um dos seus ternos escuros.

Isabella também ria enquanto o segurança abria a porta.

– Olá, Nardo, *come va*? – Ele beijou-a de leve no rosto e, no mesmo instante, voltou sua atenção para o menino. Tinham sido duas semanas difíceis no escritório. O assunto da I.H.I. estava definitivamente encerrado. Isabella enviara-lhes uma carta agressivamente sucinta que deixara Bernardo pálido. Outros problemas tinham aflorado; por fim tudo fora tratado e resolvido. Havia sido uma época cansativa para ambos. Porém, de alguma forma, com a ameaça de um Natal deprimente, os dois conseguiram pôr de lado suas diferenças. Ela ofereceu-lhe conhaque quando se sentaram perto da lareira.

– Quando posso abri-los? Agora? Agora? – Alessandro estava aos pulos como um pequeno duende de pantufas, enquanto *mamma* Teresa pairava perto da porta. Todos os empregados celebravam na cozinha, com vinho e os presentes que Isabella lhes dera na noite anterior. Os únicos membros da casa não incluídos nas festividades eram os seguranças. Eram tratados como se fossem invisíveis, e a segurança de toda a família dependia da permanência deles em serviço, em todas as entradas da *villa* e do lado de fora também. Os homens que atendiam o telefone estavam a postos, como de costume, no antigo escritório de Amadeo, e os telefonemas dos maníacos continuavam e agora, por alguma razão, dobraram durante os feriados, como se não bastasse o que já tinham feito. Precisava haver mais. E Bernardo sabia que isso estava custando um preço alto para Isabella. Ela sempre tomava conhecimento dos telefonemas, como se os sentisse. Não confiava em ninguém. Algo terno e generoso, que tanto fizera parte dela, morria lentamente em seu íntimo. — Quando posso abri-los? Quando? – Alessandro puxava com força a manga de Bernardo, que fingia não entender.

– Abrir o quê? É só minha roupa suja que está naquele saco.

– Não é não... não é não! *Mamma*... por favor...

– Acho que ele não vai aguentar esperar até meia-noite, quanto mais até amanhã cedo! – A própria Isabella sorria enquanto seus olhos acariciavam gentilmente o filho. – E quanto à *mamma* Teresa, querido? Por que não dá o presente dela primeiro?

– Ah, *mamma*!

– Vamos. – Ela colocou um embrulho grande nos braços dele e o menino correu rapidamente para entregar o lindo robe de seda rosa, o mais bonito da coleção americana de Isabella. A babá já recebera de Isabella uma bolsa a e um pequeno e elegante relógio. Este era um ano para ser boa com todos, todos os que tinham mostrado tanta devoção a ela e ao menino. Pelo menos, já não desconfiava mais dos membros da casa. Acabou acreditando que os traidores tinham sido pessoas de fora. A Enzo ela dera um capote novo, quente, de caxemira preta, para usar sobre o uniforme quando a conduzisse pela cidade, além de um excelente rádio novo para o seu quarto. Poderia, inclusive, sintonizar Paris e Londres nele, Enzo lhe contara com orgulho naquele dia. Houve distribuição de presentes para a casa toda, e presentes igualmente bonitos e atenciosos para todos no escritório. Mas Alessandro ganhou o presente mais especial de todos. Ele ainda não o vira, mas Enzo já o tinha montado e preparado tudo.

Alessandro acabava de voltar para a sala correndo.

– Ela disse que é lindo e que usará durante toda sua vida e pensará em mim. – Ele parecia feliz com o efeito que o grande robe rosa causara. – Agora eu.

Isabella e Bernardo riam enquanto olhavam Alessandro com seus olhos brilhantes e muito arregalados. Por um momento, deu a impressão de como se nada de feio tivesse acontecido. Por um instante, o sofrimento dos últimos meses não existiu.

– Muito bem, Sr. Alessandro. É todo seu! – Bernardo fez um gesto pomposo com a mão, indicando o grande saco. O menino abaixou-se rapidamente na direção indicada, em seguida colocou a mão, soltando altos gritos de alegria. Papel e fitas começaram a voar no mesmo instante e, num abrir e fechar de olhos, ele já vestia a roupa prateada de astronauta, os pés calçados com as pantufas vermelhas espreitando pelas aberturas. Ele sorriu, soltou pequenas gargalhadas e saiu deslizando rápido pelo assoalho extremamente lustroso a fim de dar um beijo em Bernardo. Em seguida, mergulhou nos embrulhos em busca de mais presentes. Os jogos, os novos lápis-cera, um grande e fofo urso de pelúcia, e finalmente a bicicleta, empurrada à força para o fundo do grande saco de presentes.

– Oh... oh... é linda... É... é uma Rolls-Royce? – Ambos riram enquanto o observavam, já escarranchado na nova bicicleta.

– É claro que é uma Rolls-Royce. Eu lhe daria menos do que isso? – Ele já acenava pela sala de estar, visando primeiro uma mesa no estilo de Luís XV, depois uma parede, enquanto as duas pessoas que o amavam riam até chorar. E então todos viram Enzo, sorrindo hesitantemente da porta. Seus olhos questionavam Isabella e ela assentiu com a cabeça e deu um sorriso. Ela sussurrou algo para Bernardo, que ergueu as sobrancelhas e depois riu.

– Acho que talvez tenha me excedido.

– De modo algum. Provavelmente, amanhã cedo ele virá tomar café de bicicleta. Mas isso... Eu queria exatamente lhe dar uma coisa que o fizesse menos infeliz por estar confinado a esta casa. Ele não pode... – Ela hesitou tristemente por um instante. – ... ele não pode ir mais ao parquinho. – Bernardo assentiu com a cabeça em silêncio, colocou o copo de conhaque sobre a mesa e levantou-se. Mas a tristeza momentânea nos olhos de Isabella se fora outra vez, ao voltar-se sorridente para o filho. – Vá buscar *mamma* Teresa e seu casaco.

– Vamos sair? – Parecia intrigado.

– Apenas por um instante.

– Posso ir com isto? – Lançou um olhar feliz para a roupa de astronauta. Bernardo inclinou-se ligeiramente para olhar nas costas do menino.

– Pode, e vista o capote por cima.

– *Okay.* – Pronunciou a palavra americana com seu sotaque romano e desapareceu a toda velocidade, ao mesmo tempo em que Bernardo se encolhia.

– Talvez eu tenha de substituir espelhos do seu corredor.

– Sem falar na mesa da sala de jantar, em todos os armários daqui até o quarto dele e, possivelmente, nos vidros das portas. – Ambos ficaram ouvindo sorridentes enquanto a campainha da bicicleta soava ao longo do corredor. – Foi o presente certo. – Ela também sabia que o presente tinha sido o que Amadeo planejara para o filho e, por um instante, nenhum dos dois falou. Então, ela lançou um olhar penetrante a Bernardo e deixou escapar um pequeno suspiro. – Estou contente por você ter conseguido estar aqui com Alessandro este ano, Nardo... e comigo também.

Gentilmente, ele tocou em sua mão, enquanto o fogo crepitava e ardia na lareira.

– Eu não poderia estar em nenhum outro lugar. – E sorriu para ela. – Apesar das duas úlceras que me causou no trabalho. – Mas isso era diferente. E, de repente, havia uma espécie distinta de eletricidade no ar.

– Desculpe, eu... sinto as responsabilidades demais agora. Sempre penso que você vai compreender. – Ergueu os olhos para ele, o rosto lindamente delineado e muito pálido onde os olhos escuros ajustavam-se com extrema perfeição.

– Compreendo mesmo. Você sabe que eu poderia ajudar mais, se me deixasse.

– Não estou certa se conseguiria deixar. Tenho essa ânsia insana de... de fazer tudo eu mesma. Difícil de explicar. É tudo que me restou, sem contar Alessandro.

– Um dia haverá mais.

Um dia... Mas ela apenas balançou a cabeça.

– Nunca mais. Não há ninguém como ele. Era um homem muito especial. – Seus olhos marejaram de lágrimas no momento em que ela retirou a mão e ficou olhando em silêncio para o fogo. Bernardo olhou em direção oposta e deu outro gole no conhaque ao ouvir a campainha da bicicleta e Alessandro disparando pelo corredor com *mamma* Teresa atrás. – Pronto? – Os olhos de Isabella estavam um pouco brilhantes demais, mas nada em seu rosto voltado para o filho mostrava quanto era grande sua dor.

– *Si.* – Dentro do grande capacete plástico de astronauta, o rostinho olhava irrequieto para fora.

– Então vamos! – Isabella levantou-se e foi a primeira a dirigir-se para as portas duplas que davam para o jardim. Discretamente, um segurança afastou-se para o lado, e todos viram que agora o jardim estava brilhantemente iluminado. Ela olhou para o filho e notou que ele tomava fôlego.

– *Mamma*!... – Embora pequeno, era um lindo carrossel, do tamanho exato para uma criança de 5 anos. Custara uma fortuna a Isabella, mas achou que cada centavo valera a pena quando viu o brilho nos olhos do filho. Quatro cavalos dançavam garbosamente sob uma tenda de madeira entalhada e pintada de vermelho e branco; havia campainhas, palhaços e enfeites. Bernardo nunca vira os olhos do menino tão arregalados. Enzo ajudou-o a montar na sela de um cavalo pintado de azul, com fitas verdes presas ao cabresto dourado com sininhos prateados. Uma chave foi acionada e o carrossel começou a girar. Alessandro gritou de animação e entusiasmo. De repente, a noite foi invadida por uma música divertida, enquanto os empregados chegavam às janelas. Em toda parte, sua plateia sorria.

– Feliz Natal! – Isabella gritou para o menino, depois correu e saltou para a sela do cavalo ao lado, pintado de amarelo com uma selinha vermelha com beiradas douradas. Riam um para o outro enquanto o carrossel girava lentamente. Bernardo observava-os, sentindo algo terno dilacerando-lhe o coração. *Mamma* Teresa virou-se para o lado, enxugando uma lágrima que lhe escapava dos olhos, e Enzo e o segurança compartilhavam sorrisos.

Alessandro ficou dando muitas voltas, montado no cavalo do carrossel, por cerca de meia hora, até que Isabella insistiu para que voltasse para casa.

– O carrossel estará aí de manhã.

– Mas quero andar esta noite.

– Se ficar aqui fora a noite toda, Papai Noel não virá.

Papai Noel? Bernardo riu. O que ainda faltava àquela criança? O sorriso desapareceu. Um pai. Isso é o que faltava para Alessandro. Ele ajudou o menino a descer do carrossel e segurou a mão dele com força ao voltarem para a casa, Alessandro desapareceu rapidamente em direção à cozinha, e Bernardo e Isabella ocuparam seus lugares outra vez próximo à lareira.

– Que coisa maravilhosa, Isabella. – O eco dos repiques carnavalescos ainda soava em sua cabeça. E, finalmente, ela estava sorrindo como há meses não fazia.

– Sempre desejei ter um carrossel só meu quando era menina. É perfeito, não é? – Por um momento, seus olhos estavam quase tão brilhantes como o fogo. Por um instante, ele gostaria de dizer: "Você também é perfeita." Era uma mulher extraordinária. Ele a odiava e a amava, e ela era a sua amiga mais querida.

– Acha que Alessandro nos deixará andar no carrossel com ele se formos muito, muito bonzinhos? – Ela riu junto com Bernardo e serviu-se de uma pequena taça de vinho tinto. Em seguida, como se tivesse esquecido de alguma coisa, levantou-se de um salto e correu até a árvore de Natal.

– Eu quase ia esquecendo. – Apanhou duas pequenas caixas envoltas em papel dourado e voltou para perto da lareira. – Para você.

– Se não for um carrossel só para mim, não quero. – E riram outra vez. Mas o riso se apagou rapidamente quando ele descobriu o que continham as caixas. Na primeira uma pequena máquina de calcular bastante complicada, em sua própria caixa prateada; dava a impressão de uma cigarreira muito elegante e poderia ser carregada com discrição no colete.

– Mandei trazer dos Estados Unidos. Não a entendo. Mas você entenderá.

– Isabella, você enlouqueceu?

– Não seja tolo. Eu deveria ter comprado um saco de água quente para a sua úlcera, mas achei que isto talvez fosse mais divertido. – Beijou-o afetuosamente no rosto e entregou-lhe a outra caixa. Mas, desta vez, ela se virou para o outro lado, olhando fixamente para o fogo. E quando abriu a caixa, Bernardo também ficou em silêncio. Havia muito pouco o que dizer de fato. Era o relógio de bolso que ele sabia que Amadeo guardava como um tesouro e praticamente nunca usava, pois lhe era sagrado. Pertencera ao seu pai e, atrás, as iniciais de três gerações de San Gregorio estavam caprichosamente gravadas. Embaixo delas, Bernardo notou que havia as suas próprias iniciais.

– Não sei o que dizer.

– *Niente, caro.* Não há nada a ser dito.

– Deveria ser de Alessandro. – Mas ela apenas balançou a cabeça.

– Não, Nardo. Deve ser seu. – E, por um momento infindável, os olhos dela perderam-se nos dele. Isabella queria que ele soubesse: não importava quantos atritos tivessem no trabalho, ele era precioso para ela, e ele é que importava. Muitíssimo.

Ele e Alessandro eram tudo que lhe restava agora. E Bernardo sempre seria especial. Era seu amigo. Como também fora de Amadeo. O relógio era para que se lembrasse disso, que era algo mais do que apenas o diretor da San Gregorio ou o homem com quem gritava todos os dias, 27 vezes antes do meio-dia. Longe do escritório, era alguém importante para ela, como família. Bernardo fazia parte da sua vida pessoal. E a expressão no olhar de Isabella dizia tudo isso agora, enquanto ele a observava. Os olhos dele pareceram sustentar os dela por um tempo muito longo, como se ele estivesse pensando em alguma coisa, como se estivesse tentando reagir contra um maremoto sobre o qual não tivesse controle.

– Isabella... – De repente, ele pareceu estranhamente formal e ela ficou aguardando, sabendo que estava comovido demais por causa do presente. – Eu... eu tenho algo para lhe dizer. Há muito tempo. Talvez não seja o momento oportuno, provavelmente seja... não estou certo. Mas preciso lhe dizer. Devo ser honesto com você agora. É... muito importante... para mim. – Ele hesitava de forma cansativa entre as palavras, como se o que dizia lhe fosse muito difícil, e a expressão do seu olhar revelava a Isabella que de fato era.

– O que está havendo? – De repente, os olhos dela encheram-se de compaixão. Bernardo parecia angustiado, pobre homem; e nos últimos tempos vinha sendo tão dura! O que, em nome de Deus, Bernardo estava a ponto de dizer? Sentou-se muito ereta e aguardou. – Nardo... parece assustado, meu bem. Não tem necessidade. Seja o que for, pode me dizer. Deus sabe que temos sido muito sinceros durante todos estes anos. – Procurava fazê-lo sorrir e ele não sorria e, pela primeira vez em todos esses anos que se conheciam, Bernardo considerou-a insensível. Meu Deus, como Isabella podia deixar de saber? Mas não era insensibilidade, era cegueira. Soube disso enquanto a observava. Então, ele assentiu com a cabeça e colocou a taça sobre a mesa.

– Estou assustado, sim. O que tenho para lhe dizer costumava me assustar muito. E o que me preocupa agora é que talvez o assunto a assuste. E isso eu não quero. É a última coisa que desejo. – Ela estava sentada muito serena, observando-o, aguardando.

– Nardo... – Ela começou a falar, estendendo a graciosa mão, alva e longa. Ele a pegou e reteve-a rápido entre as suas. Seus olhos não se desprenderam dos dela.

– Vou lhe dizer com toda a simplicidade, Bellezza. Não há outro modo. Amo você. – E, depois, suave: – Faz anos que amo.

Ela deu a impressão de quase dar um pulo diante de suas palavras, como se uma corrente elétrica de repente tivesse passado por ela e provocado um choque em seu corpo todo.

– O quê?!

– Eu amo você. – Desta vez ele pareceu menos assustado, fazendo lembrar mais o Bernardo que ela conhecia.

– Mas Nardo... todos esses anos?

– Todos esses anos – repetiu com orgulho. Sentia-se melhor. Enfim desabafara.

– Como pôde?

– Muito fácil. Em geral você é uma pessoa desagradável, mas, por incrível que pareça, isso não a torna difícil de ser amada. – Ele sorria e ela de repente riu, o que pareceu quebrar um pouco a tensão na sala.

– Mas por quê? – Ela levantou-se e caminhou pensativa até a lareira.

– Por que amei você ou por que não lhe disse?

– Ambos. E por que agora? Por que agora, Nardo... por que precisou me contar agora? – De repente, havia lágrimas em sua voz e nos olhos quando ela apoiou-se no consolo da lareira, olhando para o fogo. Bernardo caminhou devagar até ela, ficou ao seu lado e, gentilmente, virou o rosto dela para o seu a fim de que pudesse olhar em seus olhos.

– Não lhe disse nada em todos esses anos porque eu amava vocês dois. Também amava Amadeo, você sabe. Ele era um homem muito especial. Jamais teria feito alguma coisa que o ferisse ou a magoasse. Coloquei meus sentimentos de lado, sublimei-os. Coloquei o que sentia na empresa e, talvez – ele sorriu –, inclusive nas brigas com você. Mas agora... tudo mudou. Amadeo se foi. E dia após dia, semana após semana, eu a observo, solitária, destruindo-se, esforçando-se, sozinha, sempre sozinha. Não posso suportar mais isso. Estou aqui por você. Tenho estado durante todos esses anos. Já era hora de você saber disso. Está na hora de voltar-se para mim, Isabella. E... – hesitou por um longo momento, em seguida ficou muito calmo e disse: – ... e está na hora de eu ter minha família também. Chegou a hora de poder dizer que amo você, senti-la em meus braços, ser o padrasto de Alessandro, se você deixar, e não apenas seu amigo. Talvez eu esteja louco por estar lhe dizendo isso tudo, mas... eu... preciso... Amei você por um tempo longo demais. – Estava rouco, com a paixão de anos enclausurada, e enquanto ela o observava, as lágrimas escorriam lentamente por seu rosto, rolando impiedosamente pelas suas faces e sobre seu vestido. Ele a olhava e, devagar, levou a mão ao rosto dela e enxugou-lhe as lágrimas. Era a primeira vez que a tocava desse modo e sentiu a paixão descontrolada romper-lhe as entranhas. Quase sem pensar, puxou-a para si e pressionou seus lábios contra os dela. Isabella não lutou para soltar-se e, por um instante, Bernardo julgou sentir que ela retribuía seu beijo. Estava ansiosa, solitária, triste, assustada, mas o que acontecia era demais e, de repente, ela afastou-o com firmeza. Ambos ofegavam, e Isabella lançou um olhar selvagem ao fitar seu velho amigo.

– Não, Nardo!... Não! – Ela tanto lutava contra o que ele acabara de dizer como contra o beijo.

Porém, subitamente, Bernardo pareceu até mais assustado do que ela. Sacudiu a cabeça.

– Desculpe. Não pelo que eu disse. Mas por... por puxá-la tão rapidamente... eu... meu Deus, lamento muito. É cedo demais. Eu estava errado.

Contudo, ao observá-lo, ela ficou triste e desolada por ele. Era óbvio que há anos Bernardo vinha sofrendo. E, durante esse tempo, nunca desconfiara e estava certa de que Amadeo ignorara tanto quanto ela. Mas como pôde ter sido tão burra? Como não conseguiu ver? Fitava-o com compaixão e ternura e estendeu-lhe ambas as mãos.

– Não lamente, Nardo, está tudo bem. – Mas, como surgia um brilho intenso de esperança nos olhos dele, ela sacudiu rapidamente a cabeça. – Não, não é isso que eu quis dizer. E... eu simplesmente não sei. É cedo demais. Mas você não estava errado; se é o que sente, devia realmente me dizer. Devia ter me dito há muito mais tempo.

– Dizer o quê então? – Por um momento parecia amargo e com ciúmes do velho amigo.

– Não sei. Mas devo ter parecido muito ignorante e cruel durante todo esse tempo. – Olhou-o afetuosamente e Bernardo sorriu.

– Não. Apenas cega. Mas talvez tenha sido melhor assim. Se eu tivesse lhe dito, só complicaria as coisas. Talvez complique, inclusive agora.

– Não há necessidade.

– Mas talvez complique. Gostaria que eu deixasse a San Gregorio, Isabella? – perguntou ele, muito honesto, e sua voz parecia muito cansada. Fora uma noite muito difícil para ele.

Mas agora Isabella olhava-o com fogo nos olhos.

– Está louco? Por quê? Porque me beijou? Porque disse que me ama? Por causa disso iria embora? Não faça isso comigo, Nardo. Preciso de você, de muitas maneiras. Não sei o que sinto neste exato momento. Ainda me sinto entorpecida. Ainda quero Amadeo noite e dia... quase o tempo todo não compreendo que ele jamais voltará para casa. Ainda espero que volte... Ainda ouço sua voz, vejo-o na minha frente e sinto seu cheiro... Não há lugar para outra pessoa em minha vida, a não ser Alessandro. Não posso lhe fazer nenhuma promessa. Mal ouço o que está dizendo. Escuto, mas na verdade não compreendo. Não mesmo. Talvez um dia. Mas até lá tudo que posso fazer é amá-lo como sempre amei, como a um irmão, como amigo. Se isso é razão para você deixar a San Gregorio, então faça, mas jamais compreenderei. Podemos continuar como sempre temos feito; não há nenhuma razão para ser o contrário.

– Mas não para sempre. Pode compreender isso?

Ela parecia sofrer quando seus olhos se encontraram.

– O que quer dizer?

– Exatamente o que eu disse, que não posso continuar assim para sempre. Tive de lhe contar porque não posso mais viver com meus sentimentos ocultos, e não há razão para isso. Amadeo se foi, Isabella, quer queira ou não. Ele se foi e eu amo você. Dois fatos distintos. Mas continuar assim para sempre, sem que você também me ame, continuar trabalhando para você, porque na verdade realmente trabalho *para* você e não *com* você, principalmente agora, continuar ocupando posição subalterna, Isabella... não posso. Quero um dia compartilhar da sua vida, deixar de existir à margem dela. Quero lhe dar o que há em minha vida. Quero torná-la melhor, mais feliz, mais forte. Quero ouvi-la rir novamente. Quero compartilhar a vitória das nossas coleções e dos negócios fabulosos. Quero ficar ao seu lado enquanto Alessandro vai crescendo.

– Ficará de qualquer modo.

– Exato. – Ele apenas assentiu com a cabeça. – Ficarei. Como seu marido ou como seu amigo. Mas não como seu funcionário.

– Compreendo. Então o que está me dizendo é que ou se casa comigo ou se demite?

– Consequentemente. Mas talvez pudesse levar muito tempo... se... eu sentisse que há esperança. – Em seguida, após uma longa pausa: – Há?

Porém, da mesma forma que ele, Isabella levou muito tempo para responder:

– Não sei. Sempre amei você. Mas não dessa maneira. Eu tinha Amadeo.

– Compreendo. Sempre compreendi. – Ficaram em silêncio por longo tempo, olhando para o fogo, cada qual perdido em seus pensamentos; e, gentilmente, Bernardo tomou-lhe a mão mais uma vez. Abriu-a, olhou para a palma delicada, com suas linhas finas, e beijou-a. Isabella não retirou a mão, apenas observava-o com um olhar triste. Ele era especial e ela o amava, mas ele não era Amadeo. Jamais seria... jamais... e enquanto estavam ali sentados, ambos sabiam disso. Bernardo olhou-a durante muito tempo e com uma expressão séria ao soltar-lhe a mão. – Eu estava falando sério. Gostaria que eu me demitisse?

– Por causa desta noite? – Ela parecia cansada e triste. Não tinha sido uma traição, mas uma perda. De certa forma, sentia que acabara de perdê-lo como amigo. Bernardo queria ser seu amante. E não havia vaga aberta para esse trabalho.

– Sim. Por causa desta noite. Se tornei impossível para você conviver comigo no escritório agora, irei embora. Imediatamente, se quiser.

– Eu não quero. Isso seria até mais impossível, Nardo. Eu fracassaria em uma semana.

– Talvez surpreendesse a si mesma. Não fracassaria. Mas não é o que prefere?

Ela balançou a cabeça, com honestidade.

– Não. Mas não sei o que lhe dizer sobre isso tudo.

– Então não diga nada. E um dia, se a ocasião ainda for apropriada, daqui a bastante tempo, repetirei o que disse. Mas, por favor, não se atormente ou pense nisto como uma ameaça para você. Não vou aparecer de repente nas soleiras das portas e tomá-la em meus braços. Temos sido amigos durante muito tempo. Não quero perder isso também. – De repente, Isabella sentiu-se aliviada. Talvez não tivesse perdido tudo afinal.

– Fico contente, Nardo. Não posso lidar com qualquer uma dessas situações neste momento. Não estou preparada. Talvez não venha a estar nunca.

– Estará sim. Mas talvez nunca para mim. Compreendo isso também.

Ela o olhou com um sorriso terno e inclinou-se devagar para beijá-lo no rosto.

– Desde quando ficou tão esperto, Sr. Franco?

– Sempre fui, você é que nunca notou.

– É mesmo? – Ele sorria e toda a atmosfera do ambiente tornou a mudar.

– Sim, é mesmo. Acontece que sou o gênio do escritório ultimamente, ou ainda não tinha percebido?

– De modo algum. E todas as manhãs, quando olho no espelho e digo: "Espelho, espelho meu, quem é o gênio dentre todos eles...?" – Mas os dois riam agora e, de repente, seus rostos se reaproximaram, e ele pôde sentir a suave respiração de Isabella em seu rosto. Tudo que desejava fazer era beijá-la outra vez, podia ver os lábios dela aguardando os seus. Mas não a beijou, o momento passou e Isabella, constrangida, soltou uma risada estranha e afastou-se. Não, não ia ser fácil no escritório. Ambos sabiam.

– Vejam o que Luisa preparou para Papai Noel! – Calçado com as pantufas macias, Alessandro aproximara-se sem ser notado. Mas os dois ergueram os olhos para ver o menino carregando dois pratos cheios de pão de mel, depositados cuidadosamente sobre um banquinho ao lado da lareira. Olhou-os com ar sério e depois apanhou um grande pedaço morno de pão, comendo-o rapidamente. Tornou a desaparecer, após ter rompido o doloroso encantamento.

– Isabella... – Bernardo olhou-a e sorriu. – Não se preocupe. – Ela apenas deu um tapinha amistoso em seu braço e trocaram um sorriso, no mesmo instante em que Alessandro voltava, carregando apreensivo duas canecas de leite.

– Você está preparando uma festa ou alimentando Papai Noel? – Bernardo lançou-lhe um largo sorriso e tornou a sentar-se.

– Não. Nada é para mim.

– Tudo isto é para Papai Noel? – Bernardo olhava-o com um amplo sorriso, mas o rosto do menino foi adquirindo lentamente uma expressão compenetrada, e ele balançou a cabeça. – É para mim? – Tornou a balançar a cabeça seriamente.

– É para papai. Se os anjos o deixarem vir para casa... só por esta noite. – Olhou outra vez para os dois lugares que arrumara ao lado da lareira, depois deu um beijo de boa-noite na mãe e em Bernardo. E, cinco minutos mais tarde, Bernardo partiu e Isabella seguiu para seu quarto em silêncio. Fora uma noite muito longa.

7

— Alessandro está brincando muito com o carrossel? – Bernardo esticou as pernas, quando ele e Isabella terminaram uma reunião no final de um dia muito cansativo. Já haviam se passado três semanas após o Natal, e eles não fizeram outra coisa senão trabalhar. Mas, finalmente, parecia que as coisas estavam voltando ao normal. Não brigavam, inclusive, havia uns dez dias. E ele não voltara a mencionar a "confissão" que fizera no Natal. Isabella sentia-se aliviada.

– Acho que ele gosta, quase tanto quanto gostou da bicicleta.

– Já quebrou algum móvel com ela?

– Não, mas sem dúvida está tentando. Ontem mesmo ele montou uma pista de corrida na sala de jantar, e só colidiu com cinco cadeiras. – Riram por um momento, e Isabella levantou-se, espreguiçando-se. Estava alegre porque as festas de fim de ano haviam acabado e satisfeita com o trabalho realizado. Com algum esforço, ambos tinham voltado ao velho relacionamento, e até Bernardo notava que Isabella demonstrava uma disposição pacífica. E, então, ele a viu enrijecer ao ouvir o telefone do escritório de Amadeo. – Por que estão ligando para o escritório dele?

– Talvez não tenham conseguido chegar até o seu. – Ele tentou mostrar-se descontraído, embora, por um momento, o som o tivesse feito estremecer também. Mas ambos sabiam que os homens que selecionavam as chamadas telefônicas para ela por vezes retinham todas as linhas. – Quer que eu atenda?

– Não. Está tudo bem. – Ela entrou depressa na sala de Amadeo, e após uns dois minutos Bernardo ouviu um grito. Correu e encontrou-a pálida e histérica, as mãos tapando a boca e olhando fixamente para o telefone.

– O quê? – Mas ela não respondeu, e quando tentou, tudo que saiu de dentro dela foi um grunhido seguido de outro grito. – Isabella, fale comigo! – Ele a segurava pelos ombros, sacudindo-a desesperado, enquanto procurava fitá-la nos olhos. – O que disseram? Teve algo a ver com Amadeo? Foi o mesmo homem? Isabella... – Ele pensava seriamente na possibilidade de esbofeteá-la, quando o guarda que rondava a parte externa do escritório entrou precipitado. – Isabella!

– Alessandro! Eles... disseram... eles estão com ele! – Soluçando, ela caiu nos braços de Bernardo. O segurança correu frenético para o telefone, ligando para a *villa*, sem conseguir completar a ligação.

– Chame a polícia! – Bernardo gritou por sobre o ombro enquanto agarrava o casaco e a bolsa de Isabella, arrastando-a pelo escritório, e depois porta afora. – Vamos para casa. – E, então, parando um instante na porta, olhou com firmeza para Isabella, segurando-a pelos dois braços. – Devem ser os maníacos outra vez. Sabe disso, não sabe? Vai ver que ele está bem. – Mas a única coisa que ela pôde fazer foi olhá-lo fixamente e balançar a cabeça com gestos frenéticos, de um lado para outro. – Foi a mesma voz, o mesmo homem? – perguntou ele.

Ela tornou a balançar a cabeça. Bernardo fez um sinal para que o segurança o seguisse, e os três desceram correndo as escadas dos três andares em direção à rua. No caminho, chamaram outro segurança para juntar-se a eles. O carro de Isabella já estava esperando por ela, conforme fazia no final de cada dia. Enzo olhou-os, confuso, quando os quatro entraram precipitados no carro, um dos seguranças empurrando-o para o lado, enquanto adentrava o veículo, assumindo a direção.

– Mas o que... – começou Enzo, mas um olhar para Isabella lhe disse o que ele não queria saber. – O que há? O *bambino*?

Ninguém respondeu. Isabella continuava agarrada a Bernardo e eles partiram para a *villa* na Via Appia Antica.

O motorista mal esperou que os portões elétricos se abrissem. Um dos seguranças já estava fora do carro antes do veículo parar. Ele entrou correndo na casa, seguido um instante depois por Isabella, Bernardo, Enzo e o outro segurança, todos andando freneticamente e em passadas pesadas pela casa. A primeira pessoa que Isabella viu foi Luisa.

– Alessandro? Onde está ele? – Agora ela conseguia falar e agarrava rudemente a assustada criada.

– Eu... senhora... ele..

– Diga de uma vez!

Confusa, a idosa cozinheira começou a chorar.

– Não sei. *Mamma* Teresa saiu com ele uma hora atrás, creio eu... O que aconteceu? – Depois, vendo Isabella histérica à sua frente, compreendeu. – Oh, Deus, não. Oh, Deus!... – O ar encheu-se com seus gritos estrondosos. O som penetrava em

Isabella como uma lâmina. Conseguia apenas pensar em parar com aquilo, interromper. Sem refletir, impulsionou a mão e esbofeteou Luisa antes que Enzo pudesse levar a cozinheira embora. Logo depois, o braço de Bernardo rodeava a cintura de Isabella. E ele estava meio guiando, meio arrastando-a pelo corredor até seu quarto. No momento exato em que chegaram à porta, houve um tumulto na outra extremidade da casa. O barulho de passos. Os seguranças trovejando pela casa. Em seguida, como música, a voz de Alessandro e de *mamma* Teresa, como de costume, tranquila, quando ela entrou com o menino. Isabella olhou para Bernardo com os olhos arregalados e correu pelo corredor.

– *Mamma*! – Alessandro começou, depois parou. A mãe não mais tivera aquela aparência desde que lhe disseram, quatro meses antes, que ela estava resfriada e fora quando... Olhando-a, assustado, cheio de lembranças, ele correu para ela e começou a chorar.

Abraçando-o estreitamente contra si, a voz embargada pelos soluços, ela olhou para *mamma* Teresa.

– Aonde foram?

– Fomos dar um passeio de bicicleta. – A babá, que já não era jovem, começava a entender o que devia ter acontecido ao olhar para Isabella e a tropa de seguranças. –Achei que uma mudança iria fazer bem ao menino.

– Nada aconteceu? – *Mamma* Teresa balançou a cabeça e Isabella olhava para Bernardo, atrás dela. – Então foi apenas outro daqueles telefonemas... – disse ela. Mas acreditara nele. Parecera-se tanto com aqueles outros, aquelas terríveis vozes ameaçadoras. E como tinham conseguido seu intento? Sentiu-se vacilar e percebeu indistintamente alguém retirar o filho dos seus braços.

Cinco minutos depois voltava a si em seu quarto, com Bernardo e uma das empregadas de pé, vigiando-a de perto, olhando-a ansiosamente enquanto recobrava a consciência.

– Obrigado. – Com um gesto de cabeça, Bernardo dispensou a empregada, entregou a Isabella um copo d'água e sentou-se na beirada da cama. Parecia quase tão pálido quanto ela. Silenciosamente, ela bebeu a água do copo que suas mãos trêmulas seguravam. – Quer que eu chame o médico?

Isabella recusou com a cabeça. Ficaram ali por um momento, abalados, silenciosos, aturdidos com o que chegaram a pensar.

– Como conseguiram completar a ligação? – perguntou Isabella finalmente.

– Um dos seguranças disse que hoje houve alguma coisa com as linhas. O sistema interceptador de telefonemas do escritório deve ter sofrido uma interrupção por alguns minutos. Ou talvez tenham deixado escapar a ligação. Deve ter caído no escritório de Amadeo por alguma razão. Até devido a uma linha cruzada.

– Mas por que fariam isso comigo? Oh, Deus, Bernardo... – Ela fechou os olhos e voltou a encostar a cabeça nos travesseiros por um instante. – E coitada da Luisa.

– Esqueça a Luisa.

– Irei vê-la daqui a pouco. Pensei...

– Eu também. Pensei que tivesse acontecido realmente, Isabella. E se um dia acontecer? E se alguém levá-lo também? – Fitou-a impiedosamente no momento em que ela fechava os olhos e balançava a cabeça.

– Não diga uma coisa dessas.

– O que você vai fazer? Vai contratar mais uma dúzia de seguranças? Construir uma fortaleza só para você e o menino? Terá um ataque cardíaco da próxima vez que receber o telefonema de um maníaco?

– Não sou velha o bastante para ter ataque cardíaco. – Olhou-o com uma expressão de tristeza e uma tentativa de sorriso, mas Bernardo não retribuiu.

– Você não pode mais viver assim. E não me venha com discursos sobre o que está fazendo por Amadeo, sobre assumir seu lugar. Se ele soubesse o que esteve fazendo, como esteve vivendo, trancada aqui, no escritório, mantendo a criança trancada também. Se ele soubesse os riscos que está correndo com o menino só por continuar morando em Roma, ele a mataria, Isabella. Você sabe disso. Não ouse jamais tentar justificar essa atitude me dizendo que está fazendo tudo isso só por causa dele. Amadeo jamais a perdoaria. E, talvez, um dia, nem Alessandro. Você está proporcionando a ele uma infância de terror, sem mencionar o que está fazendo a si mesma. Como ousa! Como ousa! – A voz de Bernardo, à medida que falava, elevava-se com firmeza. Ele andava pelo quarto em passadas rígidas e lentas, voltando-se para olhá-la, gesticulando. Passou uma das mãos pelo cabelo, depois tornou a sentar-se, lamentando a própria explosão, preparado para a fúria de Isabella. Mas ao olhá-la ficou desorientado, porque desta vez Isabella não o mandara para o inferno. Não evocara o sagrado nome de Amadeo, não lhe dissera que sabia que estava certa agindo dessa forma.

– O que acha então que eu devia fazer? Fugir? Deixar Roma? Esconder-me pelo resto da vida? – perguntou ela. Mas desta vez não havia ironia. Apenas a sombra do terror que acabara de sentir mais uma vez.

– Não precisa se esconder pelo resto da vida. Mas talvez tenha de fazer algo por uns tempos.

– E depois o quê? Bernardo, como eu posso? – Ela parecia uma menina assustada, cansada. Gentilmente, Bernardo tomou-lhe a mão.

– Você precisa, Isabella. Não tem escolha. Eles a deixarão louca se ficar. Vá viajar. Por seis meses, um ano. Resolveremos tudo. Podemos nos comunicar. Você pode me dar ordens, instruções, úlceras, qualquer coisa, mas não fique aqui. Pelo amor de Deus, não fique aqui. Eu não suportaria se... – ele balançou a cabeça que deixara cair entre as mãos. Chorava. – ... se algo aconteceese a Alessandro ou a você. – Ergueu os olhos para ela então, as lágrimas ainda escorrendo dos seus olhos azuis. – Você é como minha irmã. Amadeo era meu melhor amigo. Pelo amor de Deus, faça uma viagem.

– Para onde?

– Poderia ir para Paris.

– Não há mais nada para mim em Paris. Já morreram todos. Meu avô, meus pais. E se essas pessoas podem fazer isso comigo, farão na França com a mesma facilidade. Por que não posso encontrar um lugar isolado, aqui no campo, talvez não muito distante de Roma? Se ninguém souber onde estou, seria a mesma coisa.

Mas agora Bernardo olhou-a zangado.

– Não comece fazendo seu jogo. Vá embora, droga! Agora! Vá para algum lugar. Qualquer lugar. Não a dez minutos de Roma, nem em Milão ou Florença. Vá para longe!

– O que está sugerindo? Nova York? – Fizera a pergunta com ironia, contudo, no momento em que pronunciou as palavras, ela soube, bem como ele. Isabella ficou parada por um longo tempo, pensando, enquanto ele a observava, esperançoso, rezando. Silenciosamente, ela assentiu com a cabeça, concordando. Olhou para ele muito séria, avaliando aquilo tudo. Então, levantou-se da cama devagar e dirigiu-se ao telefone.

– O que está fazendo?

A expressão dos seus olhos dizia que ela não estava derrotada, que não desistiria. Que ainda havia esperança. Ela não ficaria fora por um ano. Não deixaria que a afastassem do seu lar, do seu trabalho, do lugar ao qual pertence. Mas iria. Por algum tempo. Poderia ser planejado. Havia fogo em seus olhos outra vez quando Isabella pegou o telefone.

8

Uma loura alta e magra, o cabelo caindo sobre um dos olhos, encontrava-se numa salinha pintada de amarelo-claro, martelando com empenho numa máquina de escrever. A seus pés, um pequeno *cocker spaniel* castanho dormia, e pela sala espalhavam-se livros, plantas e montanhas de papéis. Havia sete ou oito xícaras de café vazias ou emborcadas, depois de fuçadas pelo cachorro, e, pregado sobre a janela, um pôster de São Francisco. Ela o chamava de "sua vista". Evidentemente, tratava-se do escritório de uma escritora. E as capas emolduradas dos seus últimos cinco livros pendiam tortas na parede mais distante, espalhadas entre fotografias igualmente tortas de um iate ancorado em Monte Carlo, de duas crianças numa praia de Honolulu, de um presidente, de um príncipe e de um bebê. Todas relacionadas, de alguma forma, com publicidade, amantes ou amigos, exceto pelo bebê, que era dela. A data da fotografia era de cinco anos antes.

O *spaniel* moveu-se preguiçosamente no calor do aquecimento do apartamento nova-iorquino. A mulher na máquina de escrever esticou os pés descalços e, distraída, acariciou o cachorro.

– Aguente um pouco, Ashley. Estou quase terminando. – Ela pegou uma caneta preta e fez algumas correções apressadas com a mão esguia e fina, desnuda de anéis. A voz com que falara com o cachorro possuía sotaque sulista. Savannah. Uma voz que lembrava grandes plantações, festas e elegantes salas de estar do extremo sul. Uma voz aristocrática. Uma dama.

— Droga! — Ela agarrou a caneta outra vez, riscou metade de uma página e ajoelhou-se freneticamente no chão, em busca de duas páginas que não encontrara havia uma hora. Estavam ali em algum lugar. Refeitas, datilografadas, corrigidas. E, é claro, importantes. Ela estava reescrevendo um livro.

Aos 30 anos, continuava com a mesma aparência da época em que viera para Nova York, aos 19, para ser modelo, apesar dos protestos violentos da família. Persistira durante um ano, odiando o que fazia, mas não admitindo isso para ninguém, a não ser para a sua querida colega de quarto romana, que viera para os Estados Unidos por um ano, a fim de estudar design. Como Natasha, Isabella viera para Nova York por um ano. Mas Natasha tirara um ano de férias da faculdade para tentar a sorte e ter sucesso sem depender de ninguém. Não era o que seus pais planejaram para ela. Ricos com uma refinada linhagem sulista e pobres em dinheiro vivo, queriam que a filha terminasse a faculdade e se casasse com um excelente rapaz do sul, coisa que não passava pela cabeça de Natasha.

Aos 19 anos, tudo que ela desejara era sair de sua cidade, ir para Nova York, ganhar dinheiro e ser livre. E conseguiu. Ganhou dinheiro como modelo e, depois, como escritora independente. Chegou inclusive a ser livre, durante algum tempo. Até que conheceu e se casou com John Walker, crítico teatral. Um ano mais tarde tiveram um filho, para se divorciarem um ano depois. Tudo que lhe restou foi um corpo magnífico, um rosto sensacional, talento para escrever e um filho de 15 meses. E, cinco anos mais tarde, já escrevera cinco romances e dois roteiros para o cinema, sendo uma estrela no mundo literário.

Mudara-se para um grande e confortável apartamento na Park Avenue, pusera o filho numa escola particular, contratara uma governanta, investira dinheiro – e Natasha Walker divertia-se muitíssimo. Após ter adquirido sucesso para acrescentar à beleza, Natasha tinha tudo.

– Sra. Walker? – Houve uma suave batida na porta.

– Agora não, Hattie, estou trabalhando. – Natasha afastou o longo cabelo louro dos olhos e recomeçou a examinar minuciosamente a pilha de papéis.

– Tem certeza? É um telefonema. Acho que é importante.

– Confie em mim. Não é importante.

– Mas dizem que é de Roma.

A porta foi aberta antes que Hattie pudesse acrescentar outra palavra à sua exortação. Já não havia mais necessidade Natasha atravessou a cozinha, com os pés descalços, compridos e magros batendo no piso amarelo-claro, a calça jeans apertada realçando os ossos dos quadris, a camisa masculina abotoada logo abaixo dos seios pequenos.

– Por que não me disse que era de Roma? – Lançou um olhar de censura para a mulher negra de cabelos grisalhos, crespos e macios e, depois, esboçou um rápido sorriso. – Não se preocupe. Sei como sou desagradável quando estou trabalhando. Só não entre ali. Não lave as xícaras de café, não regue as plantas, nada. Preciso da bagunça. – Hattie fez uma careta de zombaria diante do discurso recorrente e desapareceu por um corredor claro e ensolarado em direção aos quartos enquanto Natasha atendia o telefone. – Alô?

– *Signora* Natasha Walker?

– Eu mesma.

– Temos uma ligação de Roma. Um instante, por favor. – Natasha ficou muito quieta e aguardou. Não havia falado com Isabella desde que soube das notícias. Sua vontade foi voar para Roma, para o enterro. Mas Isabella não quis que ela fosse. Pedira-lhe que aguardasse. Ela escrevera e aguardara, porém, pela primeira vez, nos 11 anos daquela amizade, não houve nenhuma resposta, nenhuma notícia. Quatro meses já haviam se passado desde a morte de Amadeo, e ela nunca se sentira tão afastada de Isabella desde que a amiga deixara o apartamento que dividiram durante um ano e voltara para Roma. Tampouco escrevera nos primeiros meses, mas isso porque Isabella andara ocupada demais com seu trabalho, e depois se apaixonara. Apaixonada demais – Natasha ainda recordava a excitação contida nas cartas de Isabella quando escrevera-lhe para contar: "... e ele é maravilhoso... e eu o amo... tão bonito... tão alto, louro, e vou trabalhar para ele na

San Gregorio, fazendo alta-costura de verdade..." A alegria e a excitação continuaram através dos anos. Havia sido uma lua de mel permanente com aqueles dois. E, então, subitamente, ele estava morto. Abalada e horrorizada, Natasha ficara sentada em silêncio, enquanto se inteirava do fato através do noticiário das 18 horas.

– *Signora* Walker?

– Sim, sim, eu mesma.

– A pessoa já vai falar.

– Natasha? – A voz de Isabella estava estranhamente controlada.

– Por que não tem respondido às minhas cartas?

– Eu... não sei, Natasha... não sabia o que dizer.

Natasha franziu a testa, depois assentiu com a cabeça.

– Fiquei preocupada. Você está bem? – A aflição em sua voz viajou 8 mil quilômetros para apresentar-se a Isabella, que enxugou as lágrimas dos olhos e quase sorriu.

– Acho que sim. Preciso de um favor. – Sempre fora assim com elas. Podiam recomeçar de onde quer que tivessem parado. Podiam não se falar durante seis meses e depois, instantaneamente, voltarem a ser irmãs quando se encontrassem ou tornassem a se falar. Era uma dessas raras amizades que sempre podia ser interrompida sem esfriar.

– O que quiser – respondeu Natasha.

Isabella explicou em breves palavras o que tinha acontecido com Alessandro naquele dia – ou o que não tinha, mas que podia ter acontecido.

– Não aguento mais. Não estou aguentando uma coisa dessas – disse ela. – Não posso correr o risco e deixar que algo aconteça com ele.

Ao pensar no próprio filho, Natasha sentiu-se estremecer só em ouvir a história.

– Ninguém aguentaria. Quer mandá-lo para mim? – Os meninos tinham a mesma idade, apenas quatro meses de diferença, e Natasha não era do tipo que ficaria arrasada com mais uma criança. – Jason vai adorar – acrescentou. – Ele fica se queixando comigo por não ter um irmão. Além disso, ambos têm muito em comum. – No ano anterior, quando todos se encontraram para esquiar em Saint Moritz, os dois meninos se divertiram cortando o cabelo um do outro. – Estou falando sério, Isabella. Acho que você devia tirá-lo de Roma.

– Concordo. – Houve uma pausa de uma fração de segundo. – Você gostaria de ter uma companheira de quarto outra vez? – Ela aguardou, não sabendo o que Natasha diria, mas sua resposta foi imediata. Tomou a forma de um grito longo, encantado, de uma menina sulista. Isabella viu-se subitamente rindo.

– Adoraria. Está falando sério?

– Muito. Bernardo e eu concluímos que não há outro jeito. Só por algum tempo. Não é permanente, claro. E, Natasha – ela parou, imaginando como explicar que não estava apenas mudando de ares –, talvez seja um tanto complicado. Terei de ficar escondida. Não quero que ninguém saiba onde estou.

– Vai ser difícil. Você não poderá pôr o pé fora do apartamento.

– Acha mesmo que as pessoas aí reconheceriam se me vissem?

– Quer saber mesmo? Talvez os operários que vão para o trabalho de metrô não a reconheçam, mas praticamente todos os demais sim. Além disso, se você desaparecer de Roma, isso sairá nos jornais do mundo inteiro.

– Então terei de ficar escondida.

– Será que conseguirá viver assim? – Natasha tinha suas dúvidas.

– Não tenho escolha. Pelo menos por enquanto é isso que preciso fazer.

Natasha sempre sentira admiração pelo senso de responsabilidade e pela coragem de Isabella, bem como por seu jeito de lidar com as coisas.

– Mas tem certeza de que aguenta viver comigo? Posso ficar em outro lugar – disse Isabella.

– Proíbo que fique em outro lugar. Se fizer isso, nunca mais falo com você. Quando pretende chegar?

– Não sei. Mal acabei de tomar a decisão. Levará tempo para resolver os assuntos do escritório. Terei de continuar dirigindo a San Gregorio de onde estiver.

Em resposta, Natasha deixou escapar um assobio longo e baixo.

– Como vai conseguir?

– Teremos de resolver. Coitado do Bernardo, como sempre, terá de aguentar o rojão. Mas posso falar com ele todos os dias pelo telefone, se precisar, e temos um escritório aí para o nosso representante. Posso telefonar sem lhe dizer que estou em Nova York. Creio que pode ser resolvido.

– Se pode, então você o fará. Se não puder, o fará de qualquer modo.

– Gostaria de me sentir tão segura. Detesto deixar a empresa aqui. Oh, Natasha... – Soltou um longo suspiro de infelicidade. – Tem sido uma época horrível. Nem me sinto a mesma.

Natasha nada disse, mas Isabella não parecia ela própria. Obviamente, os últimos quatro meses tinham sido muito difíceis.

– Sinto-me como um robô – continuou Isabella. – Mal consigo chegar ao fim de cada dia, matando-me no escritório e brincando com Alessandro quando posso. Mas continuo... continuo pensando... – Natasha pôde sentir que a voz da amiga falhou do outro lado. – Continuo pensando que ele ainda vai voltar para casa. Que ele, na verdade, não morreu.

– Acho que é o que acontece quando alguém que amamos desaparece de repente, como foi o caso. Você ainda não teve tempo para assimilar o que aconteceu, para compreender.

– Já não compreendo mais nada.

– Não é necessário. – A voz de Natasha estava cordial. – Venha para casa apenas. – Havia lágrimas em seus próprios olhos enquanto pensava na amiga. – Você devia ter permitido que eu fosse a Roma quatro meses atrás. Eu a teria trazido comigo.

– Não teria não.

– Teria sim. Sou mais alta que você, lembra?

De repente, Isabella riu. Seria muito agradável rever Natasha. E talvez até fosse divertido ir a Nova York. Divertido! Que loucura pensar numa coisa dessas, depois de tudo que acontecera nos últimos quatro meses.

– Falando sério, quando acha que terá resolvido tudo? – Natasha já estava fazendo cálculos rápidos e começara a rabiscar algumas anotações. – Gostaria de mandar Alessandro na frente? Ou gostaria que eu fosse buscá-lo agora?

Por um momento, Isabella considerou a possibilidade, porém disse:

– Não, eu o levarei comigo. Não quero perdê-lo de vista. – Ao ouvi-la, Natasha começou a imaginar que espécie de efeito tudo isso estaria causando ao menino, mas não era hora de perguntar e Isabella já continuava com o assunto. – E não esqueça, não fale com ninguém a respeito. E, Natasha... Obrigada.

– Vá para o inferno, cara de espaguete.

Cara de espaguete – o apelido que Natasha lhe dera e que Isabella não ouvia há anos. Ao despedir-se, percebeu que ria pela primeira vez em meses. Desligou o telefone e ergueu os olhos para fitar Bernardo, seu rosto era uma mistura de ansiedade e tensão. Havia esquecido que ele estava ali.

– Vou viajar.

– Quando?

– Assim que resolvermos tudo sobre o escritório. O que acha? Dentro de algumas semanas? – Ela o olhava, sua mente começando de repente a girar. Seria viável? Poderia ser feito? Poderia ela dirigir a empresa do seu esconderijo com Natasha em Nova York?

Mas Bernardo assentia com a cabeça.

– Acho que sim. Tiraremos você daqui nas próximas semanas. – Depois, ele pegou um monte de papéis que estavam sobre a mesa no quarto de Isabella e os dois começaram a elaborar um plano.

9

Nas três semanas seguintes, os telefonemas cortaram velozmente o ar entre Nova York e Roma. Isabella ia querer uma ou duas linhas telefônicas? Alessandro iria para a escola? Ela levaria os seguranças?

Isabella ria, erguendo as mãos. Certa vez Amadeo declarara que Natasha poderia construir uma ponte, governar um país e ganhar uma guerra sem sequer estragar as unhas. Agora Isabella concluiu que ele tinha razão.

Dois telefones, Isabella pediu. Decidiria mais tarde se mandaria Alessandro para a escola ou não. E, quanto aos seguranças, não precisaria de nenhum. Os edifícios residenciais da Park Avenue eram verdadeiras fortalezas, e o de Natasha, um dos mais seguros de Nova York.

Os planos de Isabella para a partida foram igualmente bem guardados. Nenhum general jamais esquematizou uma campanha com tanta precisão ou tanto sigilo como ela e Bernardo planejaram sua fuga da San Gregorio. Ninguém, nem mesmo o mais alto escalão da San Gregorio, conhecia seu destino; a maioria nem mesmo sabia – de maneira alguma – que ela estava partindo. Tinha de ser dessa maneira. Tudo precisava ficar em segredo. Pelo bem dela e do menino.

Ela simplesmente desapareceria. Correriam boatos de que estaria escondida na cobertura do prédio dos seus escritórios.

Apenas Isabella, sozinha com o filho. As refeições seriam enviadas lá para cima, retornando os pratos vazios; a roupa para a lavanderia entrava e saía. Na verdade, devia haver um inquilino naquele apartamento; Livia, a fiel secretária de Amadeo, oferecera-se para isolar-se ali, fazendo os ruídos apropriados, caminhando pelo assoalho de parquete. Todos saberiam que alguém estava morando ali escondido. Como poderiam suspeitar que Isabella estava em Nova York? Tinha que dar certo. Pelo menos por algum tempo.

– ESTÁ TUDO PRONTO? – Isabella ergueu os olhos para Bernardo. Ele colocava outra pilha de pastas de arquivo numa grande sacola de couro.

Bernardo assentiu com a cabeça, em silêncio, e Isabella notou como ele parecia envelhecido e cansado.

– Acho que tenho cópia de todo arquivo que possuímos – disse ela. – E quanto às exportações para a Suécia? Você gostaria que eu assinasse algumas daquelas guias agora, antes de partir?

Ela continuou organizando tudo enquanto Bernardo dirigiu-se ao seu escritório em busca das guias. Outra pasta de couro. Mais arquivos, mais amostras de tecido, alguns cálculos de Amadeo, recortes de jornais financeiros enviados pelo representante deles nos Estados Unidos. Já tinha trabalho suficiente para mantê-la ocupada durante seis meses. Haveria mais, um fluxo constante de documentos, arquivos, relatórios, informações. O que não poderia ser feito pelo telefone, Bernardo enviaria através do agente literário de Natasha, simplesmente endereçado à Sra. Walker. Isabella concentrava-se no plano, no trabalho a ser feito. Pensar por que estava fazendo os embrulhos, admitir que estava partindo, era mais do que podia suportar.

Momentos depois, Bernardo estava de volta com os papéis. Isabella tirou a tampa da caneta de ouro da Tiffany, que fora de Amadeo, e assinou.

– Sabe de uma coisa? Acho que esta não é a hora ou o lugar, mais ainda gostaria que você pensasse melhor – disse Bernardo.

– Pensasse em quê? – Isabella olhou-o com uma expressão desnorteada. Mal conseguia continuar pensando. Tinha coisas demais na cabeça.

– A compra oferecida pela I.H.I.–F-B. Talvez possa se reunir com eles em Nova York.

– Não, Bernardo. Estou lhe dizendo pela última vez. – Nem sequer desejava discutir o assunto. E agora não tinha tempo. – Pensei que você havia prometido não insistir mais nisto.

– Tudo bem. – De certa forma, ela estava com a razão. Ainda tinham muito a resolver naquele momento. Mais tarde, sempre haveria possibilidade de discutir sobre o assunto quando ela estivesse cansada de tentar dirigir a empresa a 8 mil quilômetros de distância. O pensamento o deteve. Quem teria imaginado, seis meses antes, que Amadeo estaria morto, Isabella escondida, e ele, Bernardo, sozinho? Sentiu uma onda de desânimo dominá-lo, ao mesmo tempo em que a observava trancar a última pasta de documentos. Lembrou-se do verão que passaram em Rapallo. Amadeo contara 17 malas de Isabella – toalhas de mesa, lençóis, roupas de banho... caixas de chapéu, uma mala só para sapatos. Mas esta viagem não seria para Rapallo. Seria uma vida inteiramente diferente – uma vida iniciada com duas malas, uma para as roupas de Isabella e outra para as de Alessandro.

– Alessandro ficará inconsolável por não estarmos levando sua bicicleta – disse Isabella subitamente, interrompendo os pensamentos dele.

– Mandarei outra melhor para Nova York. – Deus, como ele ia sentir falta do menino! E também de Isabella. Seria estranho não tê-la por perto. Sem disputas ruidosas, sem seus olhos de ônix brilhantes presos aos dele. Sua úlcera precisava dela, bem como ele próprio.

– Estaremos de volta em breve, Nardo. Acho que não poderei suportar ficar longe daqui por muito tempo.

Ela tornou a levantar-se, lançando um olhar pelo seu escritório, imaginando o que poderia ter esquecido, abrindo seus arquivos mais uma vez, enquanto Bernardo a observava, silencioso. Ela olhou-o por cima do ombro, com um meio sorriso cansado.

– Escute, por que não vai para casa e tenta dormir um pouco? Vai ser uma noite longa.

– É, acredito. Eu... Isabella... – Sua voz estava estranhamente embargada, enquanto ela se virava devagar. – Vou sentir sua falta. E do menino. – A expressão dos olhos era o primeiro sinal de seus verdadeiros sentimentos, desde o Natal.

– Também sentiremos sua falta. – A voz de Isabella ficou abafada quando estendeu a mão e os dois abraçaram-se naquele aposento tão familiar. Quando tornaria a ver aquele escritório? Ou Bernardo? – Mas estaremos logo de volta. Muito em breve. Você vai ver.

– *Ecco.* – Havia lágrimas nos olhos de Bernardo, que procurou reprimir pestanejando, no momento em que ela se afastava. Ocultar seus sentimentos era uma coisa e não estar ao lado dela, em definitivo, outra totalmente diferente. Ele já sofria diante daquela perda, mas não havia outra maneira. Pelo bem dela e do menino.

– Agora vá para casa e procure dormir um pouco.

– É uma ordem?

– Claro. – Ela esboçou um largo sorriso enviesado e sentou-se discretamente numa cadeira. – Que época horrível para se ir à Riviera. – Procurou parecer entediada e desinteressada enquanto ele ria, parado à porta. Era o plano que tinham elaborado. Ele a levaria de carro até a fronteira com a França e atravessariam a Riviera até Nice, onde ela pegaria o voo matutino para Londres; lá haveria a mudança dos seguranças e, enfim, ela seguiria para Nova York. Era bem provável que Isabella e Alessandro ficassem em trânsito durante quase 24 horas.

– Há alguma coisa que eu poderia levar esta noite para Alessandro? Biscoitos? Um jogo?

– Biscoitos são sempre uma excelente ideia, mas talvez uma manta e um pequeno travesseiro. E um pouco de leite.

– Mais alguma coisa? Para você?

– Apenas esteja lá, Nardo. E reze para que fiquemos a salvo. – Ele assentiu, com ar sério, abriu a porta com um puxão e se foi. Ele não só rezou para que ela partisse em segurança, como também para que voltasse a salvo. E logo. E que voltasse para ele.

10

– *Mamma*, quer me contar uma história?

Isabella estava sentada na beirada da cama de Alessandro. Uma história... uma história... nessa noite, ela mal conseguia pensar, quanto mais inventar narrativas complicadas.

– Por favor...

– Muito bem. Vejamos. – Sua testa se franziu ao olhar para o menino, seus dedos longos e elegantes apertando-lhe a mãozinha branca. – Era uma vez um menino. Ele vivia com sua mãe e...

– Ele não tinha pai?

– Não mais.

Alessandro assentiu com a cabeça, compreendendo, e aconchegou-se na cama. Ela lhe disse o nome do lugar onde o menino morava com a mãe e todos os amigos que tinham, pessoas que os amavam e uns poucos que não.

– O que eles fizeram? – Alessandro começava a gostar da história; era muito familiar.

– A respeito de quê? – Era fácil distraí-la, Isabella tinha milhares de coisas na cabeça.

– O que eles fizeram a respeito das pessoas que não gostavam deles?

– Ignoraram-nas. E sabe o que mais fizeram? – Ela baixou a voz, num tom de conspiração. – Fugiram.

– Fugiram? Isso é horrível! – Alessandro parecia chocado. – Papai sempre dizia que era errado fugir. Só quando você tem absoluta necessidade, como fugir de um leão ou de um cão muito bravo.

Ela gostaria de lhe dizer que algumas pessoas são como cães, mas, na verdade, não estava muito certa sobre o que dizer. Olhou pensativa para o filho; sua mão ainda estava entre as dela.

– E se fugindo ficassem em maior segurança? E se fugindo evitassem que fossem importunados pelos leões e cães bravos? E se fossem para um lugar maravilhoso onde pudessem ser felizes outra vez? Isso não seria certo? – Enquanto olhava para o menino, ela descobriu que tinha muito a dizer.

– Acho que sim. Mas há um lugar assim? Onde todos vivam em segurança?

– Talvez. Porém, de qualquer modo, você está a salvo, meu querido. Sabe disso. Jamais deixarei que alguma coisa lhe aconteça.

Ele a olhou com ar preocupado.

– Mas e quanto a você? – Ele ainda tinha pesadelos. Se tinham apanhado seu pai, não podiam também apanhar sua mãe? Era inútil dizer-lhe, repetidas vezes, que não. Nesse caso, por que a casa vivia cheia de seguranças? Ninguém enganava Alessandro.

– Não acontecerá nada comigo. Prometo.

– *Mamma...*

– O que é?

– Por que não fugimos?

– Se o fizéssemos, não ficaria triste? Não haveria *mamma* Teresa, nem Enzo, nem Luisa... – *Nem carrossel, nem bicicleta, nem Roma. Nenhuma lembrança de Amadeo...*

– Mas haveria você! – Parecia encantado.

– Seria suficiente? – Ela achou divertido.

– Claro!

O sorriso gentil do filho deu-lhe coragem para continuar a história, a do menino e sua mãe que encontraram um novo lar em uma nova terra, onde ficaram a salvo, como num passe de mágica, e onde fizeram novos amigos.

– Ficaram lá para sempre?

Ela ficou olhando o filho por um longo tempo.

– Não estou certa, acho que voltaram para casa outra vez. No final.

– Por quê? – Parecia-lhe uma ideia ridícula.

– Talvez porque o lar seja sempre o lar, não importa quanto possa ser difícil.

– Acho que é uma burrice.

– Você não gostaria de voltar para casa se fosse embora? – Ela olhou-o, perplexa, surpresa com o que ele acabara de dizer.

– Não se tivessem acontecido coisas ruins ali.

– Como aqui na *villa*?

Ele assentiu em silêncio.

– Mataram meu pai aqui. São pessoas ruins.

– Não foram todos que fizeram isso, Alessandro. Apenas alguns homens muito ruins.

– Então como ninguém os descobriu para que fossem castigados ou espancados? – Olhou-a com pesar, e ela o puxou gentilmente para seus braços.

– Talvez ainda venham a fazê-lo.

– Não me interessa. Quero fugir. Com você. – Aninhou-se mais e Isabella sentiu o calor dele em seus braços. Era o único calor que sentia ultimamente, agora que Amadeo se fora.

– Talvez um dia... fujamos para a África juntos e vivamos numa árvore.

– Puxa, eu gostaria disso! Podemos? Por favor, podemos?

– Não, claro que não. Além disso, você não poderia dormir em sua bela cama aconchegante numa árvore. Poderia?

– Acho que não. – Lançou para a mãe um olhar meigo por um longo momento, depois sorriu e deu um tapinha em sua mão. – Foi uma ótima história.

– Obrigada. A propósito, já lhe disse hoje o quanto amo você? – Estava inclinada sobre ele, sussurrando em seu ouvido.

– Também amo você.

– Ótimo. Durma agora, querido. Até amanhã cedo.

Muito cedo. Dentro de sete horas. Aconchegou-o bem debaixo das cobertas e fechou a porta de mansinho, caminhando pelo longo corredor espelhado.

A noite foi demorada e angustiante. Isabella ficou na sala de estar, examinando alguns papéis e vigiando o relógio Fabergé arrastar-se em direção às 20 horas. Às oito em ponto, o jantar foi servido, e ela comeu, como sempre, rápido e sozinha. Às 20h40, estava de volta ao quarto, olhando pela janela, para a sua imagem no espelho, para o telefone. Não poderia fazer nada antes que tudo ficasse em silêncio. Nem ousou voltar para o vestíbulo. Ficou sentada ali sozinha durante três horas, pensando, esperando, olhando para fora. Da janela do quarto podia ver o carrossel, no jardim, as janelas da cozinha, as da sala de jantar e as do pequeno escritório onde Amadeo fazia revisão de documentos em casa. Por volta da meia-noite, todas as janelas da casa estavam às escuras, exceto as do seu próprio quarto. Ela dirigiu-se furtivamente até o final do longo corredor onde havia um armário. Abriu-o, verificou seu interior e retirou duas grandes malas Gucci. Havia uma de couro macio cor de chocolate, com as clássicas listras verdes e vermelhas. Olhou-as com expressão especulativa. Como se pode colocar uma vida inteira dentro de duas malas?

De volta ao quarto, trancou a porta, puxou as persianas e abriu o closet, escolhendo as coisas sem fazer nenhum ruído. Em seguida, retirou rapidamente as calças dos cabides, os suéteres de caxemira dos sacos plásticos forrados de seda, feitos especialmente para esse fim. Bolsas, meias, roupas íntimas, sapatos. Era mais fácil agora. Tudo que usava ultimamente ainda era preto. Isabella levou exatamente meia hora para colocar na mala três saias, sete suéteres, seis vestidos pretos de lã e um terninho. Mocassins pretos, cinco pares de sapatos de salto alto, um par de sapatos pretos de gala, de cetim e camurça. Sapatos de gala? Olhou de novo para o closet e retirou cuidadosamente um vestido preto de seda, longo, totalmente liso. Terminou tudo em menos de uma hora. Dirigiu-se ao cofre. Tudo estava outra vez em suas respectivas caixas, como estiveram desde que Bernardo trouxera de volta da Paccioli, após ter devolvido o dinheiro de Alfredo. O dinheiro que ela não pudera entregar aos sequestradores. As joias que não usava mais. Mas não tinha coragem de deixá-las ali. E se alguém arrombasse a casa? Se alguém as roubasse? Se! Sentiu-se uma refugiada fugindo do país durante a guerra. Esvaziou as caixas de veludo verde e colocou tudo nos estojos de cetim, guardando no compartimento secreto de uma grande bolsa Hermès, de couro de crocodilo. Carregaria com ela durante a viagem. Finalmente, fez a mala deslizar até o chão e saiu sorrateiramente do quarto, trancando-o. Carregou a mala vazia pelo corredor até o quarto de Alessandro, trancando a porta pelo lado de dentro. O menino dormia profundamente, aconchegado nas cobertas, com uma das mãos agarrada a um ursinho de pelúcia e a outra pendendo fora da cama. Esboçou um breve sorriso para o filho e começou a esvaziar a cômoda. Roupas quentes, um conjunto para andar na neve, luvas, gorros de lã, roupas para brincar, para usar no apartamento, jogos e alguns dos seus brinquedos favoritos. Lançou um olhar pelo quarto, imaginando o que seria mais precioso, enquanto fazia a escolha. À 1h30, estava pronta, as malas ao seu lado, o quarto escurecido devido à luz suave. Bernardo ia trazer as duas malas que ela fechara no escritório. Estava pronta.

O relógio na mesinha de cabeceira tiquetaqueava implacavelmente. Decidira acordar Alessandro à 1h45. Sabia que lá fora, em algum lugar, os dois seguranças estavam esperando, preparados para viajar, embora não tivessem a mínima ideia de para onde. Tinham sido cuidadosamente selecionados por Bernardo e avisados para inventarem uma história que justificasse seus paradeiros durante o dia. Estariam de volta a Roma na noite seguinte, após deixarem Isabella e Alessandro em Londres, onde embarcariam no voo da tarde.

Isabella estava ofegante, sentindo o coração bater dentro do peito. O que estava fazendo? Estava certa em partir? Poderia realmente deixar tudo nas mãos de Bernardo? E por que estava deixando seu lar?

Cuidadosamente, abriu a porta outra vez e saiu de mansinho. A casa estava em silêncio quando ela perambulou devagar pelo corredor. Ainda tinha dez minutos antes de acordar Alessandro – dez minutos para dizer adeus. Viu-se na sala de estar, olhando ao redor à luz da lua, passando a mão pela mesa, lançando um olhar para o sofá vazio. Ali tivera festas incontáveis com Amadeo, noites felizes, dias melhores ainda. Lembrava-se do rebuliço que fizera escolhendo os tecidos, os objetos comprados em Paris, o relógio que, afetuosamente, trouxeram de Nova York. Depois, continuou vagando, passou pela sala de jantar em direção a uma sala de estar menor, que usavam pouquíssimo. Por fim, em silêncio, parou na entrada do pequeno escritório que Amadeo tanto amara. Em geral, ficava inundado de sol e de luz, repleto de tesouros, livros, troféus e plantas de floração radiante. Fizera dele o paraíso para o marido, e ambos refugiavam-se ali com frequência para falarem de negócios ou para rirem de Alessandro pelas portas envidraçadas que davam para o jardim. Foi ali que o viram dar seus primeiros passos, ali que Amadeo muitas vezes lhe dissera que a amava, ali que ele de vez em quando fazia amor com ela no confortável sofá de couro castanho e, algumas vezes, sobre o tapete espesso do chão. Ali haviam fechado as persianas e cortinas, tinham se escondido, tramado, brincado e vivido – ali, no aposento agora tão vazio enquanto o olhava, mal ousando entrar, com uma das mãos apoiada na porta.

"*Ciao*. Amadeo, eu voltarei." Era uma promessa que fazia a si mesma e a ele, a casa e a Roma. Cruzou o tapete e parou ao aproximar-se da escrivaninha. Ainda havia uma fotografia dela ali, numa moldura de prata que fora presente de Bernardo. Enquanto olhava o retrato na escuridão, lembrou-se do ovinho de ouro Fabergé, que dera para o marido no seu aniversário, pouco antes de Alessandro nascer. Passou os dedos por ele com delicadeza, tocou no couro sobre a mesa e depois, lentamente, virou-se. "*Ciao*, Amadeo." Ao fechar a porta atrás de si, sussurrou:

– Adeus.

Parou um momento no vestíbulo, depois dirigiu-se apressada para o quarto de Alessandro, rezando para que ele acordasse facilmente e não chorasse. Por um breve momento sentiu uma dor cruciante. Parecia um ato de crueldade levar o menino sem sequer deixar *mamma* Teresa se despedir. Ela cuidara dele com todo amor, às vezes até com ferocidade, durante os seus 5 anos. Rezava para que a mulher pudesse suportar o choque do seu desaparecimento com coragem e que, de alguma forma, compreendesse sua atitude ao ler a carta de Isabella no dia seguinte.

Abriu a porta com suavidade, curvou-se sobre ele, segurando-o junto a si, sentindo sua respiração branda, ronronando em seu pescoço.

– Alessandro, *tesoro*. É a *mamma*. Querido, acorde.

Ele mexeu-se tranquilamente e virou para o outro lado. Ela tocou-lhe de leve na face com um dedo e beijou-o nos olhos.

– Alessandro...

Ele abriu os olhos e então olhou-a. Sorriu, sonolento.

– Amo você.

– Também amo você. Vamos, querido, acorde.

– Mas ainda não é de noite? – Fitou-a com estranhamento, olhando para a escuridão lá fora.

– É sim. Mas estamos partindo para uma aventura. É segredo. Apenas você e eu.

Ele olhou-a com interesse, arregalando os olhos.

– Posso levar meu urso?

Ela assentiu sorrindo, esperando que ele não ouvisse o martelar acelerado do seu coração.

– Já coloquei alguns dos seus brinquedos e jogos na mala. Vamos, doçura. Levante-se. – Ainda sonolento, o menino levantou-se, esfregando os olhos, e ela o pegou no colo. – Carregarei você. – Caminhou de mansinho até a porta, trancou-a depois que saíram e precipitou-se para o próprio quarto, sussurrando para o filho que não deviam conversar; depois sentou-o na cama, retirando-lhe as pantufas e vestindo-o com roupas quentes.

– Aonde vamos? – Ele ergueu um pé para que a mãe pudesse calçar-lhe a meia.

– É surpresa.

– Para a África? – Ele parecia encantado. Ajudou com a outra meia. Vestiu uma camiseta azul, um macacão de veludo cotelê. Também um suéter vermelho. Em seguida, os sapatos. – Para a África, *mamma*?

– Não, tolinho. Um lugar melhor.

– Estou com fome. Quero um copo de leite.

– Tio Bernardo deve ter leite e biscoitos para você no carro.

– Ele também vai? – Alessandro parecia intrigado.

– Apenas uma parte do caminho. As únicas pessoas que percorrerão o caminho todo em nossa aventura são você e eu.

– *Mamma* Teresa também não? – Ele afastou-se e Isabella parou. Fitou-o nos olhos e sacudiu a cabeça devagar.

– Não, querido, ela não pode ir conosco. Nem podemos nos despedir.

– Ela não vai ficar muito triste e nos odiar quando voltarmos?

– Não. Ela compreenderá. – Pelo menos assim esperava.

– OK. – Ele sentou-se na cama outra vez, apanhando seu ursinho. – De qualquer modo, gosto mais de passear com você.

Isabella sorriu.

– Também gosto de passear com você. Agora, estamos prontos? – Ela lançou um olhar ao redor. Tudo foi guardado ou embalado. Só as pantufas dele permaneciam tristemente sobre a cama de Isabella. Na escrivaninha, deixou um bilhete explicando a *mamma* Teresa e à governanta que o Sr. Franco decidira que seria mais prudente para ela e o menino saírem da cidade. Elas poderiam entrar em contato com o Sr. Franco imediatamente se houvesse qualquer problema na casa. Não deveriam informar sua partida ou falar com a imprensa. – Ah, quase íamos esquecendo de uma coisa. – Sorriu para o filho enquanto ele bocejava. – Pegou seu ursinho? – Ele apanhou o bichinho enquanto a mãe o ajudava a vestir o capote. – Tudo pronto? – Ele assentiu com a cabeça outra vez e apertou a mão dela com força. De repente, já na porta, ela enrijeceu. Podia ouvir o rangido dos portões elétricos, o lento revolvimento do cascalho, em seguida as vozes apressadas de Bernardo e de dois homens. Um instante depois, ouviu-se uma suave batida na porta.

– Isabella, sou eu. – Era Bernardo. Alessandro deixou escapar uma risadinha.

– Isto está divertido.

Ela abriu a porta e viu um dos seguranças ao seu lado.

– Estão prontos?

Ela confirmou, fitando-o com os olhos arregalados.

– Eu carregarei Alessandro. Giovanni levará a bagagem. É isto?

– Isto é tudo.

– Ótimo. – Falavam aos sussurros. Ela apagou a luz. Os faróis do Fiat lançavam um brilho pálido no corredor. Silenciosamente, ele pegou Alessandro no colo enquanto o outro homem carregava a bagagem. Isabella foi a última. Ela fechou a porta. Estava acabado. Os adeuses tinham sido dados. Ela estava deixando seu lar.

Bernardo assumiu o volante, com um dos seguranças ao seu lado. No banco de trás, o outro homem sentou-se ao lado de Isabella e de Alessandro. Enquanto se afastavam, ela lançou um olhar por cima do ombro. A casa estava como sempre foi. Porém, agora, era apenas uma casa. Uma casa vazia.

11

— Tudo bem? – Isabella olhou de relance para Bernardo. Há horas que estavam viajando, correndo pela noite. – Não está cansado?

Ele balançou a cabeça. Estava nervoso demais para pensar no próprio cansaço. O sol despontaria dentro de uma hora, e ele queria atravessar a fronteira antes do dia raiar. Pela primeira vez, lamentava estar usando seu Fiat e sentia saudades da Ferrari de Amadeo. De qualquer forma, dirigira a mais de 120 quilômetros por hora, porém agora talvez pudesse usar um pouco mais de velocidade. Em horas normais, os homens da alfândega poderiam ligar o nome no passaporte com o seu rosto e chamar a imprensa.

– Falta muito? – perguntou Isabella.

– Mais uma hora. Talvez duas. – O segurança não disse nada. Alessandro dormia profundamente no colo de Isabella. Bernardo dera ao menino um pouco de leite e biscoitos; ele os mastigara ruidosamente e, muito satisfeito, bebera dois goles de leite e dormira no mesmo instante.

O sol estava prestes a despontar quando Bernardo finalmente parou. De cada lado da fronteira havia duas cabines aduaneiras com seus respectivos guardas impassíveis. Um italiano e outro francês. Eles caminharam lentamente até o portão do lado italiano e buzinaram.

– *Buon giorno.* – Bernardo lançou um olhar divertido para o guarda uniformizado e entregou-lhe cinco passaportes. O homem de uniforme olhou para o carro sem interesse. Com os passaportes na mão, fez um sinal para Bernardo abrir o porta-malas. Ele desceu do carro, abriu o porta-malas, deixando ver as quatro malas de Isabella, duas cheias de papéis e duas com roupas.

– Seus pertences? – Bernardo assentiu com a cabeça. – Estão indo para a França?

– Estamos.

– Por quanto tempo?

– Alguns dias.

O guarda balançou a cabeça, ainda segurando os passaportes. Abriu o primeiro, que pertencia a um dos seguranças, enquanto Bernardo rezava com fervor para que ele não fosse um homem a par dos noticiários. O nome de San Gregorio era mais familiar agora do que nunca. Mas ambos foram surpreendidos por uma súbita buzinada no momento em que dois caminhões pararam bem atrás do carro. O homem da alfândega denotou impaciência e o motorista do primeiro caminhão usou um braço e um punho para expressar um gesto grosseiro. Com isso, o guarda fechou os passaportes com violência, devolveu-os a Bernardo e tornou a acenar para eles.

– *Ecco.* Façam uma boa viagem. – Afastou-se em direção ao motorista do caminhão, com uma expressão de fúria reprimida no olhar. Grato, Bernardo deu partida no carro.

– O que aconteceu? O que ele disse? – Do banco traseiro, Isabella o olhava ansiosa. Bernardo sorriu.

– Desejou-nos boa viagem.

– Disse alguma coisa sobre o meu passaporte?

– Nada. Aquele idiota atrás do nosso carro nos fez um grande favor. Estou tão contente que daria um beijo nele. – Os dois seguranças sorriram enquanto atravessavam calmamente a fronteira e tornavam a parar. – Ele fez um gesto grosseiro para o cara da alfândega, que acabou perdendo o interesse em nós – explicou Bernardo.

– E agora? – Isabella olhou nervosa para o homem vestido de azul-marinho que vinha na direção deles.

– O guarda da alfândega francesa carimba nossos passaportes e estamos livres. – Bernardo baixou o vidro e tornou a sorrir.

– *Bonjour, messieurs, madame.* – Sorriu-lhes, lançou um olhar compreensivo para Isabella e outro breve para o menino. Isabella flagrou-se fitando fixamente o remate vermelho em seu uniforme e desejando estar a quilômetros de distância. – Férias ou negócios?

– Um pouco de cada. – Não havia outra maneira de explicar as duas malas atulhadas de papéis, caso fossem inspecionadas. – Minha irmã, nossos primos e meu sobrinho. Negócios de família.

– Compreendo.

Ele pegou os passaportes da mão de Bernardo. Isabella apertava Alessandro contra si.

– Vão ficar muito tempo na França?

– Apenas alguns dias. – Não importava o que Bernardo dissesse; eles voltariam por caminhos diferentes, e Isabella e Alessandro não voltariam de modo algum.

– Alguma coisa no porta-malas? Comida? Plantas? Sementes? Batatas?

Oh, Deus.

– Não, apenas nossa bagagem. – Bernardo fez menção de sair do carro, mas o guarda da alfândega acenou com a mão.

– Não é preciso. *Merci.* – Foi até a janela da cabine, apanhou um carimbo, carimbou os passaportes e endossou a entrada deles, sem sequer olhar os nomes. – *Bon voyage.* – Acenou-lhes quando o portão se abriu. Isabella sorriu para Bernardo com lágrimas nos olhos.

– Como está sua úlcera?

– Viva e protestando violentamente.

– A minha também. – Ambos riram e então Bernardo pisou firme no acelerador.

Chegaram a Nice no meio da manhã. Alessandro já começava a se mexer. A mãe, como os demais, não dormira a noite inteira.

– Isto é a África? Já chegamos? – Pôs-se de pé com um sorriso largo e sonolento.

– Chegamos, querido. Mas aqui não é a África. É a França.

– É para onde vamos? – Parecia desapontado. Já estivera na França várias vezes.

– Quer mais biscoitos? – Bernardo olhou-o de relance enquanto continuavam a grande velocidade.

– Não estou com fome.

– Nem eu. – Isabella apressou-se para reforçar os sentimentos dele, mas, a poucos quilômetros do aeroporto, Bernardo parou numa pequena barraca. Comprou frutas, depois tornou a parar e comprou quatro xícaras de café e mais leite.

– Café da manhã, pessoal!

O líquido escuro reanimou todos eles. Isabella penteou o cabelo e renovou a maquiagem. Só os homens pareciam ter passado a noite em viagem, com olhos cansados e barba por fazer.

– Aonde vamos agora? – Alessandro tinha um bigode branco de leite, que enxugou com o braço do ursinho.

– Para o aeroporto. Vou colocar você e sua mãe no avião.

– Oh, que bom! – Alessandro batia palmas de alegria. Isabella observava-o. Era extraordinário: nem um pio, nem uma queixa, nem um sinal de medo ou um adeus. Ele aceitara a partida e sua "aventura" como algo que tivessem planejado durante semanas. Até Bernardo estava um pouco surpreso. E ficou ainda mais quando se despediram no aeroporto.

– Cuide bem de sua *mamma*! Logo falarei com você pelo telefone. – Bernardo olhou o menino com ternura, rezando para que ele não chorasse. Mas Alessandro olhou-o de modo reprovador.

– Na África eles não têm telefone, seu tolo.

– É para onde você e sua *mamma* estão indo?

– É.

Gentilmente, Bernardo desmanchou o cabelo do menino. Depois, nervoso, ficou observando os passageiros dirigindo-se apressados ao avião.

– *Ciao*, Isabella. Por favor... tome cuidado.

– Tomarei. Você também. Ligarei assim que chegarmos.

Ele assentiu e tomou-a delicadamente nos braços.

– *Addio*. – Ele a manteve em seus braços mais tempo do que devia, sentindo um nó na garganta.

Mas ela apenas abraçou-o com força e olhou-o muito séria, por fim.

– Até breve, Bernardo. – Abraçou-o mais uma vez, por um ultimo momento; em seguida, com os seguranças caminhando a seu lado, com o filho em seus braços e o casaco de visom encapelando-se, desapareceu. Ele não queria que ela usasse aquele agasalho. Preferia algo simples e preto, um dos casacos de lã de sua criação, mas ela insistira que talvez precisasse dele em Nova York. Isabellezza. Sentiu uma coisa terrível estremecer dentro dele. E se ele a tivesse perdido para sempre? Mas não se permitiu continuar pensando nisso. Enxugou uma lágrima e saiu do aeroporto, sussurrando um adeus. Isabella tinha uma longa jornada pela frente, e ele queria estar de volta a Roma naquela mesma noite.

12

Os novos seguranças já estavam à espera quando Isabella entrou no saguão do Aeroporto Heathrow com Alessandro no colo. Ela sentiu o coração dar um salto ao vê-los caminhar em sua direção. Eram altos, morenos, e tinham a aparência saudável de jogadores de futebol americano.

– Sra. Walker? – Referiam-se à senha que ela e Natasha combinaram.

– Sim. – Olhou-os fixamente por um momento, não sabendo o que dizer, porém o mais alto entregou-lhe uma carta escrita por Natasha do próprio punho. Isabella abriu-a e, apressada, leu seu conteúdo:

Você está quase em casa, cara de espaguete. Beije seu molequinho por mim e tranquilize-se.

Com amor, Natasha

– Obrigada. O que faremos agora? – Eles apanharam as respectivas passagens e entregaram as de Isabella. Tinham instruções

122

de nada comentarem diante dos novos seguranças. Ela fechou o envelope e verificou a hora. Teria de dispensar seus seguranças agora. Virou-se para ambos, falou-lhes rapidamente em italiano, eles puseram-se em pé e apertaram-lhe a mão. Desejaram-lhe boa sorte, esperando que voltasse em breve; em seguida a surpreenderam quando se inclinaram apressadamente para beijar Alessandro. Brotaram lágrimas nos seus olhos quando a deixaram. Acabara de perder a última lembrança do lar. Estiveram entrando e saindo de sua casa durante tantos meses, que era estranho pensar que agora já não os teria mais por perto. Como Alessandro, ela estava ficando cansada. Tinha sido uma noite longa, extenuante, e uma manhã nervosa, imaginando se encontraria e reconheceria os seguranças de Natasha e o que aconteceria se, de alguma forma, isso não acontecesse.

– Seria aconselhável irmos agora. – O primeiro homem tomou-a pelo braço, e Isabella viu-se impelida para o portão de embarque, ainda com Alessandro em seus braços.

Enquanto embarcavam no avião, ela se viu aguardando por algo espantoso – um alarme de bomba, uma explosão, alguém tentando agarrar Alessandro... qualquer coisa. Era como viver num pesadelo; jamais se sentira tão longe de casa. Mas o avião decolou tranquilamente, e por fim estavam no ar.

– Estamos indo para a casa da tia, *mamma*? – Cansado, Alessandro olhava para Isabella, os olhos castanhos arregalados, um pouco confuso.

– Para junto de tia Natasha, querido. Em Nova York. – Beijou-o delicadamente na testa e, com a mão dele na sua, ambos pegaram no sono.

Ela acordou quatro horas mais tarde, quando Alessandro desprendeu-se dos seus braços. Teve um sobressalto instantâneo, alcançou-o, depois voltou a sentar-se com um sorriso. Os dois seguranças americanos ainda estavam sentados um de cada lado. Alessandro encontrava-se de pé na passagem, olhando para eles.

– *Mi chiamo Alessandro, e lei?*

O homem olhou-o, sorriu e estendeu ambas as mãos, desamparado.

– *No capito.* – Olhou para Isabella em busca de ajuda.

– Ele está lhe perguntando como você se chama.

– Oh, Steve. E você é... Alexandro?

– Alessandro. – O menino corrigiu-o com expressão séria e um brilho malicioso no olhar.

– Certo, Alessandro. Já viu uma destas? – Estendendo a mão, mostrou uma moeda de 50 *cents*, que fez desaparecer; depois, prontamente, retirou-a de uma das orelhas de Alessandro. O menino soltou um grito animado e bateu palmas, pedindo mais. Uma moeda de 50 *cents*, depois uma de 5, outra de 25 e finalmente uma de 10 apareceram e desapareceram enquanto começavam uma conversa difícil, Alessandro tagarelando em italiano e o homem corpulento comunicando-se principalmente através de mímica.

Isabella tornou a fechar os olhos. Até aqui tudo correra bem; só precisava agora passar pela alfândega de Nova York e depois dirigir-se para o apartamento de Natasha, onde tiraria todas as suas roupas, mergulharia numa banheira de água quente e se esconderia pelo resto da vida. Sentia-se como se estivesse usando as mesmas roupas havia uma semana. Jantaram, assistiram a um filme e, exceto duas idas ao banheiro com Alessandro, não abandonaram seus lugares. Quando saíam, os seguranças, fingindo displicência, iam junto. Mas Isabella logo notou que ninguém no avião mostrara interesse. Nem os comissários pareciam se importar. Eles constavam da lista de passageiros apenas como I. e A. Gregorio, S. Connally e J. Falk. Nada que causasse alvoroço O longo casaco escuro de visom atraíra um olhar de aprovação da comissária-chefe, mas mesmo este fato não era extraordinário. No percurso entre Londres e Nova York, elas viam casacos de visom em abundância. Se tivessem visto algumas das joias cuidadosamente escondidas no fundo de sua bolsa talvez ficassem mais impressionadas.

– Chegaremos em Nova York em aproximadamente meia hora – o homem chamado Steve inclinou-se para informar. Falava num tom de voz abafado, que mal se ouvia, e Isabella assentiu com a cabeça. – A Sra. Walker estará esperando do outro lado da alfândega. Iremos com vocês até o carro dela.

– Obrigada.

Ele a olhou com cautela assim que ela desviou o olhar para longe. Estava quase certo de que conseguiria adivinhar. Passaram por um caso semelhante ocorrido dois anos antes. Uma mulher sequestrando os filhos que estavam com o pai, escondendo-se com eles na Grécia. Qualquer coisa em relação ao modo como a mulher agarrava-se ao menino dizia-lhe que algo semelhante ocorrera com ela. Que vergonha, fazer esse tipo de coisa com uma criança. Às vezes não conseguia entender essa gente rica, arrastando as crianças de um lado para outro como se fosse um tipo de jogo. Ela parecia uma mulher refinada, apesar do olhar de pânico que assumia de vez em quando e a testa franzida que com frequência alterava a expressão do seu rosto. Provavelmente receara que o marido pudesse alcançá-la e jamais conseguisse tirar o menino da França. Tudo que sabiam sobre Isabella era que chegara a Londres procedente de Nice. Ele virou a cabeça de leve para vê-la outra vez, assim que o avião começou a descer.

– Mais uma ida ao banheiro, Alessandro? Talvez demore muito na alfândega. – A mãe traduziu rapidamente, mas a criança fez que não. – Certo. Você já esteve em Nova York? – Isabella traduziu de novo. Alessandro balançou a cabeça, acrescentando que, de qualquer modo, pensava que estavam indo para a África. O americano alto riu e rapidamente firmou o menino na poltrona. Mas agora Alessandro observava a mãe e estendeu a mão para pegar na dela. Isabella segurou-a e ficou olhando distraída as luzes no chão. Eram 16h30 em Nova York, mas no início de fevereiro já era noite.

Como agora era diferente! Fazia dois anos desde que estivera em Nova York pela última vez. Com Amadeo. Geralmente ele fazia as viagens para os Estados Unidos sem ela. Isabella sempre preferira ir para a Inglaterra ou França. Mas da última vez vieram juntos a Nova York, e a viagem fora um sonho. Hospedaram-se no St. Regis, jantaram no Caravelle, Grenouille e Lutece. Tinham ido a uma grande festa para estilistas americanos, compareceram a diversos jantares de gala, deram longos passeios no parque. Desta vez não haveria St. Regis, nem Lutece, nem momentos tranquilos, compartilhados. Ela o deixara agora. Nem sequer poderia devanear com suas lembranças em todos os cantos familiares do lar, outrora deles. Não havia cantos conhecidos. Nem pessoas conhecidas. Apenas Natasha, seu filho e Alessandro. Nada que tinha sido parte da vida de Amadeo restara para ela. De repente, lamentava não ter trazido alguma coisa. Alguma coisa dele, para olhar, tocar e lembrar... algo para recordar seu riso e o amor em seus olhos. *Isabellezza*. Ainda podia ouvi-lo pronunciar seu nome.

– *Mamma, mamma*! – Alessandro puxava-a pela manga. Já haviam aterrissado. – *Siamo qui*. Chegamos.

Os dois homens lançaram um rápido olhar para Isabella.

– Vamos? – O avião nem sequer tinha parado, mas eles já estavam na passagem. O homem chamado Steve entregara-lhe o casaco, o outro pegara Alessandro no colo. No momento em que o avião parou completamente, eles a impeliram para o corredor. Por um momento, ela sentiu como se ainda estivesse voando, quase erguida do chão entre eles, enquanto caminhavam apressados ao lado dela. Pouco depois, quando chegaram na alfândega, os demais passageiros ainda dispersavam-se lentamente, saindo do avião.

O inspetor alfandegário fez sinal para Isabella abrir suas malas. Ela destrancou-as, escancarou todas as quatro enquanto os seguranças e Alessandro mantinham-se atentos.

– Qual o objetivo da sua visita?

– Uma viagem para visitar a família. – O inspetor lançou um olhar para os homens, que a escoltavam.

Meu Deus! Se ele perceber... se reconhecer meu nome...

– Que papéis são esses? – Ele olhava para as duas malas abarrotadas.

– Um pouco de trabalho que eu trouxe.

– Está planejando trabalhar aqui?

– Apenas em alguns assuntos particulares. Assuntos de família. – Ele tornou a olhar para a bagagem e depois começou a remexer as malas de roupas. Mas havia muito pouco para despertar interesse na bagagem de Alessandro e na dela.

– Muito bem. Podem ir.

Tinham conseguido. *Ela* conseguira. Agora só tinham de encontrar Natasha e poderiam ir para casa. Por um momento, ela ficou ali parada, olhando fixamente, um tanto confusa, imaginando se alguma coisa saíra errado, então a viu, correndo na direção deles, o longo cabelo louro esvoaçando, flutuando suavemente sobre o casaco de lince. Ela corria em direção a Isabella e logo estavam uma nos braços da outra, abraçando-se estreitamente, com Alessandro entre as duas. O menino protestou e depois gritou, quando Natasha deu uma mordida em seu pescoço.

– *Ciao*, Alessandro. Como vai? – Tirou-o rapidamente de Isabella, tomando-o em seus braços longos e magros; a seguir, as duas mulheres fitaram-se e Natasha falou, com voz rouca: – Bem-vinda ao lar. – Depois voltou-se para Alessandro: – Tem ideia de como você é pesado, filhote? Que tal caminhar até o carro? – Mas Isabella fez que não. Desde Roma os pés dele

127

praticamente não tocavam o chão. Seria muito fácil alguém arrebatá-lo, agarrá-lo; ele sempre estivera no colo desde que começaram a viagem.

– Está tudo bem. Eu o carrego.

– Compreendo. – Então, ela olhou para os dois seguranças.

– Estamos aqui! – O grupo fortemente unido moveu-se como uma só pessoa para a saída e, em seguida, para o carro. Era um Rolls-Royce com motorista e licença com iniciais que Isabella não teve tempo de ver. Antes que pudessem tomar fôlego, eles foram levados prontamente ao interior forrado de couro, a porta foi fechada, as bagagens guardadas, os homens dispensados e o carro afastado do meio-fio pelo motorista.

Só então é que Isabella percebeu que não estavam sozinhos no carro. Havia outro homem no banco da frente. Ela olhou de repente quando ele se virou para trás e sorriu. Era bonito, de olhos azuis, um rosto jovem e de cabelos grisalhos.

– Oh. – Isabella soltou apenas um pequeno som quando ele se virou.

Mas Natasha, mais do que depressa, deu-lhe um tapinha na mão.

– Está tudo bem, Isabella. Este é meu amigo, Corbett Ewing. – Ele acenou a cabeça e estendeu a mão.

– Não pretendia assustá-la. Lamento muitíssimo. – Apertaram as mãos. Isabella fez um gesto formal com a cabeça. Não contara ver ninguém além do motorista. Lançou um olhar indagador para Natasha, mas a amiga apenas sorriu e trocou um olhar com Corbett. Então Isabella compreendeu. – Como foi de viagem? – Ficou prontamente óbvio que ele apenas sabia que ela chegara de Roma. Ali sentado, com seu olhar despreocupado, deixava claro para Isabella que não sabia do real motivo de sua viagem. Por um instante, mas só por um instante, ficou aborrecida com Natasha por trazê-lo. Não queria manter uma conversa educada durante todo o caminho. Mas também ficou óbvio que ele lhes emprestara o carro e, talvez, Natasha o quisesse junto. Pareciam entender-se muito bem, e Isabella calculou que Natasha também tivesse sido cautelosa e precisasse da força dele.

Sorridente, Isabella procurou esforçar-se. Sentia que devia isso à amiga.

– A viagem foi ótima. Mas acho que ambos estamos... um pouco... – De repente, ela titubeou; estava tão exausta, mal conseguia encontrar as palavras. – ...ambos estamos muito cansados.

– Posso imaginar. – Ele assentiu outra vez e, momentos depois, virou-se para a frente e falou em tom baixo com o motorista. Contudo, antes de virar-se, não deixou de notar a beleza frágil de Isabella.

13

A limusine Rolls-Royce parou tranquilamente diante do prédio de Natasha. No mesmo instante, o porteiro e um auxiliar precipitaram-se para ajudá-los. Isabella desceu do carro, segurando Alessandro com firmeza pela mão, com uma expressão desnorteada no rosto pálido, cor de marfim. Ficou parada por um momento, erguendo os olhos para o edifício e depois para a longa rua arborizada. Então, mais uma vez deu-se conta do quanto estava distante de seu lar. Em outro mundo, em outra vida. Ainda na véspera trabalhara na San Gregorio e residira na *villa*, em Roma. E agora estava ali, diante da casa de Natasha, na Park Avenue, em Nova York. Eram 18 horas e centenas de nova-iorquinos voltavam para suas casas, após um dia de trabalho. Estava escuro e o ar era gélido, mas em toda parte havia ao redor deles uma espécie de excitação, uma cacofonia de ruídos, uma sinfonia de luzes brilhantes. Esquecera-se de como Nova York era estridente e ativa, de algum modo mais louca e até mais excitante do que Roma. Enquanto ficou parada por um breve instante na calçada, observando as mulheres em seus preciosos, pesados e coloridos casacos de lã passarem apressadas, perdidas na multidão de homens prósperos, de aparência vigorosa, Isabella de repente desejou ir a algum lugar, dar um passeio, tomar um pouco de ar. Queria ver o povo, sentir o cheiro da cidade e dar uma olhada nas lojas. Já não importava mais que, quarenta horas antes, dormira por um período insignificante, que andara de carro e de avião quase metade de uma volta ao mundo. Por um momento, só por um momento, queria voltar a viver outra vez, ser uma daquelas nova-iorquinas. Natasha a observava enquanto o porteiro retirava a bagagem do carro. E do local onde se achava na calçada, Corbett também a observava.

– Está tudo bem, Isabella?

Ela ergueu os olhos para ele, cuidadosamente.

– Sim, tudo ótimo. E... muito obrigada pelo passeio de carro.

– Às ordens. – Depois, ele virou-se para Natasha. – As senhoras estarão bem agora?

– Naturalmente. – Natasha inclinou-se e beijou-o no rosto.

– Telefonarei mais tarde.

Ele assentiu, atento, enquanto elas entravam apressadas. Depois, perdido nos próprios pensamentos, entrou no carro.

Natasha e Isabella atravessaram com rapidez o saguão e, todos juntos, lotaram o elevador, onde um homem de uniforme preto com ornamentos dourados e luvas brancas manobrava os controles e a porta de metal reluzente.

– Boa noite, Sra. Walker.

– Obrigada, John. Boa noite.

Ao colocar a chave na fechadura, Natasha lançou um olhar de soslaio para Isabella.

– Sabe de uma coisa? Para uma mulher que esteve viajando, só Deus sabe desde que horas da manhã, você não está nada mal. – Isabella sorriu em resposta. Um momento depois, Natasha abriu a porta, desencadeando o latido excitado de Ashley, a saudação frenética de Jason e o alô de Hattie. Os aromas e ruídos do apartamento conquistaram Isabella assim que cruzou a soleira da porta. Não havia a perfeição palaciana da sua *villa* na Via Appia Antica, contudo o apartamento ajustava-se a Natasha perfeitamente. Se Isabella tivesse de criar um cenário para exibir a beleza extraordinária de Natasha, teria sido exatamente o que via naquele instante. A sala de estar era enorme, branca como gelo, preciosamente entremeada com grande quantidade de cor creme, tecidos brancos lisos, couro branco, paredes brancas, longos painéis de espelho e muito aço Cornado. Havia mesas de vidro espesso que pareciam suspensas no ar transparente, iluminação suave, uma lareira de mármore branco e plantas que pendiam do teto até o chão. O único colorido audacioso na sala vinha dos grandes e bonitos quadros modernos salpicados aqui e ali.

– Gosta?

– Muito refinado.

– Venha. Vou lhe mostrar todo o apartamento. Está cansada demais para andar? – O sotaque arrastado era suave como a brisa sulista numa noite quente de verão. Como sempre, parecia incongruente com o andar rápido de Natasha, seu passo determinado, sua linguagem colorida. Ela parecia personificar Nova York em tudo, até se ouvir a suave fala arrastada, ver os grandes olhos azuis pensativos e o longo cabelo dourado.

De repente, Isabella estava sorrindo e queria ver mais. Alessandro já havia desaparecido com Hattie e Jason, com o pequeno *spaniel* castanho latindo nos calcanhares deles.

Entraram no quarto de Natasha, que se espalhou numa poltrona.

– Não gostou, não foi? Seja honesta. Não sei o que aconteceu comigo quando fiz este quarto.

– Eu sei o que aconteceu. É um sonho. – O resto do apartamento era estritamente moderno, mas em seu quarto Natasha fora totalmente fantástica. No meio do cômodo havia uma cama antiga, ricamente trabalhada, de quatro colunas, com drapeados de seda branca em camadas, almofadas e babados, maravilhosos travesseirinhos de renda, e uma penteadeira extraída de um sonho de Scarlett O'Hara. Havia dois sofás em azul e branco de dois lugares, ao lado de uma pequena lareira e, perto da janela, uma bela *chaise longue* de vime, estofada de azul-claro. – É tão maravilhosamente sulista, Natasha! Como você. – Então, as duas riram outra vez, como tinham feito uma eternidade atrás, quando Natasha estava com 19 e Isabella, com 21.

– Vamos – convidou Natasha –, há mais para se ver. – A sala de jantar fora feita num esplendor moderno comedido, com uma enorme mesa de vidro, cadeiras de aço cromado e aparadores de vidro grosso. Porém, nessa sala, Natasha tornara a enlouquecer em silêncio. O teto era pintado de azul e fora dotado de grandes nuvens brancas, próprias do verão.

– É como uma viagem à praia, não acha? – Ela decorara todo o apartamento com ostentação e humor e, de alguma forma, ele também conseguira ter uma aparência espetacular e aconchegante ao mesmo tempo. Um refúgio cordial e confortável que conseguia combinar maravilhas modernas e antigas, cobres, veludos, arte mais moderna e um fogo brilhantemente crepitante.

Deram uma passada ligeira no escritório de Natasha e na grande e acolhedora cozinha com seu piso amarelo-claro. Então, Natasha a olhou, sorrindo, seus olhos dançando por um instante ao afastar-se para o lado.

– E se você caminhar por aquele corredor, Isabella, terá uma surpresa.

Um mês antes tinha sido uma dependência vazia, atulhada de caixas e esquis velhos. Mas depois do primeiro telefonema de Isabella, Natasha pusera-se a trabalhar furiosamente. Agora, ao escancarar a porta, ela quase exultou diante da expressão nos olhos da amiga. Ela própria comprara vários metros de tecido, uma delicada seda rosa que um amigo decorador acabara de trazer da França. Com um grampeador específico), tachas e um delicado enfeite para rematar, revestira as paredes com um rosa suave. Uma pequenina escrivaninha francesa ficava num canto com uma cadeirinha, revestida no mesmo tom de rosa. Algumas prateleiras para livros, algumas plantas, um lindo tapetinho oriental em tons claros de verde entrelaçados com sombras de framboesa e o mesmo rosa seco das paredes. Havia duas lindas luminárias de metal sobre a escrivaninha e sobre a mesa, um arquivo que ela descobrira e que, na verdade, era revestido de madeira, e um sofazinho que ficara irresistível estofado de veludo com almofadas de seda rosa.

– Meu Deus, está quase parecido com o meu *boudoir*. – Isabella olhava a amiga e quase soltou um grito sufocado.

– Na verdade, não *é*. Mas tentei.

– Oh, Natasha, não precisava ter feito isso. Como conseguiu?

– Por que não? O telefone tem duas linhas. O arquivo está vazio. E emprestarei minha máquina de escrever se você for muito, muito boazinha. – Havia de tudo. Tudo que poderia ter desejado. E mais do que isso: havia algo naquilo tudo, algo de familiar, algo de carinhoso, algo de lar. Novamente brotaram lágrimas de seus olhos enquanto olhava o cômodo.

– Realmente, você *é* a mulher mais extraordinária que conheço.

Natasha apertou os ombros de Isabella e voltou para o corredor.

– Agora que já viu o escritório, mostrarei seu quarto, mas não é tão magnífico.

– Como poderia? Oh, Natasha, você é incrível. – Isabella ainda estava sem fala ao voltarem para o corredor principal, o mesmo por onde vieram. No caminho passaram pelo quarto de Jason, onde os meninos já atacavam impulsivamente a mala de Alessandro, enquanto Hattie fazia correr água para um banho.

– Tudo bem, *tesoro*? – Da porta, ela dirigiu-se ao filho.

– *Si, ciao*! – Feliz, o menino acenou-lhe e desapareceu debaixo da cama com Jason, para irem atrás do cachorrinho.

– Será que sua cadela vai sobreviver?

– Não se preocupe. Ashley está acostumada. Bem, chegamos. – Abriu a porta e entrou na frente de Isabella. O quarto não era tão cheio de rufos e babados como o de Natasha, nem tão rigidamente moderno como o resto da casa. Era acolhedor, confortável e agradável, decorado em tons vivos de verde-garrafa e tapetes franceses antigos. Havia mesas estreitas de vidro e uma poltrona de veludo verde-escuro. A colcha era feita no mesmo veludo pesado, e aos pés da cama havia uma manta de pele escura, forrada caprichosamente, parecendo uma dessas peças existentes em domínios feudais, em uma terra hibernal longínqua. O fogo ardia na lareira de mármore. Havia rosas de um tom vermelho num vaso de cristal na mesa de centro. No canto, estava um armário com portas cujas almofadas de malaquita chegavam a ser magníficentes.

– Meu Deus, é uma beleza! Onde encontrou isso?

– Em Florença. No ano passado. Direitos autorais não são maravilhosos, Isabella? É espantoso o que podem fazer por uma mulher. – Isabella sentou-se na cama e Natasha na poltrona de veludo verde. – Você está bem, Isabella?

– Estou. – Ela olhou para o fogo e deixou a mente voltar para Roma.

– Como foi?

– Partir? Difícil. Assustador. Senti medo a cada trecho da viagem. Fiquei pensando que poderia acontecer alguma coisa.

Alguém iria nos reconhecer e nos desmascarar. Continuei pensando... Fiquei preocupada por causa de Alessandro... Acho que não poderíamos ter ficado em Roma. – Por um momento, vendo Natasha tão à vontade em seu ambiente, sentiu saudades do próprio lar em Roma.

– Você voltará.

Isabella assentiu em silêncio, depois procurou os olhos da amiga.

– Não sei o que fazer sem Amadeo. Continuo pensando que ele vai voltar para casa. Mas ele não volta. Ele... É difícil explicar. – Mas não precisava. A dor estava claramente estampada em seu coração, em sua alma e em seus olhos.

– Acho que, de fato, não posso imaginar – respondeu Natasha. – Mas... você precisa agarrar-se aos bons pensamentos, às lembranças felizes, aos momentos preciosos que construíram uma vida. Esqueça o resto.

– Como? – Os olhos de Isabella fitaram diretamente os da amiga. – Como se pode esquecer uma voz ao telefone? Um momento? Uma eternidade de espera, de não saber, e depois... Como catar os pedaços e fazer com que signifiquem algo inteiro de novo? Como interessar-se por alguma coisa, inclusive pelo próprio trabalho?

Antes que Natasha pudesse responder, Alessandro e o cachorrinho apareceram saltitantes na porta.

– Ele tem um trem! Um trem de verdade! Exatamente como aquele que papai me levou para ver em Roma! Quer ver também? – Da entrada, chamava com a mão e Ashley mordiscava seus sapatos.

– Num minuto, querido. Tia Natasha e eu queremos conversar um pouco.

Alessandro saiu correndo. Natasha ficou vendo o menino afastar-se correndo, depois respondeu:

Alessandro, Isabella. Talvez seja tudo que você tem para se agarrar por enquanto. O resto começará a desaparecer aos poucos, com o tempo. Não as coisas boas, apenas o sofrimento. Tem de desaparecer. Você não pode suportá-lo a vida inteira, como se estivesse usando um vestido de cinco anos atrás!

Isabella riu diante da comparação.

– Está insinuando que estou fora de moda?

– Dificilmente estaria. – As duas trocaram um sorriso. – Mas você sabe o que quero dizer.

– *Ecco*. Mas, oh, Natasha, sinto-me tão velha! E há tanta coisa que preciso fazer! Se ao menos conseguisse fazer daqui... Só Deus sabe como poderei aguentar com Bernardo a milhares de quilômetros de distância e por telefone. – Não queria explicar as dificuldades da situação deles, mas seus olhos revelavam tudo.

– Você conseguirá. Estou certa.

– E realmente não se importa por dividir o apartamento?

– Já disse que não. Será como nos velhos tempos.

Mas não exatamente, e ambas sabiam disso. Nos velhos tempos, saíam juntas, iam a restaurantes, à ópera, ao teatro. Visitavam amigos, conheciam homens, davam festas. Esta era uma ocasião muito diferente. Isabella não iria a lugar nenhum, a não ser que parecesse seguro. Talvez, pensou Natasha, pudessem dar uma volta no parque. Já cancelara a maior parte dos seus compromissos para as próximas três semanas. Isabella não tinha necessidade de vê-la entrando e saindo, indo a coquetéis, a festas beneficentes e aos últimos espetáculos. Espantou-se quando Isabella falou:

– Tomei uma decisão quando chegamos esta noite. – Por um momento, Isabella a olhou com um sorriso insinuando-se sorrateiramente em seus olhos.

– Do que se trata?

– Vou sair amanhã, Natasha.

– Não, você não vai.

– Preciso. Não posso viver enjaulada aqui. Preciso andar, respirar, ver pessoas. Eu as vi esta noite durante o trajeto pela cidade e ao pararmos à sua porta. Preciso vê-las, Natasha. Preciso conhecê-las, senti-las e observá-las. Como posso tomar decisões sensatas sobre meu trabalho se vivo num casulo?

– Você tomaria as decisões certas sobre moda mesmo se ficasse trancada num banheiro durante dez anos.

– Duvido.

– Eu não. – Por um momento, houve conflito nos olhos azuis de Natasha. – Veremos.

– Sim, Natasha, veremos.

Mas, ao dizer isso, ela reviveu. E embora Natasha se preocupasse, ficou aliviada ao voltar para o seu quarto. Isabella di San Gregorio não estava derrotada de modo algum. A princípio ficara preocupada, não estava certa quanto à possibilidade da amiga sobreviver à provação. Agora sabia. Ainda havia luta, fúria, amargura e medo naquela criatura. Mas havia fogo e vida, e os reflexos de diamantes ainda cintilavam nos brilhantes olhos de ônix.

Após certificar-se de que os meninos estavam bem, ela voltou para o quarto de Isabella a fim de oferecer-lhe o jantar depois que ela tomasse banho e mudasse de roupa, mas apenas sorriu ao parar na porta do quarto. Esparramada sobre a colcha de veludo verde, Isabella estava morta para o mundo. Natasha puxou a manta de pele sobre a amiga, sussurrou "bem-vinda ao lar", apagou as luzes e fechou suavemente a porta.

14

Aconchegada num robe de veludo azul, com gola mandarim alta, Isabella perambulava sonolenta pelo corredor. Era muito cedo. Um sol de inverno manifestava-se, lançando raios tremeluzentes pelos arranha-céus de Nova York. Ela ficou parada diante da janela da sala de estar por um instante, pensando na cidade aos seus pés – uma cidade que atraía os vitoriosos, os dinâmicos, os competidores ferozes e os destinados a vencer. Uma cidade para pessoas como Natasha... como ela mesma tinha de reconhecer. Mas não era a cidade que Isabella teria escolhido; faltava-lhe a decadência, o riso e o encanto simples de Roma. Contudo, possuía algo mais; fulgurava brilhantemente como um rio de diamantes, e Isabella notou como ele dava a impressão de estar acenando para ela.

Dirigiu-se silenciosamente até a cozinha, abriu os armários e encontrou o material com que se fazia o que Natasha chamava de café. Não era o que teria servido em sua casa. Porém, tão logo o preparou, tornou-se pungente e familiar, fazendo-a lembrar-se de sua vida com a amiga 12 anos antes. Os cheiros sempre lhe provocavam essa sensação – uma fragrância, um aroma distante, e ela conseguia ver de novo tudo que vira muito tempo antes: uma sala, um amigo, um momento, um encontro com um homem há muito esquecido. Mas esta não era uma ocasião para sonhar. Olhou de relance para o relógio da cozinha e sabia que seu dia já começara. Eram 6h30. E, em Roma, seis horas mais do que isso. Com sorte poderia pegar Bernardo no escritório, antes do almoço, atordoado com o peso da responsabilidade agora em seus ombros. Levou a xícara de café para o seu lindo escritoriozinho e sorriu ao acender a luz. Natasha, doce Natasha. Como era boa. Quanto fizera! Mas a ternura em seus olhos logo desapareceu ao preparar-se para o trabalho.

Enquanto a telefonista fazia a ligação para a Itália, Isabella puxou o zíper de uma das malas abarrotadas de papéis, retirou um bloco grosso e duas canetas coloridas. Tinha tempo suficiente para sentar-se e beber outro gole de café até a recepcionista da San Gregorio atender.

A telefonista chamava por Bernardo, enquanto Isabella, nervosa, batia no tapete macio com a ponta do pé de unhas bem pintadas. Foi cautelosa ao manter-se em silêncio para que a moça da San Gregorio não tivesse uma pista quanto à identidade de quem chamava. Teve tempo apenas para um rabisco rápido e depois ele estava na linha.

– Alô?

– *Ciao, bravo*. Sou eu. – *Bravo*, numa tradução livre: sujeito bom, amigo, paciente. Mais do que qualquer um, o nome assentava-lhe bem.

– Tudo correu bem?

– Perfeitamente.

– Como se sente?

– Meio cansada. Ainda um pouco em estado de choque, creio. Acho que não compreendi, até chegar aqui, o que tudo isso significa. Você teve sorte porque eu estava cansada demais para pegar o avião seguinte para Roma. – Ela sentiu que uma onda de nostalgia a dominava e, de repente, desejou estender-lhe a mão.

– Teve sorte. Eu a teria feito passar o diabo e mandado de volta na mesma hora. – Seu tom de voz parecia sério, mas Isabella riu.

– Provavelmente teria. Seja como for, agora estamos metidos nesse negócio, nessa loucura que tramamos. Teremos de fazer o melhor que pudermos enquanto eu estiver aqui. Agora me diga, o que aconteceu? Tudo tranquilo por aí?

– Acabei de lhe mandar um recorte de *Il Messaggero*. Tudo correu de acordo com o planejado. Você agora está morando, segundo as notícias, na suíte da nossa cobertura.

– E o resto?

– A princípio *mamma* Teresa recebeu a notícia pessimamente, mas acho que agora compreende. Achava que você devia tê-la levado junto. Contudo, parece resignada. Como está o bebê? – Bebê... ela e Amadeo já não chamavam Alessandro assim há dois anos.

– Encantado. Plenamente feliz. Apesar de não termos ido para a África. – Tornaram a rir, e Isabella estava grata por terem, anos atrás, instalado uma linha telefônica especial. Só era usada por Isabella, Amadeo e Bernardo, e agora iria garantir-lhes liberdade. Não havia nenhuma extensão onde alguém pudesse ouvi-los de alguma parte da Casa de San Gregorio. – A propósito, diga-me. E quanto à cozinheira? Telefonemas? Recados? Novas encomendas? Algum problema de última hora com a coleção de verão? – Devia ser lançada breve. Era uma péssima hora para Isabella sumir.

– Não aconteceu nada de drástico, exceto com o tecido vermelho que você encomendou de Hong Kong.

– O que há com ele? – Os dedos do pé retesaram-se no momento em que brincavam com o fio do telefone que serpenteava no chão, debaixo de sua escrivaninha. – Na semana passada, eles me disseram que não havia nenhum problema.

– Mentiram. Não podem entregar.

– O quê? – Sua voz teria ecoado por todo o apartamento se ela não tivesse tido a precaução de fechar a porta. – Diga àqueles cretinos que não podem fazer isso. Não comprarei mais deles. Oh, Deus... não, não se preocupe. Telefonarei para Hong Kong... maldição, não posso. Há uma diferença de 13 horas daqui. Mas posso telefonar em 12 horas. Ligarei à noite.

– Seria bom você já pensar em algumas alternativas. Não há nada que possamos usar aqui em Roma?

– Nada. A menos que usemos o roxo da última estação no lugar do vermelho.

– Dará certo?

– Terei que falar com Gabriela. Não sei. Terei que ver como vai se encaixar com o resto da coleção.

No mesmo instante ela soube que isso criaria um *look* inteiramente diferente para eles. Tons brilhantes de azul-claro, amarelos ensolarados, o vermelho de Hong Kong e grande quantidade de branco. Se usassem o roxo, ela precisaria de verde, laranja, talvez um pouco de amarelo e apenas um pouquinho de vermelho.

– Isso altera todo o equilíbrio – disse ela.

– Altera. Mas pode ser feito?

Ela gostaria de gritar: "Pode sim, mas não daqui!"

– O que eu gostaria de saber é: como pôde me dizer que nada de drástico aconteceu? O vermelho de Hong Kong é drástico.

– Por que você não o substitui por algo dos Estados Unidos?

– Eles não têm nada que me agrade. Esqueça. Depois eu resolvo. O que mais? Não tem nenhuma notícia boba para me dar?

– Só uma.

– Não vão entregar o verde-claro?

– Já entregaram. Não, esta é uma boa notícia.

– Para variar. – Mas, apesar da ironia em sua voz, o rosto de Isabella readquirira vida. Ela não sabia como fazer, como conseguiria fazer as mudanças de cor e do tecido principal em tão pouco tempo e de tão longe, porém, conversar com Bernardo a levara de volta à San Gregorio. Não importa onde estava, ainda tinha seu trabalho, e se precisasse mover montanhas, ela faria as mudanças a tempo. – Então, qual é a boa notícia?

– A F-B comprou perfume suficiente para fazer flutuar um navio.

– Isso é bom.

– Por que tanto entusiasmo? – Bernardo voltou a parecer o mesmo de sempre. Cansado, zangado, aborrecido.

– É claro que estou satisfeita. Estou é farta desses cretinos da F-B com suas ofertas para comprarem a nossa empresa. E não me aborreça mais com esse disparate enquanto eu estiver aqui.

– Não aborrecerei. O que você quer que eu fale com Gabriela?

– A estilista-chefe ia ficar com uma úlcera quando soubesse da notícia. Mudanças? Que mudanças? Como podemos fazer mudanças agora?

– Diga-lhe que pare com tudo até eu voltar a telefonar.

– Isso significa quando?

– Em setembro, querido. Estou de férias, lembra-se? Que diabo acha que significa? Acabei de dizer que vou ligar para Hong Kong à noite. E hoje mesmo estudarei alternativas. Sei de cada cor, de cada pedaço de tecido que temos em estoque. – Bernardo sabia muitíssimo bem que era verdade.

– Presumo que isso também afetará a coleção *prêt-à-porter*.

– Não muito.

– Mas o suficiente. – Já sentia sua úlcera dando uma pontada. – Certo. Certo. Direi a ela para aguentar um pouco. Mas, pelo amor de Deus, não deixe de telefonar. – A velha animosidade entre eles estava de volta. Insensatamente, parecia familiar e boa.

– Ligarei para você depois que falar com Hong Kong. Por volta de uma hora – disse ela prosaicamente, já rabiscando um rio de pequeninas anotações bem organizadas. – Como está minha correspondência?

– Não há muita coisa.

– Ótimo. – Da cobertura, a secretária de Amadeo respondia a toda sua correspondência. – Volto a falar com você à noite. Não deixe de ligar se alguma coisa acontecer durante o dia. – Mas, esgotado, Bernardo sabia que não ligaria. Guardaria tudo até a noite.

– Já tem o bastante para manter-se ocupada.

– Hum... hum... já tenho. – Ele a conhecia muito bem para saber que Isabella devia ter preenchido duas folhas do seu bloco. – *Ciao*.

Desligaram como se ambos estivessem em suas respectivos salas nos extremos opostos do mesmo andar. Em seu escritório novo em folha, Isabella separou suas anotações e espalhou-as diante de si. Tinha exatamente 12 horas para

142

substituir aquele vermelho de Hong Kong. Claro que sempre havia a possibilidade de ela poder atormentá-los para que o mandassem, se o tivessem, se pudessem. Mas Isabella sabia que não podia correr o risco de depender deles. Não podia mais. Fez outra rápida observação mental para falar com Bernardo. Queria cancelar a conta de Hong Kong. De qualquer maneira, vira melhores tecidos em Bangkok. No tocante à San Gregorio. Isabella não era do tipo compreensiva ou de se deixar intimidar.

– Você acordou cedo demais.

Surpresa, Isabella ergueu os olhos quando a cabeça loura e desgrenhada de Natasha apareceu no vão da porta.

– O que aconteceu aos dias em que estava acostumada a dormir até o meio-dia?

– Jason. Tive de aprender a trabalhar durante o dia e a dormir à noite. Diga-me uma coisa, você tem sempre essa aparência às sete da manhã? – Olhava com admiração para o robe de veludo azul-claro de Isabella.

– Só quando vou trabalhar. – Lançou um largo sorriso para a amiga e apontou para as anotações sobre a mesa. – Acabei de falar com Bernardo.

– Como estão as coisas em Roma?

– Formidáveis, exceto que preciso refazer metade da coleção de verão antes de voltar a falar com ele esta noite.

– Está parecendo com a reescritura dos meus textos. Santo Deus! Antes de começar, posso preparar alguns ovos para você?

Isabella balançou a cabeça.

– Tenho de começar a trabalhar nisto antes de comer. E quanto aos meninos? Já levantaram?

– Está brincando? Ouça... – Levou um dedo aos lábios e as duas riram ao ouvirem uma distante e estridente risada. – Hattie está arrumando Jason para a escola. – Natasha lançou um olhar afetuoso para Isabella, caminhou pelo aposento e sentou-se. – O que vamos fazer a respeito de Alessandro? Quer que ele fique em casa?

– Eu... eu não sei... – Seus olhos escuros ficaram nublados novamente quando Isabella virou-se para Natasha, a testa franzida. –Tinha planejado mantê-lo em casa, mas... não sei. Não estou certa do que fazer.

– Alguém já notou que você deixou Roma?

– Não. Bernardo diz que tudo saiu perfeitamente bem. Segundo o jornal *Il Messaggero*, refugiei-me na cobertura da Casa de San Gregorio.

– Então não há nenhuma razão para alguém suspeitar de quem ele possa ser. Acha que conseguiria convencê-lo a não dizer seu sobrenome a ninguém? Ele poderia ir para a escola com Jason e dizer que é nosso primo de Milão. Alessandro... – Pensou por um momento. – Que tal o sobrenome do seu avô?

– Parel?

– Parelli? – Natasha esboçou um largo sorriso com a sua criação. – Passei metade da minha vida inventando nomes. Toda vez que inicio um romance, começo a olhar atentamente todos os rótulos à mão e, seja como for, sempre tenho todos os nomes do livro em andamento. Bem, que tal? Alessandro Parelli, nosso primo de Milão?

– E quanto a mim? – Isabella divertia-se com a criatividade da amiga.

– Sra. Parelli, é claro. Basta me autorizar que ligarei para a escola. Para falar a verdade... – Parecia pensativa. – Ligarei para Corbett e perguntarei se ele tem tempo para levá-los quando for trabalhar.

– Isso não seria uma espécie de imposição? – Isabella parecia preocupada, mas Natasha balançou a cabeça.

– Se fosse, eu mesma faria. Mas ele adora fazer coisas desse tipo. Está sempre me ajudando com Jason. – Ficou olhando ao longe por um momento, perdida nos próprios pensamentos. – Ele tem essa coisa sobre ser útil... sobre pessoas que precisam dele. – Isabella olhou-a, imaginando se Natasha precisaria muito dele. Ela parecia tão independente! Ela teria achado graça se soubesse que esse era o mesmo pensamento que sempre passava pela mente de Corbett.

– Bem, se ele não se importar, seria maravilhoso. Desse modo não me veriam na escola.

– Era nisso que eu estava pensando. – Ela mordeu o lápis. – Vou telefonar para ele. – E desapareceu antes que Isabella pudesse dizer mais alguma coisa. Contudo, desde que o conhecera, no caminho do aeroporto para casa, Isabella estivera imaginando o que haveria entre o homem de cabelos grisalhos e sua velha amiga. Parecia um ótimo relacionamento, e a compreensão entre eles era algo que Isabella invejava agora. Mas até que ponto levavam a sério esse relacionamento? De Natasha, ela sabia que não receberia nenhuma pista, a menos que ela estivesse disposta a falar.

Natasha foi telefonar para Corbett e voltou dizendo que ele não demoraria. Os meninos estavam de pé, numa grande agitação.

– Meu Deus, será que ele aguentará? – Isabella encolheu-se e Natasha esboçou um largo sorriso.

– Você vai saber o quão doido esse homem é quando eu lhe disser que ele vai adorar os dois juntos. Mesmo a esta hora do dia.

– Obviamente um masoquista. – Isabella sorria enquanto pesquisava os olhos de Natasha. Mas não havia nenhuma resposta neles.

Natasha olhou-a com simpatia, preparando torradas na cozinha.

– Hoje você pode dormir?

– Está brincando? – Isabella olhou-a, horrorizada, e ambas de repente riram. – E quanto ao seu trabalho?

– Você me ouvirá martelando sem parar dentro de meia hora. Mas não – esboçou um largo sorriso malicioso – vestida com algo tão elegante assim.

Isabella deu uma risada. Ela sabia que Natasha possuía um uniforme para trabalhar – jeans, um suéter de malha de algodão e meias de lã com uma estampa de losangos coloridos. No mesmo instante Isabella compreendeu que poderia fazer o mesmo. De súbito, tornou-se invisível, desconhecida, não existia.

– Certo, Sra. Parelli de Milão, vou telefonar para a escola. – Natasha desapareceu e Isabella foi ao encontro do filho.

Encontrou-o no quarto, brincando com Ashley, um largo sorriso no rosto.

– Por que está tão feliz? – Ela envolveu-o nos braços, beijando-o.

– Jason precisa ir para a escola hoje. Vou ficar em casa com o trem dele. – Mas Isabella deixou-o cair pesadamente na cama.

– Adivinhe só. Você também vai para a escola.

– Vou? – Olhou-a com desânimo. – Não posso brincar com o trem?

– Claro que pode. Quando voltar para casa. Não seria mais divertido ir para a escola com Jason do que ficar aqui sozinho o dia todo, enquanto eu trabalho?

Ele ficou pensando por um minuto e inclinou a cabeça para um lado.

– Ninguém vai falar comigo. E eu não consigo falar com eles.

– Se for à escola com Jason, logo poderá falar com todos, e muito mais rápido do que se ficar aqui falando italiano comigo. O que acha?

Pensativo, ele concordou.

– Vai ser muito difícil?

– Igual à sua escola em Roma.

– Com brincadeiras o tempo todo? – Olhou-a encantado, e ela sorriu.

– Era só o que estava acostumado a fazer?

– Não, tínhamos que fazer letras também.

– Que coisa incrível! – Sua expressão mostrava que concordava. – Você quer ir? – Não tinha certeza do que faria com ele se o menino recusasse.

– OK. Vou tentar. E, se eu não gostar, nós dois saímos. Jason pode ficar em casa comigo.

– Tia Natasha vai adorar. E ouça, tenho uma coisa para lhe dizer.

– O que é?

– Bem, faz parte da aventura. Temos de guardar segredo que estamos aqui.

O menino olhou-a e depois sussurrou:

– Devo me esconder na escola?

Ela procurou manter a expressão séria e, gentilmente, pegou a mão dele.

– Não, tolinho. Eles vão saber que você está lá. Mas... não queremos que ninguém saiba quem nós somos.

– Não queremos? Por quê? – lançou-lhe um olhar estranho, e ela sentiu a montanha de ferro tornar a cair sobre seu coração.

– Porque é mais seguro. Todo mundo pensa que ainda estamos em Roma.

– Por causa do... do papai? – Seus olhos estavam arregalados e tristes ao mergulharem nos dela.

– Isso mesmo. Vamos dizer que nosso nome é Parelli. E que somos de Milão.

– Mas não somos de Milão. Somos de Roma. – Aborrecido, lançou um olhar demorado para a mãe. – E somos di San Gregorio. Papai não gostaria se mentíssemos sobre isso.

– Ele não gostaria e eu também não gosto. Mas tudo faz parte do segredo, Alessandro. Temos de fazer a coisa desse modo, mas apenas por pouco tempo.

– Depois posso contar meu verdadeiro nome na escola?

– Talvez mais tarde. Mas agora não, Alessandro Parelli. Provavelmente jamais venham a usar seu sobrenome.

– É melhor mesmo. Não gosto dele. – Por um momento, Isabella quase riu. Provavelmente o chamariam Alessandro Espaguete, como fizera Natasha quando se conheceram.

– Não importa como o chamem, querido. Você sabe quem é.

– Acho que é tolice. – Sentou-se sobre as próprias pernas e ficou observando o amigo. Jason amarrava cuidadosamente os cadarços dos sapatos, que também tinham sido cuidadosamente calçados. Mas nos pés trocados.

– Não é tolice, Alessandro. É necessário. E ficarei muito, muito zangada com você se contar a alguém seu verdadeiro sobrenome. Se o fizer, teremos de fugir de novo, e não poderemos mais ficar com tia Natasha e Jason.

– Teremos de ir para casa? – Parecia horrorizado. – Eu nem brinquei com o trem...

– Então faça como eu lhe disse. Quero que me prometa. Alessandro, você promete?

– Prometo.

– Quem você é?

Ele a olhou com expressão de desafio.

– Sou Alessandro... Parelli. De Milão.

– Isso mesmo, querido. E lembre-se de que amo você. Agora apresse-se e vista-se.

Já podiam sentir o cheiro de Hattie fritando bacon na cozinha. E Jason, confuso, olhava fixamente para os pés, estranhamente calçados.

– Você os calçou nos pés trocados, querido. – Isabella abaixou-se para dar-lhe uma mãozinha. – Adivinhe só. Alessandro vai para a escola com você hoje.

– Vai? Uau! – Ela explicou-lhe a respeito do nome Parelli e que eles eram primos de Milão. E então lembrou-se de dizer a mesma coisa a Alessandro.

– Que sou primo dele? Por que não posso dizer que sou seu irmão? – Sempre gostara da ideia.

– Porque você não fala inglês, tolinho.

148

– Depois que eu aprender, posso dizer que somos irmãos, então?

– Não se preocupe com isso. Vista a calça. E lave o rosto.

Vinte minutos mais tarde, Corbett buzinou lá embaixo. Os meninos estavam consideravelmente vestidos com calças de veludo cotelê, tênis, camisas, suéteres, gorros de lã e capotes quentes. Tomaram um café apressado e foram embora. Quando a porta se fechou atrás deles, Natasha olhou para a sua camiseta desbotada e enxugou as mãos na calça jeans.

– De alguma forma, acabo sempre com a roupa suja do que ele comeu por último. Alessandro, sem dúvida, estava uma gracinha.

– Ele queria dizer na escola que era irmão de Jason. – Isabella suspirou ao se afastarem da porta.

– Acha que ele será capaz de manter o sobrenome em segredo? – Por um instante, Natasha ficou preocupada.

– Infelizmente, nos últimos quatro meses e meio, ele aprendeu bastante sobre segredo, discrição, cautela e perigo. Compreende que os três primeiros são necessários para evitar o último.

– Não resta dúvida de que é um aprendizado e tanto para uma criança de 5 anos.

– Assim como para uma mulher de 32 – disse Isabella e, enquanto a observava, Natasha sabia que ela falava a verdade.

– Espero que tenha isso em mente, cara de espaguete. Não fiquei muito feliz com a sua declaração de ontem à noite, dizendo que queria sair. Alessandro é uma coisa, é uma criança anônima. Não há nada, nem de leve, anônimo em você.

– Poderia haver.

– O que tem em mente? Ver um cirurgião plástico para um novo rosto?

– Não seja ridícula. Há uma maneira de se comportar quando a pessoa quer ser vista. De "estar ali", de chamar atenção e dizer "estou aqui". Se não quero ser vista, não preciso ser.

Posso usar um lenço na cabeça, calça comprida e um casaco escuro.

– Óculos escuros, barba, bigode. Certo. Escute, Isabella. Faça-me um favor. Tenho nervos muito frágeis. Se vai começar a perambular por Nova York, posso ter um colapso nervoso. Nesse caso, não poderia terminar de reescrever meu livro, não receberia meu próximo adiantamento, meus direitos autorais estancariam, meu editor me despediria e meu filho morreria de fome.

Mas Isabella apenas ria ao ouvi-la.

– Natasha, adoro você.

– Então seja uma boa amiga. Fique em casa.

– Não posso. Pelo amor de Deus, Natasha, o mínimo que preciso é respirar ar puro.

– Comprarei um pouco. Mandarei entregar em seu quarto. – Sorriu, mas nunca estivera mais séria. – Se começar a circular por Nova York, alguém a verá. Um repórter, um fotógrafo, alguém que conhece moda. Deus do céu, pode até ser uma repórter da *Women's Wear Daily*.

– Não estão interessados em mim. Apenas nas minhas coleções.

– A quem está tentando enganar, querida? Não é a você mesma e nem a mim.

– Conversaremos a respeito mais tarde.

Com a questão de Isabella arriscando-se a sair ainda não resolvida entre ambas, elas se separaram e cada uma dirigiu-se a seu respectivo mundo: Natasha, perdida entre seus papéis em desordem, suas inúmeras xícaras de café pela metade, suas visões, seus personagens e seu mundo imaginário; Isabella, para o seu bloco repleto de anotações minuciosamente deta- lhadas, seus arquivos cuidadosamente em dia, sua longa lista dos tecidos que atualmente tinham em estoque, suas amostras, seus figurinos, sua memória perfeita sobre a coleção de verão. Nenhuma das duas sequer ouviu as crianças voltarem para casa às 15h30, e só duas horas mais tarde que se encontraram na cozinha, ambas tensas, famintas, cansadas.

– Puxa, estou faminta. – Por um momento, o sotaque de Natasha pareceu até mais sulista. Isabella parecia cansada e havia leves sombras debaixo dos seus olhos. – Você comeu hoje?

– Acho que não.

– Nem eu. Como foi isso?

Tinha sido estafante, mas ela fizera um plano reserva para a coleção de alta-costura.

– Acho que conseguiremos. Talvez nem precisemos usar o que fiz hoje. Mas não poderia correr o risco. – Ela só saberia com certeza quando ligasse para Hong Kong à noite.

Sorriram uma para a outra enquanto bebiam café. Natasha fechou os olhos por um minuto e Isabella esticou os braços cansados. Hoje passara por uma nova experiência. Sem botões para apertar, sem secretárias para dar ordem, sem elevadores para entrar e sair, sem problemas para analisar em cada andar. Sem aparências para manter, sem aura, sem magia, sem encanto. Vestira um suéter preto de caxemira e calça jeans já bem surrados.

– O que vai fazer esta noite? – perguntou a Natasha.

– O mesmo que você. Ficar em casa.

– Porque quer ficar ou por minha causa?

Isabella imaginou até que ponto Corbett seria paciente com a decisão imposta por Natasha. Realmente não era justo com ele.

– Não seja tola. Porque estou extremamente cansada. E, acredite ou não, gosto de ficar em casa. Além disso, você é muito mais divertida do que qualquer um dos convites que recebi nas últimas semanas.

– Fico lisonjeada. – Mas Isabella não se deixava enganar por palavras impetuosas.

– Não fique. Vivo cercada de idiotas, enfadonhos e pessoas que me convidam porque querem dizer que me conhecem. Há dez anos, eu era apenas mais uma modelo da Geórgia e, de repente, sou "Uma Romancista", "Uma Escritora", alguém para enfeitar um grande jantar.

Grandes jantares! Há meses que Isabella não ia a um grande jantar, mas também jamais fora sozinha. Nunca era apenas Isabella, mas Isabella e Amadeo, juntos. *Nós*, não *Eu*.

Éramos uma espécie de time mágico, pensou. Nós dois, quem éramos, o que éramos, o que significávamos juntos. Como aspargos e molho holandês. É difícil quando já não se pode contar com ambos. Como condimento, como algo doce... como algo interessante... como...

Novamente triste, Isabella olhou para Natasha com admiração – sua amiga corajosa, que "decorava" grandes jantares desacompanhada e que sempre parecia divertir-se muito.

– Não sou nada sem ele – sussurrou. – Toda a excitação se foi. Tudo o que eu era... que éramos...

– Você sabe que isso é tolice. Talvez seja solitário, mas você ainda é o que sempre foi. Bonita, inteligente, uma mulher extraordinária, Isabella. Mesmo só. Vocês eram dois inteiros que somados formaram dois inteiros, e não duas metades que se tornaram um inteiro.

– Éramos mais que isso, Natasha. Formávamos um inteiro que se tornou único. Sobreposto, entrelaçado, engrenado, soldado, trançado. Nunca soube realmente onde eu começava e ele terminava. E agora sei... muitíssimo bem... – Olhou fixamente para o café, sua voz um sussurro suave.

Natasha tocou sua mão.

– Dê tempo ao tempo.

Mas quando Isabella ergueu os olhos, neles havia raiva.

– Por que deveria? Por que eu deveria dar alguma coisa? Por que teve de acontecer comigo?

– Não aconteceu com você, Isabella. Aconteceu com ele. Você ainda está aqui, com Alessandro, com a empresa, com todas as partes do seu ser: sua mente, sua alma, seu coração ainda intactos. A menos que deixe a amargura tomar conta, como pensa que já tomou.

– Não teria causado o mesmo a você?

– Provavelmente. Eu não teria a força para fazer o que você tem feito. Seguir em frente, assumir a direção da empresa, torná-la melhor, continuar na direção, mesmo daqui. Mas isso não basta, Isabella. Não basta... oh, Deus, garota, por favor... não esqueça de si mesma. – Lágrimas brotaram de seus olhos ao fitar a beleza de cabelos negros, tão cansada, de repente tão desolada e solitária. Enquanto ficasse enterrada no trabalho o dia inteiro, ela não sentiria. Porém, mais cedo ou mais tarde, mesmo estando no escritório na pequena dependência, o dia precisava terminar para ela e Isabella tinha de ir para casa. Natasha entendeu.

Isabella levantou-se calmamente, deu um tapinha no ombro de Natasha e voltou em silêncio para seu quarto. Quando retornou, dez minutos depois, usava óculos escuros, o casaco de visom e um outro chapéu preto de lã. Ao vê-la, Natasha interrompeu o que estava fazendo.

– Aonde pensa que vai?

– Dar uma volta. – Era impossível ver seus olhos por trás dos óculos, mas Natasha percebeu no mesmo instante que ela estivera chorando.

Durante alguns segundos, as duas mulheres ficaram ali, presas numa batalha, sem pronunciarem uma palavra. Então Natasha se rendeu, dominada pela tristeza que sentia pela amiga.

– Muito bem. Vou com você – decidiu. – Mas pelo amor de Deus, tire esse casaco. Você está tão discreta quanto a Greta Garbo. Só precisa de um dos chapéus dela.

Com expressão cansada, Isabella lançou-lhe um largo sorriso e um dar de ombros tipicamente italiano.

– Esse foi o único que eu trouxe, meu único casaco.

– Pobre menina rica. Venha, acharei algo para você. – Isabella seguiu a amiga, quando Natasha dirigiu-se ao closet e retirou um casaco vermelho de lã.

– Não posso usar isto. Eu... Natasha, lamento...

– Por que não?

– Não é preto. – Natasha encarou-a por um momento, sem entender; depois, examinando-a, compreendeu. Antes disso não tivera certeza.

– Você ainda está de luto? – Isabella confirmou. – Não pode pegar emprestado o casaco vermelho? – O conceito todo era novo para ela. A ideia de usar vestidos pretos, suéteres pretos, meias pretas. Durante um ano inteiro.

– Eu me sentiria horrível.

Natasha ficou examinando o armário outra vez e depois murmurou, por cima do ombro:

– Concordaria em usar azul-marinho?

Hesitando um instante, Isabella assentiu e, tranquilamente, tirou o espetacular casaco de visom. Natasha vestiu uma jaqueta de raposa, luvas quentes e um grande chapéu de pele de raposa. Virou-se e descobriu Isabella sorrindo.

– Você está maravilhosa.

– Você também.

Era assombroso como ela conseguira fazer isso. Mas conseguira. O casaco azul-marinho era totalmente simplório, e a boina preta de lã não era muito diferente; mas o rosto de marfim e os profundos olhos amendoados eram suficientes. Teria parado o trânsito a qualquer hora da noite.

As duas deixaram o apartamento em silêncio. Lá fora já estava escuro. Natasha saiu primeiro. O porteiro abriu a porta e, por um momento, Isabella espantou-se com o frio cortante. De repente, sentiu-se como se alguém tivesse lhe dado um murro forte no peito. Ficou com a respiração entrecortada e sentiu uma névoa transparente de lágrimas enchendo seus olhos.

– É sempre assim em fevereiro? Por alguma razão, só me lembro de Nova York no outono.

– Uma época abençoada, minha querida. A maior parte do tempo é pior. Gostaria de andar por algum lugar especial?

– Que tal o parque? – Andavam apressadas pela Park Avenue. Natasha a olhou, chocada.

– Só se estiver com tendências suicidas. Como sabe, eles têm uma cota a atingir. Acho que é qualquer coisa por volta de 39 assaltos e dois assassinatos por hora. – Isabella riu para a amiga e, de repente, sentiu seu corpo reviver.

Mas não era energia que incitava seus pés para a frente, apenas a tensão e a solidão, a fadiga e o medo. Estava tão cansada... de trabalhar, de viajar, de se esconder, de sentir a falta dele e de ser corajosa. "Procure ser corajosa só mais um pouquinho." Ainda conseguia ouvir as palavras que Amadeo lhe dissera quando o deixaram falar com ela... naquela última noite.

Seus pés já martelavam a calçada. Natasha mantinha o passo com ela, mas Isabella esquecera que a amiga estava ali. *"Tente ser... corajosa... corajosa... corajosa..."* Parecia a Isabella que já haviam percorrido quilômetros quando finalmente pararam.

– Onde estamos?

– Rua 79. – Tinham percorrido 18 quarteirões. – Está em boa forma, para uma velha. Disposta a voltar para casa agora?

– Estou. Porém mais devagar. Que tal andarmos em algum lugar mais interessante? – Tinham passado por quarteirões e quarteirões de edifícios semelhantes ao de Natasha, fortalezas de pedra, com toldos e porteiros. Causavam impressão, mas não atração.

– Podemos ir até a Madison e dar uma olhada nas lojas. – Eram quase 19h. Uma hora morta, em que as pessoas estavam em casa, aquela hora depois do trabalho e antes que alguém saísse para algum programa noturno. E estava mesmo frio demais para muitas pessoas ficarem olhando vitrines à noite.

Natasha deu uma olhada para o céu. Havia uma friagem familiar. – Acho que vai nevar.

– Alessandro adoraria. – Agora caminhavam lentamente, tomando fôlego.

– Eu também.

– Gosta de neve? – Isabella olhou-a, surpresa.

– Não. Mas manteria você dentro de casa, sem que eu precisasse andar de um lado para outro para certificar-me de que não vai escapar.

Isabella soltou uma risada e continuaram caminhando, passando por quarteirões de lojas que exibiam peças de Cardin, Ungaro, Pierre D'Alby e Yves Saint Laurent. Havia galerias de arte e os penteados artísticos de Sassoon.

– Checando a concorrência? – Natasha observava-a, entretida. Isabella extasiava-se com tudo, os olhos cintilantes de prazer. Era uma mulher que adorava cada faceta do seu trabalho.

– Por que não? Eles têm coisas muito bonitas.

– As suas também são.

Isabella fez uma pequena reverência enquanto caminhavam. Era o Faubourg Saint-Honoré de Nova York, um colar cintilante de pedras brilhantes e de valor incalculável, unidas, realçando umas às outras, uma miríade de tesouros oculta em cada quarteirão.

– Você realmente adora isso, não?

– O quê, Nova York? – Isabella parecia surpresa. Gostava dali. A cidade a intrigava. Mas adorar... não... ainda não. Mesmo depois de ter passado um ano ali, ficou contente quando voltou para Roma.

– Nova York não. Falo de moda. Algo acontece com você, só em olhar as roupas.

– Ah... isso.

– Puxa, eu teria enlouquecido se tivesse continuado como modelo.

– Isso é diferente. – Isabella olhou-a com uma expressão sagaz, a guardiã de segredos raramente revelados.

– Não, não é.

– É, sim. Ser modelo é o mesmo que levar uma existência inteira fazendo apresentações únicas em lugares diferentes. Não há nenhuma aventura amorosa, não há amantes carinhosos, não há traições, corações partidos, casamentos ou proles preciosas. A criação é diferente. Nela há história, drama, coragem, arte. Você ama as roupas, você vive com elas durante certo tempo, você as elabora, evoca seus pais, seus avós, os vestidos de outras coleções, outros tempos. Há toda uma atmosfera romântica, uma excitação... – interrompeu-se, depois riu. – Você deve pensar que estou louca.

– Não. É assim mesmo como me sinto em relação aos personagens dos meus livros.

– Maravilhoso, não é? – As duas olharam-se num entendimento perfeito.

– Muito.

Estavam quase em casa. Ao dobrarem a esquina da Park Avenue, Natasha sentiu os primeiros flocos de neve.

– Está vendo, não lhe disse? Mas imagino que isto não será motivo para prendê-la em casa. – Contudo, não havia mal nisso. Poderiam andar como tinham feito nessa noite. Afinal, não fora perigoso.

– Não, não será. Eu não poderia ter ficado no apartamento. Não por muito tempo.

Natasha concordou com a cabeça.

– Eu sei.

Também sabia que Isabella não ficaria satisfeita para sempre com uma breve caminhada à noite.

15

— *Mamma*! Olhe!... Nevou!

E realmente nevara. Um manto de uns trinta centímetros de espessura cobria toda a superfície de Nova York. E do calor aconchegante do apartamento, todos os quatro assistiam ao espetáculo da tempestade. Não havia parado desde que Natasha e Isabella voltaram para o apartamento na noite anterior.

– Podemos brincar na neve?

Isabella lançou um olhar de relance para Natasha, que assentiu e ofereceu-se para emprestar-lhes as roupas apropriadas. Certamente não haveria aula. A cidade havia parado completamente.

– Iremos depois do café. – Isabella consultou o relógio. E depois ligou para Bernardo em Roma. Na véspera só conseguira ligação com Hong Kong muito tarde, e não ousara telefonar para ele àquela hora. Afastou-se rapidamente dos meninos, fechou a porta do escritório e pegou o telefone.

– Onde esteve a noite passada? Calculei que fosse me telefonar por volta das quatro.

– Que encantador! Meus modos não são tão ruins assim, Bernardo. Foi por isso que esperei até agora.

– Que delicada, *signora*.

– Ora, cale a boca. – Ela estava sorrindo, muito bem disposta. – O tecido de Hong Kong está fora de cogitação. Teremos de procurar planos alternativos.

– Que planos alternativos? – Ele parecia frustrado.

– Os meus, é claro. Falou com Gabriela para parar com tudo?

– Naturalmente. Foi o que você quis. Eu praticamente tive que apanhá-la do chão, completamente desmaiada.

– Então devia me agradecer. Seja como for, ontem resolvi o problema. Está com papel e caneta à mão?

– Sim, madame.

– Ótimo. Já tenho tudo resolvido. Primeiro a coleção de alta-costura, depois faremos o resto. Começando com o número 12, o forro vermelho agora será amarelo. O número do tecido em nosso estoque é 2-7-8-3 FBY... Fabia-Bernardo-Yvonne. Entendeu? Os números 16, 17 e 19... – E assim ela continuou até ter tratado da coleção inteira. Até Bernardo estava atordoado.

– Em nome de Deus, como fez isso?

– Com dificuldade. A propósito, as peças adicionais da coleção *prêt-à-porter* não ficarão tão caras assim. Usando o tecido que temos em estoque, estamos poupando uma enormidade de dinheiro.

Realmente estavam, Bernardo pensou, com admiração. E ela detalhara cada maldito tecido. Isabella conhecia cada peça, cada rolo, cada metro de tecido, cada tipo de textura e cada tom disponível.

– E se o 37 da coleção de alta-costura ficar horrível, diga a ela para retirá-lo – continuou Isabella. – Provavelmente seremos obrigados a esquecê-lo e só deixá-lo na coleção como número 36 em azul.

– Que vestido é esse? – Ele estava perplexo. Ela fizera o trabalho de um mês em um dia. Em uma manhã, ela recuperara a coleção de verão inteira. Só de falar com Gabriela na noite anterior, ele havia compreendido como teria sido potencialmente desastrosa a falta do tecido de Hong Kong.

– Não se preocupe. Gabriela sabe. Há alguma coisa de novo?

– Hoje, nada. Tudo calmo no *front*.

– Que ótimo para você. Nesse caso, vou tirar uma folga hoje.

– Vai sair? – Ele parecia em pânico.

– Só até o parque. Está nevando. Natasha e eu acabamos de prometer aos meninos.

– Isabella, cuidado.

– É claro. Mas acredite em mim, não haverá uma única alma.

– Por que não deixa Alessandro ir com Natasha? Você fica em casa.

– Porque preciso de um pouco de ar fresco, Bernardo.

Ele começou a falar, mas ela o interrompeu.

– Bernardo, amo você. Agora preciso ir.

Ela foi seca, alegre e intimidante ao assoprar-lhe um beijo e desligar. Ele não gostou. Não gostou de jeito nenhum. Havia de novo um pouco de ousadia em sua voz. E, a essa distância, ele não tinha nenhum controle. Só contava que Natasha fosse mais esperta que Isabella e não a deixasse sair além de uma breve caminhada ocasional depois que escurecesse. Então sorriu para si mesmo. Havia um meio de mantê-la afastada de encrenca e isso era acumulá-la de mais trabalho, como o empenho grandioso do dia anterior. Era inconcebível que ela realmente o tivesse feito.

– ESTÃO PRONTOS? – Isabella olhou para os dois meninos agasalhados como bonecos de neve: Jason num conjunto vermelho, espessamente forrado e com capuz; Alessandro num conjunto idêntico amarelo-claro, emprestado de Jason.

Saíram para o parque imediatamente e, meia hora depois, os meninos deslizavam nos pequenos montes, com o trenó de Jason. Ficaram patinando, fazendo algazarra, gritando, rindo e atirando neve um no outro. Depois de usarem o trenó, passaram a travar uma batalha de bolas de neve e rapidamente Isabella e Natasha juntaram-se à brincadeira. Apenas algumas almas corajosas tiveram audácia suficiente para sair no frio.

Os quatro resistiram durante quase duas horas; depois, felizes e encharcados, estavam prontos para voltar a casa.

– Banho quente para todos! – gritou Natasha ao entrarem. Hattie os aguardava com chocolate quente e torradas temperadas com canela e um bom fogo crepitando no escritório. A tempestade de neve continuou por mais um dia, e os meninos não precisaram ir à escola a semana inteira, enquanto os homens de negócio levavam raquetes de neve para os escritórios e as donas de casa faziam ressurgir os esquis para fazer compras.

Porém, para Isabella, o feriado foi breve. E, depois do dia de brincadeiras na neve, ela voltou ao seu escritório, nos fundos do apartamento de Natasha, com um novo mar de problemas de Roma. Dois dos mais importantes tecidos alternativos tinham sido destruídos acidentalmente por uma enchente no depósito, na semana anterior. A modelo número um da casa demitira-se e tudo precisou ser ajustado outra vez. Pequenos problemas, grandes dores de cabeça, desastres e vitórias, um mês repleto, com uma abençoada montanha de trabalho em que Isabella pôde se esconder, com exceção das caminhadas noturnas com Natasha. Agora tornaram-se um ritual sem o qual Isabella achava que não podia viver.

– Por quanto tempo você vai continuar assim? – Tinham acabado de fazer uma parada para acender um cigarro na Madison Avenue. Isabella ficara espreitando as vitrines das lojas, examinando as exposições para a primavera. Estavam em março e as últimas nevascas finalmente tinham chegado e partido, embora ainda fizesse um frio hibernal e houvesse quase sempre um vento gelado.

Sua pergunta pegou Natasha de surpresa.

– O que quer dizer? Continuar assim como?

– Vivendo como uma eremita, sendo minha ama-seca? Já percebeu que não saiu uma só noite durante as cinco semanas em que estamos aqui? A essa altura, Corbett deve estar com vontade de me matar.

– Por que ele deveria? – Natasha parecia confusa ao olhar para a amiga.

Mas Isabella divertia-se diante da sua inocência dissimulada. Há muito que tinha entendido.

– Sem dúvida ele espera um pouco mais do seu tempo.

– Não por costume, obrigada. Conservamos nossas vidas muitíssimo para nós mesmos. – Natasha parecia estar se divertindo.

Mas desta vez foi Isabella quem provocou. – Que modernos!

– Que diabo quer dizer? – Não estava zangada com Isabella, apenas confusa.

Mas Isabella respondeu com um sorriso lento:

– Não espero que se comporte como uma virgem, Natasha, sabe disso. Pode ser franca comigo.

– Sobre o quê? – E, então, de repente, Natasha esboçava um largo sorriso. – Sobre Corbett? – Durante um longo tempo ela riu até brotarem lágrimas de seus olhos. – Está brincando? Oh, Isabella... você pensou?... Oh, Deus! – E então olhou para a amiga, sorridente. – Não posso imaginar nada menos atraente do que estar envolvida com Corbett Ewing.

– Sério? Não está envolvida com ele? – Isabella parecia aturdida. – Mas eu pensei... – E, depois, pareceu até mais confusa. – Mas por que não? Achei que vocês dois...

– Talvez você tenha pensado, mas Corbett e eu jamais pensamos. Temos sido amigos durante anos e jamais seremos algo mais. Ele é quase como um irmão e é meu melhor amigo. Mas nós dois somos basicamente pessoas muito dinâmicas. Como mulher, não sou gentil o suficiente para Corbett, não sou bastante frágil ou indefesa. Não sei, não consigo explicar. Ele sempre diz que eu devia ter nascido homem.

– Que indelicadeza! – Isabella parecia não aprovar.

– Bernardo não lhe diz coisas indelicadas?

Isabella respondeu, com um sorriso:

– Diariamente, no mínimo.

– Exato. É como irmão e irmã. Não consigo imaginar uma coisa diferente com Corbett. – Esboçou um largo sorriso outra vez e Isabella deu de ombros, sentindo-se um pouco tola.

– Acho que estou ficando velha, Natasha. Minhas percepções andam péssimas. De fato, logo de princípio, presumi... – Mas Natasha apenas continuava com seu sorriso largo e balançava a cabeça. E, enquanto caminhavam, Isabella ficou pensativa durante um longo momento. De repente, imaginou Corbett Ewing sob um prisma muito diferente.

Não tornaram a falar até se aproximarem do edifício. Natasha notou que Isabella sorria enquanto caminhavam.

– Você devia ter ido ao baile da ópera, sabe disso – comentou Isabella. – Deve ter sido divertido.

– Como sabe?

– Temos um baile maravilhoso em Roma.

– Quero dizer: como sabe que havia um baile aqui e que fui convidada?

– Porque sou excelente detetive e o convite não se queimou inteiramente.

De repente, brotaram lágrimas nos olhos de Natasha. Suas mentiras, seu "sacrifício", tinham feito mal à amiga.

– Muito bem – disse ela, passando um braço pelos ombros de Isabella, abraçando-a estreitamente, porém por um breve instante. – Você venceu.

– Obrigada. – Isabella entrou no edifício com uma expressão vitoriosa e um brilho extraordinário no olhar.

16

Isabella apagou a luz do escritório. Eram 20 horas e ela acabara de fazer sua última ligação para Roma. Pobre Bernardo. Pela manhã, fizera duas chamadas para ele, mas tinha sido a noite de lançamento da coleção de verão e ela precisava saber como tinha sido.

– Excelente, *cara mia* – dissera ele. – Todos declararam que é maravilhosa. Ninguém entende como você pôde fazê-la sob a tensão em que esteve, com as dificuldades, com tudo. – Enquanto o ouvia, os olhos de Isabella cintilavam.

– Não ficou muito estranha com todas aquelas cores no lugar do vermelho? Trabalhando dessa forma, no papel, a distância, foi um pouquinho como trabalhar às cegas.

– Não pareceu nada estranho e o forro turquesa no casaco branco de noite foi simplesmente genial. Você devia ter visto a reação da *Vogue* italiana.

– Está bem. – Ela estava feliz. Ele lhe dera todos os detalhes até que, por fim, nada restava que ela já não soubesse. – Certo, querido, acho que conseguimos. Desculpe tê-lo acordado. Agora volte para a cama.

– Quer dizer que não tem nenhum outro projeto para mim a esta hora? Nenhuma instrução frenética sobre uma nova ideia sua para o outono? – Ele sentia falta dela, mas sua necessidade estava desaparecendo. Tinha sido bom para ambos; a fuga de Isabella fora uma fuga também para ele.

– Amanhã. – Por um instante seus olhos nublaram. O outono... então ela teria de criar a coleção dali? Jamais conseguiria voltar para casa? Dois meses. Já haviam se passado dois meses desde que viera para os Estados Unidos. Dois meses de esconderijo e de dirigir sua empresa a oito mil quilômetros de distância, pelo telefone. Dois meses sem ver a *villa* e sem dormir na própria cama. Já estavam em abril. O mês do sol, dos jardins e das primeiras explosões da primavera em Roma. Mesmo em Nova York, o tempo estivera um pouco mais quente no momento em que Isabella caminhara todas as noites para as margens do parque. E, algumas vezes, até o East River para dar uma olhada no desfile dos praticantes de corrida e dos barquinhos. O rio não era o Tibre e Nova York não era sua terra natal. – Ligarei para você pela manhã – disse a Bernardo. – E, a propósito, meus parabéns pelo sabonete.

164

– Por favor. Nem fale sobre isso. – Levara quatro meses para fazer a pesquisa, mais dois para colocá-lo no mercado. Mas, pelo menos, compensara. Tinham acabado de receber um pedido de 500 mil dólares da F-B, é claro.

Bernardo relatava os pedidos, mas ela não ouvia. O sabonete. Até isso a fazia lembrar-se do seu último dia com Amadeo. Aquele dia fatídico quando discutira com Bernardo e depois os deixara para comparecer a um almoço. Isso ocorrera há quase sete meses. Sete meses longos e solitários, cheios de trabalho. Forçou sua atenção de volta a Bernardo.

– Por falar nisso, como está Nova York agora? – perguntou ele.

– Ainda fria, talvez um pouquinho mais quente, mas tudo ainda é muito cinzento. Aqui eles não veem a primavera antes de maio ou junho.

Ele não lhe disse que o jardim da *villa* estava em plena floração. Tinha ido até lá para verificar as coisas apenas alguns dias atrás. Em vez disso, ele falou:

– *Bene, cara mia*. Falarei com você amanhã. E parabéns.

Ela assoprou-lhe um beijo e desligaram. *Parabéns*. Em Roma, ela teria assistido, com terror e fascinação, ao espetáculo do lançamento. Teria ficado a postos, sem fôlego, em dúvida de repente quanto às cores, aos tecidos, ao *look*, infeliz com os adereços, a música e o cabelo impecável das modelos. Teria odiado cada momento até que a primeira modelo pisasse na passarela forrada de seda cinza. Então, depois que tivesse começado, teria sentido toda a emoção, como sempre sentia a cada estação. O entusiasmo absoluto, a beleza, a loucura do mundo da alta-moda. E quando terminasse, ela e Amadeo teriam piscado um para o outro secretamente, através do salão mortificamente apinhado; em seguida teriam se encontrado mais tarde para um beijo longo, cheio de felicidade. A imprensa teria estado presente e haveria rios de champanhe. E festas à noite. Era o mesmo que um casamento e uma lua de mel quatro vezes por ano.

Mas não neste ano. Nesta noite, ela estava de calça jeans, num minúsculo escritório, bebendo café e extremamente só.

Isabella fechou a porta do escritório e, ao passar pela cozinha, consultou o relógio. Ouviu os meninos ao longe e indagava a si mesma por que não estavam na cama. Alessandro aprendera inglês, não perfeitamente, mas o suficiente para se fazer entender. Quando não conseguia, falava aos gritos para compensar, como se de outra forma não pudesse ser ouvido. O estranho era que ele raramente falava. Como se Alessandro precisasse do seu italiano como uma recordação da sua pátria, à qual ele pertencia de fato. Riu ao passar pelo quarto dos meninos. Brincavam com Hattie, tinham a televisão ligada, e Jason acabara de montar seu trem.

Nesta noite, ela esquecera-se da caminhada. Estivera muito nervosa, esperando até telefonar para Bernardo, preocupada com a estreia da coleção naquele dia. De qualquer modo, começava a cansar-se do caminho já conhecido, mais ainda porque agora Natasha nem sempre a acompanhava. A amiga reassumira sua rotina e, à noite, Isabella costumava ficar sozinha. Nesta noite Natasha ia sair outra vez. Um baile beneficente.

Parando na entrada do seu quarto, Isabella permaneceu ali por um momento; depois caminhou devagar até o final do corredor, para o quarto de Natasha. Era ótimo vê-la bonita outra vez, usando cores brilhantes, fazendo algo elegante ou surpreendente com seu cabelo longo e louro. Isso deu vida nova a Isabella, tão cansada de olhar para o espelho e ver o próprio rosto, o cabelo escuro puxado para trás, a constante sobriedade de suas roupas pretas austeras em sua silhueta cada vez mais fina.

Bateu suavemente uma vez e sorriu quando Natasha sussurrou:

– Entre. – Tinha longos grampos de tartaruga entre os dentes, e seu cabelo já estava preso num turbilhão de cachinhos soltos à grega, que cascateavam delicadamente de um coque no topo da cabeça.

– Isso está bonito, madame. O que vai vestir?

– Não sei. Eu ia vestir o amarelo antes de Jason deixar suas marcas. – Ela tornou a suspirar enquanto fincava mais um dos longos grampos.

– Não me diga! Marcas de dedos? – Isabella passou os olhos pela seda amarela posta de lado.

– Pasta de amendoim com a mão esquerda. Sorvete de chocolate com a direita.

– Parece uma delícia. – Ela sorriu de novo.

– É, talvez, mas doloroso também.

– E que tal este? – Isabella foi até o armário e apareceu com algo familiar e azul-claro. Ela pensara em Natasha quando comprara o tecido. Era da mesma cor dos seus olhos, uma espécie de lavanda com um toque azulado.

– Esse? É magnífico. Mas nunca sei o que usar com ele.

– Que tal dourado?

– O que dourado? – Natasha olhou-a curiosa ao terminar o cabelo.

– Sandálias. E um toque dourado nos cabelos. – Olhava fixamente para a amiga, como fazia com as modelos durante as provas para as coleções em Roma. Olhos semicerrados, os pés afastados, vendo algo diferente do que realmente era. Criando a própria magia com uma mulher, um vestido, uma inspiração.

– Espere! Você vai passar spray dourado no meu cabelo?

Natasha encolheu-se diante da penteadeira branca cheia de babados, mas Isabella ignorou-a e desapareceu. Voltou um minuto depois, com uma agulha e uma linha dourada muito fina.

– O que é isso?

Ela enfiou a linha na agulha diante do olhar curioso de Natasha.

– Não se mexa. – A mão movendo-se com destreza, Isabella ia entrelaçando-a levemente, cortando a linha, fazendo as extremidades desaparecerem e executando milagres novamente com a agulha até terminar, criando apenas uma impressão, como se, em mistura com os próprios cabelos de Natasha, ela tivesse feito brotar filetinhos dourados brilhantes. – Pronto.

Natasha olhou assombrada para sua imagem no espelho. Esboçou um largo sorriso.

– Você é incrível. E agora?

– Um pouco disto. – Usou uma caixa de pó de arroz transparente, translúcido, que faiscava minúsculas partículas douradas. A impressão que criava era de uma beleza deslumbrante, um brilho reluzente, num rosto já encantador. Em seguida, ela desapareceu no closet de Natasha, voltando com um par de sandálias douradas de salto baixo. – Você vai parecer uma deusa quando eu terminar.

Natasha começava a acreditar, enquanto prendia as próprias sandálias, já esquecidas nos pés calçados com meias praticamente invisíveis.

– Lindas meias. Onde as comprou? – Isabella olhou com interesse.

– Dior.

– Traidora. – Depois, pensativamente: – Não precisa se desculpar. São mais bonitas do que as nossas. – Procurou memorizar algo para dizer a Bernardo. Já era tempo de fazerem alguma coisa nova e diferente com suas meias. – Agora... – Retirou o vestido do seu envoltório plástico e resmungou de satisfação ao colocá-lo sem problemas pela cabeça da amiga, sem desmanchar um fio do cabelo de Natasha. Puxou o zíper com habilidade e foi para a frente, afofando aqui, alisando ali, aprovando. O vestido era criação sua. Fizera-o para a coleção de primavera, apenas três anos antes. Como adereço, escolheu entre suas próprias coisas um anel de ametistas de cor malva-clara, cercadas de diamantes e engastadas em ouro. Havia um par de brincos pequeninos, delicadamente moldados, e também um bracelete. Era um conjunto notável.

– Onde conseguiu isto?

– Amadeo comprou para mim em Veneza, no ano passado. São do século XIX, creio. Ele disse que as pedras não são perfeitas, mas a montagem é extremamente primorosa.

– Oh, meu Deus, Isabella! Não posso usar uma coisa dessas. Mas obrigada, querida, você é maluca.

– Não enche! Quer ficar encantadora ou não? Se não quiser, talvez queira ficar em casa também. – Ela fechou o colar ao redor do pescoço de Natasha. Ele caía exatamente na direção do decote, cintilando de maneira deslumbrante entre as dobras de *chiffon* malva-claro. – Tome, ponha-os você mesma. – Entregou os brincos após fechar o bracelete no braço de Natasha. – Está maravilhosa. – Isabella lançou-lhe um olhar de absoluto contentamento.

– Estou morrendo de medo. E se eu os perder, pelo amor de Deus? Isabella, por favor!

– Já disse, não enche, tá? Agora vá e divirta-se.

Natasha se olhou rápido no espelho, sorrindo para Isabella e para sua imagem. A campainha tocou quase no mesmo instante, e um corretor da Bolsa, de smoking, chegou para reivindicar a pessoa com quem tinha compromisso. Isabella foi para seu quarto e esperou até ouvir a porta se fechar. Só houvera uma batida suave antes de Natasha sair com ele, além de um agradecimento sussurrado às pressas.

Depois, Isabella ficou outra vez com os ruídos dos meninos e do trenzinho de Jason, correndo e apitando.

ELA CONSULTOU O relógio meia hora depois e foi beijar os meninos, já deitados. Alessandro a olhou de modo estranho.

– Você não sai mais, *mamma*?

– Não, querido. Gosto mais de ficar aqui com vocês. – Apagou a luz para eles e foi deitar-se na pele que forrava sua cama. "Não sai mais, *mamma*?" Não, *querido*. Nunca. Talvez nunca mais.

Tentou dormir enquanto olhava fixamente para o fogo, mas foi inútil. Ainda estava muito nervosa, muito agitada, muito ansiosa, após passar o dia aguardando notícias das coleções de Roma. E não tomara nem um pouco de ar o dia todo. Não caminhara. Não correra. Finalmente, com um suspiro, virou-se e ficou olhando o fogo, mas em seguida levantou-se. Saiu à procura de Hattie, em seu quarto, assistindo à televisão, com o cabelo cheio de rolinhos e um volume de *Good house-keeping* ao lado da cama.

– Você ainda vai ficar em casa por um tempo?

– Sim, Sra. Parelli. Não vou sair.

– Então vou andar um pouco. Voltarei logo.

Isabella fechou a porta e voltou para o quarto. O casaco azul-marinho que Natasha lhe emprestara ficava pendurado no seu armário agora, e ela já não precisava mais da boina de lã. Vestiu rapidamente o casaco e apanhou a bolsa, lançando um olhar pelo quarto por um momento, como se receosa de esquecer alguma coisa. O quê? A bolsa a tiracolo? O pó compacto? As luvas longas de pelica branca, de ir à ópera? Olhou melancólica para o jeans que usava e por um instante sentiu uma pontada de ciúmes. Natasha. Natasha felizarda. Com seus atos de caridade, suas sandálias douradas e seu acompanhante galanteador. Isabella sorriu quando voltou a pensar na conversa que tiveram sobre Corbett.

Ela devia ter sabido que Corbett não era o tipo de Natasha. Ele não seria dominado com tanta facilidade. Então olhou-se no espelho, zangada, e sussurrou: "É isso o que quer?" É claro que não. Sabia que não. Não queria um corretor da Bolsa, usando óculos de aros de tartaruga. "Ah, então é um sujeito bonito o que você quer." Acusou-se enquanto fechava suavemente a porta. "Não! Não!", foi sua resposta. Então o que ela queria? Amadeo, é claro. Só Amadeo. Porém, ao pensar nisso, uma breve visão de Corbett surgiu repentinamente em sua cabeça.

170

Nessa noite caminhou muito além do que sempre tinha ido, as mãos comprimidas nos bolsos, o queixo enterrado na gola do casaco. O que ela queria? De repente, ficou em dúvida. Perambulou mais lentamente, passando pelas lojas agora muito conhecidas. Por que não mudavam as vitrines com mais frequência? Ninguém se importava? Eles não sabiam que ainda estavam usando as cores do ano passado? E por que não era primavera? Fazia críticas a tudo aquilo enquanto procurava afastar repetidamente a imagem de Natasha da mente. Então o que era isso? Apenas inveja? Mas por que Natasha não podia se divertir? Ela trabalhava tanto! Era boa amiga. Abrira seu lar e seu coração para Isabella como ninguém fizera. O que mais poderia desejar? Conservar a amiga trancada em casa, como ela?

De repente, sem querer, soube a resposta muitíssimo bem. Não queria a reclusão de Natasha, mas sim um pouco de liberdade para si própria. Só isso. Enterrou as mãos nos bolsos, comprimiu ainda mais o queixo no casaco e continuou andando incessantemente até que, pela primeira vez, flagrou-se no centro da cidade. Não estava mais no aconchego, na segurança, na parte residencial das ruas 60; ou na sobriedade notável das 70; ou até no tédio característico das 80; sem falar no refinamento duvidoso, decadente das 90, onde ela vez por outra chegara a se perder; porém, desta vez, ao contrário, passou pelas ruas 50 cheias de entusiasmo, com seus restaurantes, seus jantares animados, seus táxis estridentes e suas lojas muito maiores. Passou pelas lojas de departamentos com vitrines exageradas, pela Tiffany's, com suas atrações cintilantes, pelo Rockefeller Center, com seus patinadores ainda promissores, e pela igreja de St. Patrick, com suas torres elevadas. Ela percorreu todo o caminho até a rua 42, até os edifícios de escritórios, as lojas menos elegantes e os bêbados. Tudo parecia passar por ela em disparada, numa velocidade que a fazia lembrar-se de Roma. Finalmente, retomou o caminho de volta para a

Park Avenue e, ao passar pela Grand Central, ficou olhando diretamente para o alto da avenida. Enfileirados de cada lado, encontravam-se os arranha-céus, monumentos altaneiros de vidro e aço cromado, onde se aspirava alcançar fortunas e satisfazer ambições. Enquanto os olhava, Isabella perdeu o ar pela emoção; o topo dos edifícios parecia levar direto ao céu. Lenta e pensativamente, voltou para casa.

Sentia como se tivesse aberto uma nova porta nessa noite e não havia um modo de poder fechá-la outra vez. Ela curvara-se servilmente, ocultara-se num labirinto, trancada num aparta-mento, fingindo que vivia num lugarejo distante da excitação da cidade. Porém, nessa noite, vira bastante, sentira a proximi-dade do poder, do sucesso, do dinheiro, da excitação, da ambi-ção. Quando Natasha chegou em casa, ela já tinha se decidido.

– O que está fazendo ainda de pé, Isabella? Julguei que já estivesse dormindo há horas. – Ela vira luz na sala de estar e, perplexa, entrara devagar.

Isabella balançou ligeiramente a cabeça, com um pequeno sorriso para a amiga.

– Você está maravilhosa esta noite, Natasha.

– Graças a você. Todos adoraram o dourado no meu cabe-lo; não fazem ideia de como consegui isso.

– Contou a eles?

– Não.

– Ótimo. – Ela ainda sorria. – Afinal, é preciso ter alguns segredos.

Preocupada, Natasha observava-a. Alguma coisa mudara naquela noite. Havia algo no modo como Isabella estava se comportando, no modo como olhava, como sorria.

– Saiu para dar um passeio esta noite?

– Saí.

– Como foi? Aconteceu alguma coisa? – Por que Isabella a olhava daquele jeito? Sentia algo estranho na expressão dos seus olhos.

172

– Claro que não. Por que deveria acontecer alguma coisa? Ainda não.

– E não vai acontecer. Enquanto for cautelosa.

– Oh, sim. – Ela parecia melancólica. – Isso. – De repente, ergueu a cabeça com um olhar de poder e de graça que indicava que ela devia ter sido a pessoa usando os fios dourados nos cabelos. – Natasha, quando vai sair de novo?

– Só daqui a alguns dias. Por quê? – Droga! Provavelmente ela estava se sentindo solitária e entediada. Quem não estaria? Principalmente Isabella. – Aliás, estava pensando em ficar em casa o resto da semana, com você e os meninos.

– Que sem graça.

Era isso então, Natasha devia ter imaginado. Ela voltara a se envolver com tudo, levara Isabella a sério demais.

– De jeito nenhum, tolinha. Na verdade – bocejou encantadoramente –, se eu não parar de correr de um lado para outro como ando, vou acabar desmoronando. – Mas Isabella ria, e Natasha não compreendia. – E quanto à pré-estreia que você deve comparecer depois de amanhã?

– Que pré-estreia? – Natasha arregalou os olhos e parecia totalmente apatetada, mas Isabella apenas ria mais.

– A de quinta-feira. Lembra-se? Em benefício de uma fundação pró-cardíacos ou qualquer coisa parecida!

– Mais essa! Acho que não irei.

– Ótimo. Usarei seu convite. – Recostou-se e quase gargalhou.

– O quê?! Espero que esteja brincando.

– Não, não estou. Quer me arranjar um convite? – Esboçou um largo sorriso e sentou-se sobre as pernas cruzadas no sofá.

– Está maluca?

– Não. Andei até o centro da cidade esta noite e foi maravilhoso. Natasha, não consigo mais fazer o que estou fazendo.

– Você precisa. Sabe que não tem escolha.

– Tolice. Numa cidade deste tamanho? Ninguém me conhecerá. Não estou dizendo que vou começar a me exibir por aí, indo a desfiles de moda e almoçando fora. Mas certas coisas posso fazer. É loucura esconder-me aqui deste jeito.

– Seria loucura não se esconder.

– Está enganada. Se for a uma pré-estreia como essa, posso entrar e sair sem ser notada. Depois do coquetel, da arrecadação. Posso apenas assistir ao filme e ver as pessoas enquanto entro e saio. O que imagina? Que posso criar roupas para as mulheres elegantes sem pôr os pés fora da minha casa e conseguir sentir o que está dando resultado e o que não está, do que elas gostam, o que fica bem nelas, sem sequer ver o que está sendo usado? Sabe bem que não sou mística. Sou uma estilista. Uma profissão muito equilibrada.

Mas o discurso não foi convincente. Natasha apenas balançou a cabeça.

– Não posso fazer o que me pede. Não posso. Pode acontecer alguma coisa. Isabella, você perdeu o juízo.

– Ainda não. Mas perderei. Em breve. Se não começar a sair. Discretamente. Com precaução. Mas não posso continuar assim por muito mais tempo. Compreendi isso esta noite. – Natasha parecia desolada, e Isabella deu-lhe um tapinha amistoso na mão. – Por favor, Natasha, ninguém sequer suspeita que seja outra pessoa que não eu que mora na cobertura da Casa em Roma.

– Suspeitarão se começar a se exibir em pré-estreias cinematográficas.

– Prometo-lhe, não suspeitarão. Vai me arranjar o convite? – De repente, ela adotou o olhar suplicante de uma criança.

– Vou pensar a respeito.

– Se não arranjar, eu mesma arranjarei. Ou irei a outro lugar. Um outro lugar público, onde estou certa de que serei vista. – Por um momento, seus olhos escuros cintilaram com malícia, e os olhos azuis de Natasha subitamente inflamaram-se.

– Nada de chantagem comigo, droga! – Ergueu-se de um salto e ficou andando de um lado para outro da sala.

– Então, vai me ajudar? Por favor, Natasha... por favor...

Ao ouvir as palavras da amiga, Natasha virou-se lentamente para encará-la outra vez, fitou os olhos acossados, o rosto fino e pálido e teve de admitir que Isabella precisava mais do que o apartamento e uma caminhada ocasional pela Madison Avenue à noite.

– Vou ver. – Mas Isabella estava cansada do jogo agora; seus olhos se inflamaram e ela ergueu-se de um pulo.

– Esqueça, Natasha. Eu mesma cuidarei do assunto. – Dirigiu-se para os fundos da casa. Um momento depois, Natasha ouviu-a fechar a porta. Lentamente, apagou as luzes da sala de estar e olhou para a cidade lá fora. Mesmo às duas estava animada, atarefada, alvoroçada; havia caminhões, táxis, pessoas; havia ainda buzinas e vozes, excitação e tumulto. Era por isso que as pessoas aglomeravam-se em Nova York, por isso é que não conseguiam ficar longe. Ela própria sabia que precisava do que a cidade lhe dava, precisava sentir seu movimento pulsando como o sangue em suas veias. Como podia negar isso a Isabella? Porém, não negando, se os sequestradores a descobrissem, se custasse a vida de Isabella, talvez ela fosse a responsável. Em silêncio, Natasha percorreu o corredor, devagar. Parou à porta do quarto de Isabella e bateu gentilmente. A porta abriu-se no mesmo instante. As duas ali ficaram, sem falar, face a face. Foi Natasha quem falou primeiro.

– Não faça isso, Isabella. É muito perigoso. Não está certo.

– Diga-me isso quando tiver vivido assim, aterrorizada, escondida, durante tanto tempo quanto eu. Diga-me que seria capaz de continuar.

Mas Natasha não poderia. Ninguém poderia.

– Você tem sido muito corajosa, Isabella, e por muito tempo.

"*Corajosa... só mais um pouquinho.*" O eco das palavras de Amadeo pegou Isabella de surpresa, alojando-se em sua garganta. Com lágrimas nos olhos, ela sacudiu a cabeça.

– Não tenho sido corajosa.

– Tem sim, você tem sido. – Ainda sussurravam. – Tem sido corajosa, paciente e sensata. Poderia ser mais um pouquinho?

Diante dessas palavras, Isabella quase gritou. Sacudiu freneticamente a cabeça de um lado para outro, sussurrando para Amadeo, bem como para sua amiga:

– Não. Não, não posso. – E, então, ficou ereta e olhou atrevidamente para Natasha, de repente sem vestígio de lágrimas. – Não posso ser corajosa só mais um pouquinho. Tenho sido assim enquanto pude.

– E quanto à quinta-feira?

Isabella olhou-a, sorrindo lentamente.

– A pré-estreia? Estarei lá.

17

— Isabella?... Isabella!... – Natasha estava diante do quarto da amiga e batia freneticamente na porta.

– Espere um minuto! Ainda não estou pronta. Só um segundo... pronto... – Calçou depressa os sapatos, colocou os brincos, olhou-se apressada no espelho e abriu a porta. Natasha aguardava, já vestida para a pré-estreia, usando um casaco bege, longo, em estilo chinês, forrado de seda cor de pêssego, em sua tonalidade mais clara. A calça que usava por baixo era de veludo cor de café e as duas cores – café e pêssego – reuniam-se no brocado dos sapatos. Ela estava usando brincos de coral que espreitavam através dos cabelos louros. Isabella examinou-a com admiração e sorriu de satisfação, enquanto aprovava. – Minha querida, você está maravilhosa. E nem sequer é um dos meus! Onde comprou esse traje sensacional?

– Em Paris, no ano passado.

– Muito bonito.

Contudo, de repente, foi Natasha quem olhou e aprovou, reduzida ao silêncio com a surpresa ao ver a figura familiar ali parada, numa atitude majestosa no centro do aposento.

Era a antiga Isabella, e Natasha ficou instantaneamente sem fôlego, sob o efeito da fascinação. Esta era a Isabella di San Gregorio, como outrora tinha sido. A mulher de Amadeo e a mais brilhante estrela de toda Roma.

Não era apenas o que vestia, mas a maneira como vestia, além do ângulo do longo pescoço de marfim, talhado com muita delicadeza, a linha do seu cabelo escuro penteado e preso com perfeição, o formato de suas delicadas orelhas, a profundeza dos notáveis olhos negros. Mas agora Natasha ficou boquiaberta diante do que ela estava usando, tão simples e tão rigoroso. Um tubinho longo, preto, de seda, que caía dos ombros aos pés. Um pequeno decote em V, mangas formando minúsculas abas nos ombros e a riqueza da pura seda preta, que expunha apenas a ponta dos sapatos forrados também pretos. O cabelo fora arrebatado num coque, os braços estavam totalmente nus e sua única joia era um par de grandes brincos de ônix cravejados de diamantes, brilhantes como seus próprios olhos.

– Meu Deus, é magnífico, Isabella! – Era perfeitamente simples, inteiramente despretensioso. – Deve ser um dos seus.

Isabella confirmou com a cabeça.

– Minha última coleção, antes... de deixarmos o país. – Houve uma longa pausa. *Antes do desaparecimento de Amadeo.* Fazia parte da mesma coleção do vestido verde de seda que ela usara naquela noite, aguardando que ele voltasse para casa.

– O que vai usar por cima? Seu casaco de visom? – Natasha estava hesitante. Sem dúvida, o casaco devia chamar atenção.

Contudo, mesmo com um vestido de seda preto totalmente sem enfeite, Isabella era uma mulher que todos iriam ver.

Mas Isabella balançou a cabeça, desta vez com um olharzinho de prazer, uma insinuação de sorriso.

– Com esse casaco não, tenho outra coisa. Algo da coleção que lançamos esta semana. Na verdade – disse ela por cima do ombro, enquanto procurava no armário por alguns instantes –, isto é apenas uma amostra, mas Gabriela mandou-o para mim, para mostrar que efeito bom produziu. Foi a caixa que você apanhou na semana passada com o seu agente. Na coleção, nós o forramos de turquesa, para ser usado sobre roxo ou verde. – E, enquanto falava, voltava do armário, vestindo um casaco de seda em um tom branco leitoso. Com o preto do vestido por baixo, ela parecia ainda mais extraordinária que antes.

– Oh, Deus! – Natasha parecia ter visto um fantasma.

– Não gosta? – Isabella mostrou-se admirada.

– Adorei. – Natasha fechou os olhos e sentou-se. – Mas acho que você enlouqueceu. Enlouqueceu. Jamais conseguirá passar despercebida. – Reabriu os olhos e fixou-os em Isabella, que vestia o notável casaco branco e o vestido preto extraordinariamente simples. O traje inteiro era tão simples e tão lindo que não havia dúvida de que pertencia à alta-costura. E bastava um olhar para o seu rosto pálido, tão pálido e revelador, e o estratagema terminaria. O paradeiro de Isabella di San Gregorio seria conhecido de imediato. – Há alguma chance, por mais remota que seja, de eu dissuadi-la? – Natasha olhava-a sombriamente.

– Nenhuma. – Agora era ela quem ditava as ordens. A princesa da Casa de San Gregorio, de Roma. Isabella consultou o relógio que deixara sobre a mesa, depois voltou-se para a amiga. – É melhor apressar-se, Natasha, você vai se atrasar.

– Seria sorte demais. E você?

– Exatamente como prometi. Ficarei aqui até nove e quinze em ponto. Pegarei a limusine que você alugou para mim e irei direto para o cinema, mandarei o motorista verificar com os lanterninhas se o filme já começou, e, caso tenha começado, conforme programado para as nove e meia, entrarei rapidamente. Sentarei na poltrona do corredor lateral que você reservou para mim e sairei no momento em que as luzes se acenderem.

– *Antes* de as luzes se acenderem. *Não* espere que apareçam os créditos do filme ou por mim. Saia imediatamente. Voltarei mais tarde para casa, depois do jantar.

– *Ecco.* E quando você voltar, estarei aqui, e então poderemos fazer um brinde a uma noite perfeita.

– Perfeita? Mil coisas podem dar errado.

– Mas nada sairá errado. Vá, querida. Chegará atrasada para o coquetel.

Natasha continuava parada, paralisada. Isabella lhe sorria. Parecia não entender nada, como era grande o risco que corria, como poderia ser facilmente reconhecida, a sensação que causaria se sua residência em Nova York se tornasse conhecida.

– Bernardo sabe o que você está tramando?

– Bernardo! Ele está em Roma. E aqui é Nova York. Sou apenas um rosto nas revistas de modas. Nem todos se mantêm em dia com a moda, minha querida. Ou não sabia?

– Isabella, você é uma tola. Você não cria vestidos apenas para as condessas francesas e mulheres ricas de Roma, Veneza e Milão. Você tem uma coleção americana inteira, roupas masculinas, *prêt-à-porter*, cosméticos, perfumes, sabonetes. Você é uma mercadoria internacional.

– Nada disso. Sou uma mulher. E não posso mais viver assim.

Nos dois últimos dias andaram discutindo o assunto mais de cem vezes e os argumentos de Natasha estavam se esgotando. O melhor que conseguira foi apresentar um plano razoavelmente seguro. E, com sorte, funcionaria – se Isabella chegasse ao cinema tarde, saísse cedo o bastante e se sentasse discretamente para assistir ao filme. Talvez, apenas talvez, desse certo.

– Então, está pronta? – Isabella olhava-a com expressão dura, como se instigasse uma debutante indecisa a comparecer ao seu primeiro baile.

– Bem que gostaria de estar morta.

– Não seja tola, querida. – Beijou docemente Natasha no rosto. – Vejo você no cinema.

Sem dizer mais nada, Natasha levantou-se para ir embora; parou na porta por um instante, balançou a cabeça e saiu, enquanto Isabella tornava a sentar-se, sorrindo, batendo impacientemente com um pé no chão.

18

Em seu esplendor negro e discreto, a limusine que Natasha alugara aguardava à porta. Eram exatamente 21h15. Isabella caminhou até o meio-fio. O ar caiu sobre seu rosto como uma bênção e, por uma vez, ela nem se importou com o frio. Com um ruído surdo, o motorista fechou a porta depois que ela entrou. Isabella acomodou-se com cuidado, o casaco branco espalhado ao seu redor como o manto da coroação.

Seguiram pelo Central Park, em seguida encaminharam-se para o centro da cidade, para o cinema, enquanto Isabella observava em silêncio os outros carros passarem por ela.

Oh, Deus, finalmente ela saíra de casa. Em sedas, perfume e traje a rigor. Até Alessandro a olhara com entusiasmo, gritando de alegria ao dar-lhe um beijo de boa-noite, com todo o cuidado, com ambas as mãos no ar, de acordo com as instruções que recebera.

– Igualzinho quando saía com papai! – gritara.

Porém, na verdade, não era igual. Por um instante, os pensamentos de Isabella voaram para Roma. Para os dias de suas idas a festas na Ferrari; das corridas para casa depois do escritório, a fim de tagarelar e vestir-se para um baile, a mente ainda aturdida, bombardeada de trabalho; de Amadeo cantando no chuveiro enquanto ela colocava seu smoking sobre a cama e desaparecia no seu quarto para surgir de veludo cinza ou brocado azul. Isso era tolice, uma "vida vazia", alguém lhe dissera certa vez, mas era o mundo deles também. Tinham conseguido isso juntos e o desfrutavam, compartilhavam suas risadas e seus sucessos com divertimento e orgulho.

Agora era diferente. O lugar ao seu lado estava vazio. Não havia ninguém além do motorista no grande carro preto. Ninguém com quem conversar quando chegasse lá, ninguém com quem sorrir quando acabasse de chegar em casa, ninguém para quem brilhar, para quem sorrir. Sua cabeça estivera um pouco mais alta porque ele havia estado ali.

De súbito, seu rosto adquiriu uma expressão séria ao pararem à porta do cinema. O motorista virou-se para trás, para falar com Isabella.

– A Sra. Walker falou qualquer coisa sobre eu entrar para ver se o filme já começou.

Ele a deixou na limusine e foi ver se estava tudo certo.

Ela sentiu o coração começar a acelerar um pouco, como sentira no dia do casamento, quando, numa nuvem de renda branca e tule, ela havia sido a noiva de Amadeo. Mas era tolice sentir o mesmo agora. Ia apenas ao cinema. E desta vez estava de preto. E já não era mais a noiva de Amadeo e sim sua viúva. Embora fosse tarde demais para hesitações. O motorista havia voltado para ajudá-la a descer do carro.

No cinema às escuras, Natasha estava fora de si. Um grupo de sete pessoas já havia se apossado dos sete primeiros lugares junto à passagem lateral, e todas as suas desculpas: "Sinto muito, se importaria? Minha prima... tem um terrível resfriado... aqui em um minuto... vem mais tarde... talvez não se sinta bem e tenha de ir embora..." – foram inúteis. Ninguém lhe dava ouvidos, o grupo era intratável e numeroso. Um homem gordo do Texas, "do petróleo, querida", de smoking e chapéu Stetson, tinha bebido demais, "rins doentes, querida, sabe como é". Fora impossível tirá-lo do seu lugar na passagem. Ao lado dele, estava a esposa de brocado branco e seus convidados, o editor financeiro do *Times* de Londres, mais outro casal muito amável e, finalmente, Natasha, com seu assento sobressalente. Ela queria matar Isabella. O plano fora uma loucura desde o princípio. Isabella teria de passar por todos; seria impossível impedir que fosse vista. Natasha sentou-se com expressão mal-humorada, aguardando que o filme começasse e esperando que Isabella, ao dirigir-se para o carro, tivesse pegado varíola ou tifo, talvez até malária.

– Parece feliz esta noite, Natasha. O que aconteceu? Cancelaram seu novo livro?

– Não há essa possibilidade. – Ela olhou para Corbett Ewing, sentado do outro lado da poltrona vaga.

– Está parecendo uma doida. – Ele lançou um olhar divertido para o homem de chapéu Stetson, na poltrona junto à passagem. – Problemas com o Texas? – Corbett Ewing fitou-a com seus olhos azuis irrequietos e um amplo sorriso.

– Eu tentava guardar o lugar para uma pessoa.

– Ah! Então está apaixonada de novo. Droga, toda vez que saio da cidade, pareço perder minha chance.

Natasha sorriu. Mas ele logo notou que ela estava preocupada. E, ao observá-la, imaginou quem devia ser a pessoa. E ao pensar nela, seu coração acelerou.

– Onde tem estado? – Natasha procurou iniciar uma conversa banal, mas ainda havia inquietação em seu olhar.

– Em Tóquio, principalmente. Depois Paris, Londres. E, na semana passada, Marrocos. Puxa, é um lugar lindo!

– Ouvi dizer. Como vão os negócios? – Com Corbett era o mesmo que perguntar ao *chef* da Casa Branca: "Como foi o almoço?" Ele estava constantemente tramando grandes negócios empresariais.

– Tudo bem. Como está seu livro?

– Terminei, finalmente. Decidi que, na verdade, não sou escritora. Apenas uma pessoa que reescreve. Passo seis semanas planejando os livros e seis meses resumindo-os.

– Na realidade, é mais ou menos como acontece comigo. – Os dois ficaram em silêncio por algum tempo, observando as pessoas.

E então, sem qualquer aviso, Corbett mudou-se para a poltrona vaga. Natasha olhou-o, espantada, e fez um gesto para que voltasse ao lugar.

– Ali não consigo ver. – Olhou-a com ternura.

– Corbett... quer fazer o favor de voltar? – Sua voz era insistente, mas o sorriso dele apenas se expandia enquanto balançava a cabeça.

– Nada disso, não vou voltar.

– Corbett! – Porém, naquele exato momento, as luzes diminuíram de repente. Natasha continuou insistindo com ele na escuridão. Atrás deles, algumas senhoras aristocratas pediram silêncio.

Exatamente naquele instante, a luz de um lanterninha surgiu na extremidade da passagem. Sobressaltada, Natasha olhou naquela direção. Pelo menos Isabella chegara na hora exata. Estava de pé, confusa por um momento, encarando o homem de chapéu Stetson.

– Oi, querida, você deve ser a prima de Natasha. Não é que esse casaco é belíssimo? – Isso foi dito num nível de sussurro alto, pois as senhoras idosas voltaram a se manifestar. O texano apresentou Isabella à esposa. Isabella murmurou algo amável e lançou um olhar pela fileira de poltronas. Natasha fez-lhe um sinal e Isabella assentiu com a cabeça, avançando lentamente através de sete pares de pés e joelhos

– Lamento... Oh..., desculpe... Lamento muitíssimo. – Conseguiu alcançar Natasha, que apenas apontou silenciosamente para a poltrona vazia. Isabella concordou com a cabeça, olhou para Corbett, ultrapassou os dois, ajeitou o casaco à sua volta e sentou-se. O filme começava e o cinema estava às escuras, mas, ao sentar-se, ela voltou-se para Corbett e os dois trocaram um sorriso. Ela estava entusiasmada demais para assistir ao filme; em vez disso, viu-se passando os olhos de cima a baixo pelas longas passagens escuras. Como seriam aquelas pessoas, quem eram, o que estavam vestindo? Será que sabiam como era bom não estar enclausurada? Sorria na escuridão, fitando muito feliz os penteados elaborados e as cabeças masculinas de cabelos bem aparados. Finalmente, deixou que seus olhos fossem atraídos pelo filme e ficou satisfeita, quase como uma criança, desfrutando o que acontecia na tela. Há quanto tempo não ia ao cinema? Pensou um instante. Desde o começo de setembro, com Amadeo. Sete meses... Ouviu-se emitir um pequeno gemido de contentamento. O filme em si era delicioso, e ela estava encantada com sua beleza e o humor dos atores. Ficou assistindo, absorta, até a cortina descer lentamente e as luzes se acenderem.

– Já terminou? – Confusa, Isabella lançou um olhar para Corbett, insatisfeita com o final do filme. Mas ele, divertido, sorria para ela e apontava para os créditos na tela, quase ocultos pelas borlas douradas da pesada cortina que se fechava, balançante.

– É apenas o intervalo. – O sorriso intensificou-se. – É ótimo vê-la, Isabella. Vamos até o saguão para tomarmos um drinque.

Mas enquanto Isabella concordava com a cabeça, a mão de Natasha pegou-a pelo braço. Seus olhos sustentaram os de Corbett com uma expressão carrancuda.

– Acho que ela deve permanecer aqui.

Ele parou por um momento, olhando com interesse para Isabella; e depois com preocupação para a velha amiga. Ele gostaria de dizer-lhe para se descontrair um pouco, que não era um homem metido a conquistador e nem sequestrador, mas não era nem lugar nem hora. Voltou-se outra vez para Isabella.

– Gostaria que eu lhe trouxesse alguma coisa? – Mas Isabella apenas balançou a cabeça, sorrindo educadamente, e voltou a sentar-se em seu lugar.

Assim que ele se afastou, Natasha aproximou-se mais, lamentando ter permitido que Isabella viesse.

Isabella apenas sorriu e deu-lhe um tapinha na mão.

– Não fique tão preocupada, Natasha. Está tudo bem. – Ela estava tendo a oportunidade que desejara tanto. Observar as pessoas, ver seus vestidos, ouvir as risadas, estar "ali". E, de repente, Natasha viu-a levantar-se e olhar lentamente ao redor.

Natasha sibilou furiosamente:

– Sente-se.

Mas Isabella era Isabella, e antes que Natasha pudesse detê-la, ela dirigiu-se devagar para a direção oposta, para a outra passagem.

– Isab... droga!... – sussurrou para si mesma através dos dentes cerrados, levantando-se rapidamente, pedindo desculpas, evitando os pés em elegantes sapatilhas e procurando ficar perto de Isabella. Porém, no instante em que se juntaram à multidão na passagem, Isabella pareceu estar sendo levada por uma corrente de pessoas que passavam entre elas num turbilhão, rindo alegremente, procurando não desarrumar seus drinques. Puxavam Natasha pelas longas luvas brancas.

– Natasha! Querida! Senti sua falta no...

Ela murmurou rapidamente:

– Mais tarde conversamos. – E prosseguiu, decidida. Contudo, estava a uma boa distância de Isabella agora, que entrava no saguão junto com os demais, onde uma multidão se comprimia ao redor do bar improvisado.

– MUDOU DE IDEIA? – Era Corbett Ewing, de repente dominando Isabella com sua altura. Ela ergueu os olhos para ele com um sorriso.

– Mudei, obrigada.

– Gostaria de um drinque?

– Não, eu... – Muito atrás, Natasha de repente olhava fixamente para ela, com pânico nos olhos. Acenou freneticamente para Corbett, que apenas retribuiu o aceno.

Natasha não retribuiu o sorriso, mas olhava aflita para a amiga. Precisava alcançá-la. Acenou para que ela virasse para trás. Perturbada, Isabella assim o fez, imaginando se havia algo de especial que devesse ver. Foi Natasha quem viu o perigo se aproximando, na forma de duas repórteres, uma da *Women's Wear Daily* e a outra da seção "Gente" da *Time*. A mulher da revista, parecendo uma aranha num vestido preto de jérsei, olhou atentamente para Isabella por um instante, franzindo as sobrancelhas. Então, procurou aproximar-se mais, após sussurrar alguma coisa para o homem que a acompanhava. Nesse meio-tempo, Isabella estava sorrindo para Corbett e lançando um olhar constrangido a Natasha.

Natasha ainda não conseguira chegar até ela. Sentia vontade de chutar todos eles, mordê-los, empurrá-los para o lado com os cotovelos. Precisava alcançar Isabella antes das duas repórteres, antes...

Tarde demais. Dois flashes espocaram nos olhos de Isabella. Ela virou-se depressa, assustada, momentaneamente cega pelas luzes fortes. Agarrou o braço de Corbett exatamente quando Natasha alcançou-a e puxou-a para o seu lado.

Aturdido, Corbett ficou ali parado, com o drinque na mão, seu corpo vigoroso bloqueando as repórteres que, no momento, tinham sido afastadas para o lado com empurrões. Natasha agarrou o braço dele, gritando mais alto que o burburinho.

– Tire-a daqui, pelo amor de Deus! Agora. – Tomou-lhe o copo e os dois braços de Corbett cercaram Isabella como uma fortaleza, enquanto outro flash explodia no rosto dela. Antes que ela percebesse, ele praticamente já a impelira através do saguão. Isabella ouvia indistintamente o murmúrio que crescia no recinto. Corbett segurava seu braço com força e saíram do cinema, correndo até o Rolls-Royce. Isabella não dissera uma palavra, porém, enquanto corria, ele teve a impressão que isto não era novidade para ela. Precipitaram-se para dentro do carro. Antes da porta se fechar, Corbett gritou:

– Vamos embora daqui, depressa! – Foi só então que as repórteres surgiram à porta de saída, lançando-se ruidosamente ao encalço deles. Corbett esboçou um largo sorriso. O futebol que jogara na universidade vez ou outra se mostrava útil. E tinha de admirar Isabella. Ela a acompanhava sem agir como uma dama sobre saltos altos, sem cair ou ser impedida por seu vestido. Agora estava sentada no banco, sem falar, tentando recuperar o controle e tomar fôlego. Já haviam dobrado a esquina, deixando as repórteres boquiabertas no meio-fio.

– Você está bem? – Corbett voltou-se para ela, abrindo um compartimento e retirando uma garrafa de conhaque e um copo.

– Muito conveniente! – E depois, sorrindo debilmente: – Estou ótima.

– Isto acontece sempre? – Entregou-lhe o copo, que ela aceitou.

– Não acontecia há algum tempo.

Ele olhou para Isabella, notando que a mão dela tremia ao pegar o copo. Pelo menos era humana, apesar da serenidade. Já não estava mais ofegante.

– Natasha não me disse aonde devo levá-la. Quer ir para casa? Ou seria mais seguro na minha?

– Não, para nossa casa está ótimo. Peço desculpas pela cena desagradável.

– De modo algum. Minha vida é extremamente enfadonha, em comparação. – Ele deu o endereço ao motorista. Mas, de súbito, ficou transtornado pelo que observara em Isabella. Apesar da serenidade, havia uma expressão desesperada em seu rosto. – Não foi minha intenção levar o caso na brincadeira. Deve ser muito irritante. Foi por isso que deixou a Itália? Ou é algo que só lhe acontece aqui? – Sua voz estava gentil ao recostar-se ao lado dela.

– Não é só aqui. Isto... aconteceu também na Itália. Eu... sinto muito, mas não posso explicar. É muito constrangedor. Apenas sinto muitíssimo ter estragado sua noite. Basta me deixar em casa e voltar.

Mas isso não era de modo algum o que Corbett Ewing desejava. Havia algo raro e estranho em Isabella que lhe tocava o coração. Algo oculto, extraordinário e sutil. Isabella tinha porte e beleza de rainha. Notava em seus olhos humor e inteligência, porém havia algo mais, algo soterrado. Dor, sofrimento, solidão, percebera agora, com seu olhar escuro, manifestando uma emoção reprimida. Ele se manteve calado por algum tempo; depois, ao dobrarem no parque, Corbett falou calmamente:

– Como vai meu amigo Alessandro? – Trocaram um sorriso, e Corbett ficou satisfeito ao notar que ao falar no menino ela pareceu descontrair-se.

– Ele vai muito bem.

– E quanto a você? Já está entediada? – Ele sabia que Isabella raramente deixava o apartamento, exceto para breves caminhadas com Natasha. Ele não entendia, mas parecia ser tudo que ela fazia. Porém, agora, Isabella balançava a cabeça com veemência, sorrindo.

– Oh, não, entediada não! Tenho estado tão ocupada!

– Ocupada? – Ele ficou curioso. – Fazendo o quê?

– Trabalhando.

– É mesmo? Trouxe seu trabalho para Nova York? – Ela assentiu com a cabeça. – Qual seu ramo de atividade?

Por um instante, ela ficou aturdida. Mas deu uma resposta rápida.

– No da minha família. Em... arte.

– Interessante. Receio que eu não possa reivindicar algo tão nobre com o meu ramo de atividade.

– O que faz? – Obviamente uma coisa de muito sucesso, pensou ela, enquanto seus olhos percorriam discretamente o interior revestido de madeira e couro do novo Rolls-Royce.

– Muitas coisas, mas principalmente tecidos. Pelo menos é o que prefiro. O resto deixo para as pessoas com quem trabalho. Minha família começou com tecidos há muitos anos e é do que sempre gostei mais.

– É interessante. – Durante alguns instantes surgiu um brilho nos olhos de Isabella. – Está envolvido em algum tipo especial? – Morria de vontade de saber se havia comprado dele, mas não ousava perguntar. Talvez descobrisse através de alguma informação que ele revelasse.

– Lãs, linhos, sedas, algodão. Temos uma linha de veludo que estofa a maior parte deste país e, é claro, fibras artificiais, sintéticos e algumas coisas novas que estamos desenvolvendo agora.

– Sei, mas não tecidos para vestidos, então. – Parecia desapontada. Ela nada tinha a ver com tapeçaria.

– Também para vestidos, é claro. Fazemos tecidos para vestuário. – Vestuário. Isabella encolheu-se diante da hedionda palavra. Vestuário. Seus vestidos não faziam parte do vestuário. Isso pertencia à Sétima Avenida. O que ela fazia era alta-costura. Ele não conseguia decifrar a expressão dos olhos de Isabella, mas estava se divertindo mesmo assim. – Provavelmente fizemos, inclusive, o tecido do vestido que está usando.

Isabella permitiu que uma rara explosão de orgulho aparecesse em sua voz, mas ela então o olhou com arrogância, a própria princesa romana.

– Este tecido é francês.

– Nesse caso, peço desculpas. – Divertido, ele recuou. – O que me faz lembrar algo muito importante. Você não me disse seu sobrenome.

Ela hesitou apenas por um instante.

– Isabella.

– Só isso? – Ele sorriu. – Apenas Isabella, a amiga italiana?

– Isso mesmo, Sr. Ewing. Só isso. – Ela lançou-lhe um olhar longo e sério e ele assentiu com a cabeça lentamente.

– Compreendo. – Depois do que viu brevemente no cinema, ele sabia que ela já havia sofrido o bastante. Alguma coisa difícil acontecera a essa mulher, e ele não ia intrometer-se. Não queria afugentá-la.

Naquele exato momento, pararam à porta de Natasha. Com um pequeno suspiro, Isabella virou-se para ele e estendeu-lhe a mão direita.

– Muito obrigada. E lamento muitíssimo ter estragado sua noite.

– Não estragou. Fiquei até feliz por sair de lá. Sempre acho esses eventos beneficentes um aborrecimento.

– Acha? – Ela olhou-o com interesse. – Por que razão?

– Gente demais, falatório demais. Todos estão lá por motivos errados, para ver seus amigos e não para fazer um benefício a seja qual for a causa. Prefiro ver meus amigos em pequenas reuniões onde possamos ouvir uns aos outros.

Ela assentiu com a cabeça. Sob certos aspectos, concordava com ele. Mas, por outro lado, noites como essa estavam em seu sangue.

– Permita que eu a acompanhe até lá dentro, para ter certeza de que ninguém está escondido nos corredores?

Ela riu diante da suspeita, porém, grata, inclinou a cabeça.

190

– Obrigada. Mas tenho certeza absoluta de que estou a salvo aqui.

Quando Isabella fez essa declaração, alguma coisa disse a Corbett que essa era a razão por que ela viera para os Estados Unidos. Para estar a salvo.

– Vamos apenas nos certificar. – Acompanhou-a até o elevador e entrou com ela. – Só vou levá-la até lá em cima.

Isabella não disse nada até o elevador parar. Então, de repente, sentiu-se constrangida; ele tinha sido tão encantador...

– Gostaria de entrar por um instante? Pode esperar até Natasha voltar.

– Obrigado, gostaria mesmo. – Fecharam a porta. – A propósito, por que ela não veio conosco, em vez de ficar para representar o *Encontro com a imprensa*? – Aquilo o deixara confuso enquanto corria com Isabella, pensando no que Natasha acabara de falar.

Isabella suspirou ao fitar Corbett. Poderia ao menos contar-lhe essa parte.

– Creio que Natasha achou ser mais sensato se ninguém soubesse que eu estava com ela.

– Foi por essa razão que você chegou atrasada? – Ela confirmou com a cabeça e ele continuou. – Você leva uma vida muito misteriosa, Isabella. – Sorriu e não fez mais perguntas, ao se sentarem no longo sofá branco.

O resto da noite transcorreu rapidamente. Conversaram sobre a Itália, sobre tecidos, sobre a terra natal dele. Corbett tinha comprado uma grande plantação na Carolina do Sul, uma fazenda na Virgínia e uma casa em Nova York.

– Você cria cavalos na Virgínia?

– Sim, crio. Sabe montar?

Ela esboçou um largo sorriso enquanto bebericavam conhaque.

– Eu costumava montar. Mas faz muito tempo.

– Você e Natasha precisam levar os meninos qualquer dia desses. Haveria tempo para isso antes de você voltar?

– Talvez. – Mas quando começaram a falar a respeito, Natasha avançou porta adentro. Parecia abatida, exausta. Olhou para Isabella diretamente nos olhos.

– Eu disse que você estava louca ao tentar sair. Tem alguma ideia do que fez? – Por um momento Corbett ficou confuso diante da expressão do rosto da amiga e da veemência em seu tom de voz. Mas Isabella não parecia perturbada. Fez sinal para Natasha sentar-se.

– Não fique tão exaltada. Não foi nada. Tiraram algumas fotos. E daí? – Procurava disfarçar a própria inquietação e estendeu a mão num gesto cordial.

Mas Natasha não concordava. Deu as costas, furiosa; depois, olhou fixamente para Corbett, em seguida para Isabella; então levantou a túnica de seda e sentou-se.

– Faz uma ideia de quem eram? Da revista *Women's Wear Daily* e da *Time*. A terceira era da Associated Press. E acho que talvez tenha visto, de relance, o editor da coluna social da *Vogue*. Mas acontece, sua imbecil, que não teria importado se fosse um menino de 12 anos com uma fadinha. Seu estratagema acabou.

Que estratagema? O que estava acontecendo? Corbett estava curioso. Olhou para as duas mulheres e perguntou, rápido:

– Devo me retirar?

Natasha respondeu antes que Isabella o fizesse:

– Não importa, Corbett. Confio em você. E amanhã de manhã o mundo inteiro vai saber.

Mas Isabella agora estava zangada. Levantou-se e ficou andando pela sala.

– Isso é absurdo.

– É, Isabella? Acha que ninguém lembra de você? Acha que após dois meses todos já a esqueceram? Sente-se mesmo tão segura assim? Porque se for assim, você é uma idiota.

Corbett não dizia nada. Não tirava os olhos do rosto de Isabella. Ela estava assustada, porém determinada, e tinha o olhar de quem se aventurara, perdera a primeira mão e não ia desistir ou abandonar o jogo. Ele queria confortá-la, dizer-lhe que a protegeria, dizer a Natasha que sossegasse. Sua voz era profunda e gentil quando finalmente falou:

– Talvez nada seja divulgado.

Natasha apenas lançou-lhe um olhar furioso, como se ele tivesse participado da trama original.

– Engana-se, Corbett. Você não sabe quanto está enganado. Amanhã de manhã sairá em todos os jornais. – Com ar infeliz, olhou para Isabella. – Você sabe que estou certa.

Isabella empertigou-se e falou com bastante suavidade:

– Talvez não.

19

Em seu escritório, Corbett Ewing olhava fixamente para o jornal matutino, em desespero. Como predissera Natasha, estava tudo nos noticiários. Ele lia o *The New York Times*. "Isabella di San Gregorio, viúva do empresário sequestrado e depois assassinado, Amadeo di San Gregorio..." A notícia prosseguia para explicar mais uma vez cada detalhe do sequestro e do lamentável resultado final. E, o mais interessante, descrevia com detalhes minuciosos como Isabella havia desaparecido e como se chegara a pensar que ela se refugiara na cobertura da casa de alta-costura de Roma. Havia uma pequena frase questionando se de fato Isabella estivera nos Estados Unidos o tempo todo ou se fugira depois do lançamento vitorioso da coleção de primavera da San Gregorio. O artigo continuava dizendo que não se sabia onde ela estava hospedada e que indagações discretas junto a pessoas importantes do mundo da moda em nada resultaram. Ou estavam cooperando para manter seu paradeiro em segredo, ou realmente não sabiam. O *signore* Cattani, representante americano da San Gregorio em Nova York, disse que ouvira falar dela com mais frequência do que estava acostumado nos últimos meses, mas não tinha nenhuma razão para acreditar que ela estivesse em Nova York e não em Roma. Também havia uma menção sobre o fato de que ela fora vista na pré-estreia cinematográfica acompanhada por um homem alto, de cabelos grisalhos, e que conseguiram fugir juntos num Rolls-Royce preto com motorista. Mas não se sabia ao certo quanto à identidade dele. O interesse das repórteres concentrou-se no choque que sentiram ao verem Isabella e, embora uma das repórteres tivesse a impressão de que o homem de fato tinha um rosto conhecido, nenhuma das duas pensou em examiná-lo com mais cuidado e tudo que se podia ver dele nas fotos era sua nuca enquanto corriam.

Corbett suspirou, largou o jornal, recostou-se na cadeira e a fez girar lentamente. O que ela sabia dele? O que Natasha teria dito? Ele desejava que, de todas as mulheres do mundo, ela fosse qualquer uma, menos quem realmente era. Parecendo desolado, ficou olhando o jornal, em seguida para as mãos. Aos poucos, seus pensamentos desviaram-se de suas próprias preocupações para as dela. Isabella di San Gregorio. Jamais poderia imaginar.

A prima de Milão de Natasha! Ele achou graça da história, depois sorriu mais amplamente ao reunir o resto do quebra-cabeça e lembrar-se de todo aquele estratagema tolo... ele lhe dissera que estava no ramo de tecidos... ela lhe dissera que sua família ligava-se à arte. Contudo, ela sabia alguma coisa sobre tecidos. E o modo como Isabella empertigara-se quando lhe contou que a seda do seu vestido sem dúvida não era dele, mas fora comprada na França! Agora compreendia tudo melhor: o segredo, a fuga do espetáculo beneficente, e os olhos de Isabella cheios de medo, como se vivesse aquela cena com muita frequência, como se tivesse sido assediada por ela durante um tempo longo demais. Pobre mulher. O que deve ter sofrido! Corbett flagrou-se imaginando, também, como Isabella conseguia dirigir a empresa de Nova York.

Uma coisa era certa: Isabella di San Gregorio era uma mulher notável, com talento, beleza e alma. Contudo, agora, ele indagava a si mesmo se um dia chegaria a conhecê-la. Se teria, inclusive, essa oportunidade. Compreendia que havia apenas uma resposta, e essa teria que vir dela. Nessa noite ele lhe contaria. Não poderia correr o risco de Isabella descobrir mais tarde e saber de maneira deturpada o que ele sentia por ela e o que queria fazer para ajudá-la. Se ela assim permitisse. Se ao menos falasse com ele novamente...

Com um longo suspiro de resignação, Corbett Ewing ergueu-se e afastou-se da mesa. Olhou para a Park Avenue ao longe, para o lugar onde ele sabia que Isabella estava escondida, no apartamento de Natasha, com seu filho e o da amiga, então tornou a sentar-se e pegou o telefone.

Isabella ainda falava com Bernardo em Roma. Ele recebera as primeiras notícias ao meio-dia. Sua secretária trouxera-lhe o jornal da tarde, que ele leu com horror, com os olhos flamejantes, mas sem dizer uma palavra. Ligara para Isabella às 18 horas, às 19 horas e, de novo, pouco depois das 20 horas.

– Certo, que droga! E daí? Fiz isso mesmo. Agora não dá para voltar atrás. Voltarei a me esconder. Ninguém saberá se ainda estou aqui. Não aguento mais. Trabalho noite e dia. Faço minhas refeições com as crianças. Dou umas voltinhas depois que escurece. Sozinha, Bernardo. Sem ninguém para olhar, com quem rir, com quem conversar. Ninguém inteligente com quem falar sobre negócios. A única agitação existente em minhas noites é fornecida pelo trem elétrico de Jason. – Sua voz estava suplicante, mas Bernardo não queria ouvir.

– Muito bem, vá em frente, exiba-se. Mostre-se. Mas se acontecer alguma coisa a você ou a Alessandro, não venha chorar no meu ombro, porque será sua culpa. – Em seguida, subitamente, tomou um longo fôlego e moderou a voz. Do outro lado, podia ouvir Isabella chorar baixinho ao telefone.

– Certo, certo, desculpe... Isabella, por favor... Mas fiquei tão assustado por sua causa! Foi uma tolice o que fez. – Ele acendeu um cigarro, mas acabou apagando-o no cinzeiro.

– Eu sei. – Ela tornou a soluçar e depois, num gesto de cansaço, enxugou os olhos. – Apenas achei que tinha de ir. Não pensei, realmente, que alguém pudesse me ver ou que houvesse algum mal.

– Pensa diferente agora? Compreende o quanto você está exposta?

Sentindo-se infeliz, ela assentiu com a cabeça.

– Sim. Eu costumava gostar. Agora odeio. Sou prisioneira do meu próprio rosto.

– Um rosto lindo que eu adoro, portanto pare de chorar. – Sua voz era gentil.

– Então o que faço agora? Volto para casa?

– Está maluca? Seria pior do que a noite passada. Não. Você fica aí. Tentarei contar a todos que você só partiu depois do lançamento da coleção e que já está voltando para a Europa. Nas entrelinhas, deixarei uma pista sobre algo relacionado com a França. Fará sentido devido à família de sua mãe que vive lá.

– Todos estão mortos. – Ela fungou ruidosamente e assoou o nariz.

– Sei disso. Mas faz sentido você ter laços naquele país.

– Acha que vão acreditar?

– Quem se importa? Contanto que não a vejam em público de novo, você estará segura. Parece que ninguém sabe onde está hospedada. Natasha saiu do cinema com você? – Ele fez uma breve oração para que uma das duas tivesse sido mais esperta.

– Não. Um amigo dela me levou para casa. Ela saiu depois.

– Ótimo. – Ele parou por um instante, tentando parecer casual. – E, a propósito, quem é o homem da fotografia? – Era só o que lhe faltava, envolver-se com algum americano.

– É um amigo de Natasha, Bernardo. Acalme-se.

– Ele não contará a ninguém onde você está?

– Claro que não.

– Você é confiante demais. Eu me encarrego da imprensa aqui. E Isabella, por favor... pelo amor de Deus, *cara mia,* use a cabeça e fique em casa.

– *Capisco*, entendi. Não se preocupe. Agora entendo, mesmo aqui sou prisioneira. Mais até do que se estivesse em Roma.

– Um dia tudo isso vai acabar. Você só precisa ter paciência por enquanto. Já se passaram sete meses desde o sequestro, sabe disso. Dentro de alguns meses, um ano, será uma notícia ultrapassada. – Notícia ultrapassada... ela estava pensando que, então, ela também seria notícia ultrapassada.

– É. Talvez. E Bernardo... desculpe por lhe dar tanto problema. – De repente, ela se sentiu como uma menina muito levada.

– Não se preocupe. Estou acostumado. A esta altura, eu estaria perdido sem isso.

– Como vai sua úlcera? – Ela sorriu ao telefone.

– Está belíssima. Acho que fica maior e mais forte a cada dia.

– Pare com isso. Tenha calma, por favor, sim?

– Sim. Certo. Agora veja se consegue continuar trabalhando naqueles problemas com a coleção *prêt-à-porter* para a Ásia. E, se ficar entediada, pode começar a coleção de verão.

– Você é bom demais para mim.

– *Ecco*. Eu sei. Telefonarei mais tarde se surgir mais alguma coisa. Não deve surgir nada, se você mantiver a porta fechada e permanecer em casa.

– *Capisco*. – Despediram-se e desligaram. Isabella estava indignada. Por que ela teria de ficar em casa, e que direito tinha ele de lhe dizer para não confiar em Corbett? Deixou o escritório, foi à cozinha e encontrou Natasha servindo-se de uma xícara de café, com expressão severa.

– Bateu um papo agradável com Bernardo?

– Sim, encantador. Mas você também não, por favor, Natasha. – Natasha havia entrado em seu quarto intempestivamente às sete horas, com o jornal na mão e no semblante uma expressão de fúria. – Acho que não suportarei mais nada por hoje. Cometi um erro. Fui excessivamente confiante. Não devia ter saído ontem à noite, mas saí. Precisava. Não estava aguentando mais. Mas agora compreendo que tenho de ficar em segundo plano pelo menos por enquanto.

– O que ele vai dizer à imprensa?

– Que estive aqui durante alguns dias e que vou morar na França.

– Isso deve mantê-los espionando por Paris durante um ou dois dias. E você, o que vai fazer?

– O que estive fazendo. Meu trabalho e pouca coisa mais.

– De toda aquela confusão de ontem à noite, pelo menos uma coisa boa aconteceu. – Ela observava Isabella atentamente.

– O quê? – Isabella parecia inexpressiva.

– Você se encontrou com Corbett outra vez. – Natasha fez uma pausa, sem tirar os olhos do rosto da amiga. – E permita que lhe diga que você teve uma sorte e tanto.

– Com Corbett? Não seja ridícula. – Mas enquanto afastava-se, Natasha estava certa de que a viu corar.

– Gosta dele? – Houve um longo silêncio. – E então?

Porém, lentamente, ela tornou a virar-se com um brilho ardente nos olhos escuros.

– Natasha, não force.

A outra assentiu com a cabeça.

– Acho que talvez ele lhe telefone. – Como resposta, Isabella concordou em silêncio, mas seu coração deu um pulinho enquanto ela voltava para o escritório e fechava a porta.

20

Isabella ainda estava em seu quarto, vestindo-se para o jantar, quando Corbett chegou. Ainda com a porta fechada, ouvia a risada estridente de felicidade de Jason e, um momento depois, as risadinhas igualmente alegres do filho. Sorriu. Não faria mal algum a ele ver um homem, para variar. Fazia muito tempo que ele não via Bernardo e, ao contrário de sua casa, Natasha não tinha nenhum empregado do sexo masculino. Alessandro só tivera contato com pessoas do sexo feminino, que ultimamente o fizeram sentir ainda mais a falta do pai.

Isabella puxou o zíper do vestido preto de lã, alisou as meias pretas e calçou os sapatos pretos de camurça. Colocou os brincos de esmalte preto e pérola e passou a mão pelo cabelo escuro, num penteado severo. Esboçou um largo sorriso para si mesma ao apagar a luz. O cisne voltara a ser o patinho feio. Mas não importava. Ela não estava tentando conquistar Corbett Ewing, e, tal como para Alessandro, iria fazer-lhe bem ter um amigo homem.

Quando entrou tranquilamente na sala de estar, encontrou-o cercado pelos dois meninos, que tinham acabado de abrir dois grandes embrulhos, contendo idênticos chapéus de bombeiro equipados com lanterna, sirene e dois casacos para combinar.

– Vejam, agora somos bombeiros! – Vestiram seus equipamentos e começaram a correr pela sala. Obviamente, Alessandro estava encantado por rever Corbett, e o som estridente das sirenes era estarrecedor, fazendo Natasha estremecer.

– Presente adorável, Corbett. Não me deixe esquecer de lhe telefonar e agradecer amanhã de manhã, às seis horas.

Ele ia responder quando viu Isabella de pé, do outro lado da sala. Levantou-se no mesmo instante, olhou-a meio nervoso e caminhou em sua direção para cumprimentá-la, estendendo-lhe a mão.

– Olá, Isabella. Como vai? – Mas os olhos dela diziam como Isabella estava. Cansada. Exausta. Porém, mais uma vez, ele viu-se atraído por sua beleza. Ela teria ficado surpresa ao ouvir isso, mas ele concluiu que ela parecia ainda mais bonita no sóbrio vestido preto de lã, sem a magnificência da seda e do extraordinário casaco branco.

– Você deve ter tido um dia e tanto. – Ele virou os olhos de maneira simpática, e ela sorriu ao acompanhá-lo de volta ao sofá, onde sentou-se.

– Oh, eu sobrevivi. Sempre se sobrevive. E quanto a você?

– Para mim, foi fácil. Tudo que sabiam a meu respeito era que eu tinha cabelo branco. A única coisa que não disseram foi que eu era um cavalheiro idoso... – Ele ia continuar falando, mas os meninos o interromperam.

– Vejam, vejam, esguicha água!

– Oh, não! – Jason descobrira que havia uma pequena pipa fixada em algum lugar no chapéu, em que se podia encher de água para depois ser usada para encharcar os amigos do dono do capacete.

– Corbett, talvez não volte a falar com você nunca mais. – Natasha gemeu e anunciou aos meninos que já era hora de irem para a cama.

– Não, mamãe... tia Isabella... não... por favor! – Jason as olhava com ar suplicante, mas Alessandro apenas aproximou-se mais dos joelhos de Corbett. Olhava-o com interesse enquanto Jason continuava brincando com o chapéu. Isabella nunca o vira tão quieto e, de uma pequena distância, ficou observando. Corbett também notara e voltou-se para o menino, sorriu-lhe e colocou despreocupadamente um braço ao redor dos pequeninos ombros.

– O que pensa de tudo isso, Alessandro?

– Acho que é... – procurou usar o inglês correto – muito divertido. Gosto muito do chapéu. – Ergueu os olhos para Corbett com admiração e esboçou um largo sorriso.

– Também os achei ótimos. Você gostaria de ir comigo qualquer dia a um quartel do corpo de bombeiros de verdade?

– Com bombeiros? – Olhou para Corbett e depois para a mãe com respeito. – Você também vai? – Isabella assentiu com a cabeça, notando que Alessandro agora falava em inglês também com ela.

– É claro. Eu quis dizer vocês dois. O que diz?

– *Si!* – Mas isso foi demais para ele. Passou os cinco minutos seguintes matraqueando freneticamente com a mãe em italiano. Houve longas especulações sobre os bombeiros americanos, como deviam ser maravilhosos, o que vestiam, como seus carros eram grandes e se realmente usavam ou não um poste de metal.

– *Non so*... Não sei... espere, descobriremos isso tudo! – Isabella ria com ele e, divertida, observou que o menino mudou da posição em que estava ao seu lado para os joelhos de Corbett.

– Iremos em breve?

– Prometo!

– Ótimo. – Ele bateu palmas e saiu em busca ansiosa de Jason. Logo depois, ambos foram banidos para o quarto, apesar dos pedidos, súplicas, protestos e comentários violentos de que era cedo demais para bombeiros irem para a cama. Quando por fim se foram, a sala ficou estranhamente silenciosa.

Corbett, mais uma vez, ficou observando Isabella.

– Você tem um menino encantador.

– Acho que ele está um pouco ansioso por companhia masculina, como provavelmente deve ter notado. – Mas depois do que Corbett tinha lido nos jornais daquele dia, não havia necessidade de esconder a verdade. – Em Roma ele tinha um dos meus sócios, que é seu padrinho. Aqui ele tem – ela olhou para Natasha – apenas nós. Não é realmente a mesma coisa. Mas não precisa sentir-se obrigado a levá-lo ao quartel do corpo de bombeiros. Os presentes que trouxe são maravilhosos. Já fez mais do que o suficiente.

– Não seja tola. Adoro isso. Natasha pode dizer. Jason é um dos meus melhores amigos.

– Felizmente – confirmou ela –, uma vez que seu encantador pai nunca aparece. – Nos dois últimos meses, ela e Isabella comentaram com frequência a respeito. Porém, de qualquer modo, Jason parecia feliz, e ter outra criança em casa estava fazendo aos dois meninos um bem enorme; compensava outras carências, outras perdas.

– Providenciarei para qualquer dia desta semana. Talvez no próximo fim de semana, se todos estiverem livres. – Mas, quando ele disse isso, Isabella olhou-o e riu.

– Ah, sim, sem dúvida estaremos livres.

Corbett ficou satisfeito porque Isabella estava rindo. Depois do que tinha lido naquele dia, não sabia como ela ainda conseguia. Mas enquanto a observava, percebeu o quanto ela era forte. Estava magoada, solitária, porém era destemida, e nela ainda havia riso, fogo e certa alegria indestrutível. Ele esboçou um amplo sorriso e depois ergueu uma sobrancelha.

– Diga-me, Isabella – começou –, gostaria que eu lhe falasse mais sobre tecidos esta noite? Ou apenas comentaremos sobre arte? – Ele agora também ria. Um momento depois, todos riam, e a atmosfera da sala ficou descontraída e livre.

– Desculpe. Não pude evitar. Mas o que você me contou foi muito interessante. Mesmo se comprássemos realmente a maior parte das nossas sedas na França.

– É aí que você se engana. Mas, no mínimo, o que você poderia ter feito era me dizer que estava no mundo da moda ou em algo relacionado com o comércio.

– Por quê? Eu estava gostando do que você ainda poderia me dizer. E você estava absolutamente certo sobre tudo, exceto no que diz respeito aos sintéticos. Detesto usá-los na alta-costura.

– Mas os usa na coleção *prêt-à-porter*, não é?

– Tenho de usar, pela sua durabilidade e preço.

– Então não estou tão por fora. – Lançaram-se numa discussão complexa sobre substâncias químicas e cores. Silenciosamente, Natasha os deixou. Quando voltou, a conversa mudara para a Ásia, a dificuldade de se fazer negócios ali, o clima, os acordos financeiros, problemas de taxas de câmbio, *open market*, todos os termos altamente especializados, até que, finalmente, Hattie anunciou o jantar e Natasha bocejou.

– Adoro vocês dois, mas estão me deixando entediada.

– Desculpe. – Isabella apressou-se em dizer. – É muito bom ter alguém com quem conversar sobre negócios, para variar.

– Está desculpada.

Corbett sorriu para a sua anfitriã.

Os três tiveram uma noite agradabilíssima. Já estavam se servindo de musse de limão, em seguida de café expresso, enquanto Hattie passava uma bandejinha de prata cheia de pastilhas de hortelã.

– Eu não devia fazer isso. – Natasha fazia lembrar Scarlett O'Hara ao jogar na boca quatro balinhas.

– Nem eu. – Isabella hesitava, mas acabou dando de ombros. – Por que não? De acordo com Natasha e Bernardo, vou ficar escondida nos próximos dez anos, de qualquer modo, portanto eu bem que poderia ficar enorme de gorda. Posso deixar meu cabelo crescer até o tornozelo...

Natasha interrompeu imediatamente.

– Eu não disse dez anos. Disse um.

– Que diferença faz? Um ano? Dez anos? Agora sei como as pessoas se sentem quando são condenadas à prisão. Nunca parece real enquanto não se está na situação e, uma vez estando, é difícil acreditar que um dia acabará. Continua, continua, continua sem parar até que um dia acaba. E, nessa altura, provavelmente não importa mais. – Sua fisionomia estava séria enquanto mexia o café e Corbett a observava.

– Não sei como aguenta. Não sei se conseguiria.

– Tudo indica que não aguento assim tão graciosamente, ou não teria promovido aquele fiasco de ontem à noite. Graças a Deus que você estava lá, Corbett, ou eu teria sido lançada aos lobos, e agora não poderia nem mesmo ficar aqui no apartamento de Natasha. Teria de me esconder sozinha com Alessandro em algum outro lugar. – Os três ficaram muito sérios com a ideia.

– Então fico satisfeito por ter estado lá.

– Eu também. – Ela lançou-lhe um olhar sincero e foi exibindo um sorriso aos poucos. – Acho que fui muito tola. Mas também uma felizarda. Graças a você de novo. – Ela caíra em si, mas ele balançava a cabeça.

– Não fiz nada. A não ser correr como doido.

– Bastou. – Por um momento seus olhos se encontraram e ele olhou-a com um sorriso cálido. Relutantes, deixaram a sala de jantar e voltaram à sala de estar para sentarem ao lado do fogo. Conversaram sobre os livros de Natasha, teatro, viagens e acontecimentos de Nova York. Por um minuto, Natasha pareceu preocupada ao ver um olhar de saudade surgindo nos olhos de Isabella. Corbett entendeu rapidamente e, por um breve espaço de tempo, ficaram calados. Depois

Natasha levantou-se preguiçosamente e ficou de costas para a lareira.

– Bem, meus amigos. Acho que vou ser rude, para variar. Estou cansada. – Mas ela também sabia que Corbett desejava falar com Isabella a sós. Surpresa, Isabella aguardou que Corbett sugerisse que era ele quem devia ir, mas ele não o fez. Ele levantou-se para beijar Natasha, depois os dois ficaram sozinhos.

Corbett ficou observando-a por um breve instante enquanto Isabella olhava distraidamente o fogo, a incandescência iluminando suavemente o rosto dela, a luz refletindo-se nos seus olhos grandes e escuros. Ele queria dizer o quanto ela estava encantadora, mas, por instinto, sabia que não podia.

– Isabella... – Sua voz era um sussurro suave e ela virou o rosto para ele. – Lamento muitíssimo sobre a noite passada.

– Não lamente. Foi inevitável, creio eu. Só gostaria que tivesse sido diferente.

– Você sabe que Natasha está certa. No final será diferente.

– Mas não antes de um período de tempo muito longo. – O riso foi sumindo e ela olhou-o, pensativa. – Sob certos aspectos, tenho sido mimada.

– Esse tipo de coisa, como o evento de ontem à noite, é importante para você?

– Na verdade, não. Mas as pessoas sim. O que estão fazendo, como estão vestidas, o que pensam. É muito difícil de repente viver sem elas em meu mundinho.

– Não precisa ser tão diminuto assim. – Ele passou os olhos pela sala de estar iluminada suavemente e depois focalizou seu olhar nela com um sorriso. – Há meios de você sair sem ser vista.

– Tentei isso ontem à noite.

– Não, você não tentou. Entrou direto na arena, vestida como o matador e, quando todos deram pela sua presença, ficou surpresa.

Ela riu diante da comparação.

– Eu não havia pensado nisso dessa maneira.

Ele também riu.

– Não tenho certeza se disse a coisa certa. Mas você pode sair daqui. Pode ir passear no campo, dar longas caminhadas. Não há nenhuma necessidade de ficar trancada aqui em cima. Você precisa sair. Tem necessidade disso.

Sentindo-se infeliz, ela estendeu a mão, tentando dominar o anseio em seu coração.

– Você permitiria que eu a levasse para passear qualquer dia? Com Alessandro talvez? Ou sozinha?

– Seria ótimo. – Ela aprumou o corpo, muito tensa por um momento, e olhou-o diretamente nos olhos. – Mas você não é obrigado, sabe disso. É muita bondade sua.

Ele não tirava os olhos dela. Balançou a cabeça suavemente, depois desviou o olhar.

– Compreendo mais do que imagina. Perdi minha mulher há muito tempo. Não da maneira chocante como você perdeu seu marido. Mas, a seu modo, foi insuportavelmente doloroso. No princípio, pensei que ia morrer sem ela. Perde-se tudo que é familiar, tudo o que importa, tudo o que de fato conta. A única pessoa que sabe como você pensa, como você ri, como você chora, como você se sente, a pessoa que lembra as brincadeiras favoritas de sua infância, os piores medos, a pessoa que conhece isso tudo, a que tem a chave. De repente, você fica só e tem certeza de que ninguém jamais a compreenderá outra vez.

– E realmente compreendem? – Isabella o observava, contendo as lágrimas. – Será que alguém mais conhece a linguagem, compreende os segredos? Será que alguém voltará a se interessar algum dia? – *Voltarei a me interessar um dia?*, pensou ela.

– Estou certo de que no fim sempre há alguém. Talvez os segredos não sejam exatamente os mesmos, talvez o modo de rir seja diferente, ou chorem mais ou suas necessidades estejam engrenadas de outro modo que não o nosso. Mas há outras pessoas, Isabella. Por mais que não queira, é algo que deve saber.

– Tem havido para você? Alguém que pudesse substituí-la?

– Sob certos aspectos, não. Porém, na verdade, não dei abertura para tanto, não fui diferente de você. O que aconteceu é que aprendi a lidar com isso. Já não machuca todos os dias. Por outro lado, também não perdi meu lar, meu país, todo o meu modo de vida, como você acabou de fazer.

Ela suspirou de mansinho.

– As duas únicas coisas que não perdi foram meu trabalho e meu filho. Razão pela qual estamos aqui. Houve um alarme falso sobre Alessandro, e decidi que não poderia mais viver daquela maneira.

– Mas você ainda tem essas duas coisas, e ninguém pode tirá-las de você. Nem o trabalho, nem o menino. Ambos estão a salvo com você, aqui.

– Alessandro está, mas me preocupo muito com meu trabalho.

– Não creio que precise. Pelo que li a respeito, parece estar tudo em ordem.

– Por enquanto. Mas não posso dirigir a empresa dessa maneira para sempre. Mais do que ninguém, você deve compreender.

Corbett compreendia, melhor do que ele desejava lhe dizer. Depois do que ela acabara de falar, ele não podia mais tocar em outro assunto. Sentiu um peso em seus ombros enquanto aquecia as mãos no fogo.

– Eventualmente, você pode fazer certas mudanças. Pode abrir um escritório maior aqui em Nova York. Pode dividir sua administração de uma forma que lhe permita dirigi-la de qualquer lugar. Mas só se for obrigada. E, provavelmente, este não é o momento.

– Planejo voltar para Roma.

Em resposta, ele assentiu sensatamente com a cabeça, não dizendo nada. Depois falou com calma:

– Estou certo de que voltará. Mas, enquanto a hora não chega, vai ficar aqui. Gostaria de ajudá-la a aproveitar ao máximo. A única coisa que me salvou quando Beth morreu foram meus amigos.

Com um gesto de cabeça, Isabella confirmou que compreendia; sabia disso muitíssimo bem.

– Corbett... – Ela o olhou com lágrimas brilhando subitamente em seus olhos. – Já teve a sensação de que algum dia ela voltará para casa? Não creio que alguém compreenda isso. Mas continuo me sentindo assim, como se ele estivesse apenas viajando.

Ele sorriu gentilmente e assentiu.

– De certa forma, ele está mesmo. Acredito que um dia todos nós nos encontraremos de novo. Mas agora temos esta vida para melhorar. Precisamos aproveitar ao máximo enquanto estivermos aqui. Mas, respondendo à sua pergunta, sim, eu costumava ter a sensação de que Beth tinha saído apenas por algum tempo, algumas horas, que se ausentara por uns dias, que estava fazendo visitas, compras, em algum lugar. Eu ouvia o elevador ou uma porta que se fechava no meu apartamento e pensava: "Ela chegou!" E, um minuto mais tarde, eu me sentia pior do que antes. Talvez seja um jogo que jogamos com nós mesmos para tentar ignorar a verdade. Ou talvez seja apenas difícil romper velhos hábitos. Alguém vem para casa todos os dias e você pensa que virá eternamente. A única coisa que muda no final é que, eventualmente, esse alguém não vem mais. Isso é bom porque torna você grata pelo que tem, enquanto o tem, porque agora sabe como, às vezes, a vida é breve e efêmera. – Ficaram silenciosos novamente durante algum tempo, enquanto as cinzas da lareira luziam de forma indistinta.

– Sete meses e meio não é muito tempo. Mas é tempo suficiente para se estar muito solitária e perceber que realmente está sozinha. Às vezes, isso me assusta. Não, assustar não é a verdade. Fico aterrorizada.

– Para mim, você não parece muito aterrorizada. – Ela parecia calma, reanimada e quase capaz de lidar com tudo, e ele estava certo de que nos últimos sete meses e meio ela lidara. – Não deixe que as pessoas pressionem você. Siga seu próprio ritmo.

– Não tenho ritmo algum. Exceto em meu trabalho. É a única vida que tenho agora.

– Agora, apenas agora. Não esqueça isso. Não é eterno. Lembre-se disso todos os dias. Se ficar insuportável de tão doloroso, diga a si mesma que é apenas agora. Quando perdi Beth, uma pessoa amiga me disse isso... uma mulher. Ela disse que se assemelhava um pouquinho a ter um filho. Quando está em trabalho de parto e as dores ficam insuportáveis, você acha que aquilo vai durar eternamente, que jamais conseguirá sobreviver. Mas não é eterno, são apenas algumas horas. E depois está terminado, fica para trás. Você conseguiu, você sobreviveu.

Ela sorriu diante da comparação. Passava por momentos difíceis quando Alessandro nasceu.

– Vou procurar me lembrar.

– Ótimo.

Então ela olhou-o, curiosa.

– Você tem filhos, Corbett?

Ele balançou a cabeça.

– Apenas os que peço emprestado de vez em quando aos amigos.

– Talvez não seja um arranjo tão ruim assim. – Ela esboçou um largo sorriso. – É provável que se sinta dessa maneira, principalmente depois que tiver levado Jason e Alessandro ao quartel dos bombeiros.

– Vou adorar. E quanto a você?

– Quanto a mim o quê?

– Gostaria de dar um passeio de carro, amanhã?

– Você não trabalha amanhã? – Ela pareceu surpresa.

– Amanhã é sábado. Você trabalha?

– Eu tinha esquecido. E eu ia trabalhar, mas – olhou-o afetuosamente – adoraria dar uma volta de carro. Em plena luz do dia?

– É claro. – Parecia momentaneamente vitorioso. – O banco traseiro do meu carro tem cortinas. Podemos fechá-las após nos afastarmos um pouco da cidade.

– Quanto mistério! – Ela tornou a rir e Corbett levantou-se quando Isabella lhe estendeu a mão. – Obrigada, Corbett. – Ele ia provocá-la por estar sendo formal, mas decidiu que seria mais prudente não fazê-lo. Então, apertou-lhe a mão e encaminhou-se para a porta.

– Até amanhã, Isabella.

– Obrigada. – Ela sorriu mais uma vez quando o elevador chegou. – Boa noite.

Dessa vez, quando a deixou, Corbett estava sorrindo. Mas foi invadido por um tremor de medo ao lembrar-se de tudo que não dissera.

21

No dia seguinte foram para Connecticut, ocultos na intimidade misteriosa do Rolls-Royce com cortinas, conversando sobre negócios novamente, desta vez sobre a casa de alta-costura do avô dela em Paris e, depois, mais uma vez sobre Roma.

– Como sabe tanto a respeito disso tudo? – Ela o olhou intensamente enquanto passavam debaixo de árvores que começavam a exibir suas folhas.

– Não é diferente de qualquer outro negócio. Seja qual for o produto com que você lida, geralmente os conceitos são os mesmos. – A ideia deixou-a curiosa. Jamais pensara em aplicar o que sabia sobre sua empresa em qualquer outra coisa.

– Você está envolvido em muitos empreendimentos? – Mas ela já sabia, devido aos seus extensos conhecimentos, que ele estava. Achou estranho sua reserva sobre esse assunto, a maioria dos homens ficava ansiosa só de pensar nisso.

– Estou.

– Por que não me fala mais a respeito?

– Isso vai deixá-la entediada. Alguns entediam até a mim. – Ela riu junto com ele e espreguiçou-se alegremente quando desceram do carro.

– Se ao menos você soubesse há quanto tempo não ando na grama e não vejo árvores! Até que enfim! Até que enfim vejo um pouco de verde! Pensei que fosse ficar para sempre cinza.

Ele sorriu gentilmente.

– Veja bem. É a mesma coisa. Nada é eterno, Isabella. Coisas boas e coisas ruins. Nós dois sabemos disso agora. Você não pode cortar uma árvore porque ela ainda não está florida. Precisa esperar, alimentá-la, amá-la. Quando chegar a hora, ela torna a reviver. – Ele queria dizer: "Você também."

– Talvez tenha razão. – Mas estava muito feliz para pensar no passado agora. Gostaria apenas de respirar profundamente e usufruir do campo e da sua primeira amostra da primavera.

– Por que não trouxe Alessandro? – perguntou ele ao fitá-la.

– Ele e Jason tinham um compromisso com alguns amigos no parque. Mas pediu que me certificasse e lembrasse você sobre o corpo de bombeiros. – Apontou um dedo diante dele, rindo. – Eu bem que avisei!

– Já acertei a visita. Para terça-feira à tarde!

– Você é um homem de palavra, então.

Ele olhou-a com seriedade.

– Sou, Isabella. Sou sim.

Mas ela já sabia. Tudo nele indicava um homem honrado, alguém em quem se podia confiar os segredos do coração. Há anos que não conhecia alguém assim; há muito tempo não se abria com alguém como fizera com ele. Seus únicos confidentes tinham sido Amadeo, Bernardo e Natasha. Mas perdera Amadeo, e ela e Bernardo... bem, ela e Bernardo já não conversavam mais sobre assuntos pessoais. Havia muita distância entre eles. Portanto, restara-lhe Natasha, e agora Corbett. Era espantoso como em tão poucos dias viera a confiar nele e em tudo o que dizia.

– Em que esteve pensando?

– É estranho como me sinto à vontade com você. Como se você fosse um velho amigo.

– Por que é tão estranho? – Pararam numa árvore caída e sentaram-se. Corbett esticou as longas pernas à sua frente, cruzando-as na altura do tornozelo; seus ombros largos estavam protegidos por um excelente tweed inglês. Parecia surpreendentemente jovem, apesar dos cabelos brancos prematuros.

– Só é estranho porque não conheço você. Não mesmo, não sei quem você é.

– Conhece sim. Sabe todos os pontos essenciais a meu respeito. Onde moro, o que faço. Sabe que sou amigo de Natasha há muitos anos. Sabe outras coisas. Inclusive já lhe contei bastante sobre minha vida. – Referia-se a Beth, sua finada esposa. Isabella concordou em silêncio; depois ergueu os olhos para as árvores, o longo pescoço arqueado em direção ao céu, o cabelo caindo-lhe nas costas. Ele sorriu para ela; por um instante, ela deu a impressão de ser uma menina no balanço.

Ele estava intrigado com ela, devido à sua grande beleza, sua mente brilhante como um diamante, a elegância requintada, em combinação com uma energia rara e um poder de comando. Ela era toda contrastes e ricas nuances, com elevações, ângulos e texturas que ele adorava.

– Por que está sempre vestida de preto, Isabella? Nunca a vi usando algo diferente, exceto naquela noite; você usava um casaco branco.

Ela fitou-o com simplicidade.

– Estou de luto por Amadeo. Durante um ano usarei preto.

– Desculpe. Eu devia ter notado. Mas, aqui nos Estados Unidos, as pessoas não ficam mais de luto. – Ele parecia contrariado, como se tivesse dito algo indevido, mas Isabella sorriu.

– Está tudo bem. Isso não me perturba. É um costume, só isso.

– Você usa preto até em casa. – Ela assentiu com a cabeça. – Mas deve ficar maravilhosa com roupas coloridas... tons de cinza e pêssego, azuis brilhantes e fúcsia... com seu cabelo escuro... – Parecia jovem e sonhador. Ela riu.

– Devia ser estilista, Corbett.

– Às vezes sou.

– Quando, por exemplo? – Os olhos de Isabella adquiriram uma expressão séria, enquanto ela endireitava a cabeça e o olhava mais de perto. Era um homem interessante.

– Certa vez selecionei alguns designs para uma companhia aérea. – Ele receava falar demais.

– Saiu-se bem?

– A companhia aérea?

– Não, o design. Ficou bom?

– Acho que sim.

– Usou seus tecidos? – Ele confirmou e ela pareceu aprovar. – Foi bom negócio. De vez em quando tento usar coisas alternativas entre minha coleção *prêt-à-porter* e a de alta-costura. Embora nem sempre seja fácil, por causa dos tecidos. Mas faço quando posso.

– Onde aprendeu tudo isso? – Estava fascinado, e ela sorriu.

– Com meu avô. Ele era um gênio. O primeiro e único Jacques-Louis Parel. Observei-o, ouvi e aprendi com ele. Sempre soube que seria uma estilista. Depois de passar um ano aqui, abri meu próprio ateliê em Roma. – Foi assim que ela conhecera Amadeo, como tudo havia começado.

– Genialidade congênita, então.

– Obviamente. – Com um largo sorriso, ela apanhou uma flor silvestre.

– E modéstia também. – Tranquilamente, ele colocou um braço ao redor do ombro de Isabella e levantou-se. – Que tal comermos alguma coisa?

– Podemos ir a algum lugar? – Ela parecia encantada, mas ele negou com a cabeça rapidamente.

– Não. – Por um momento, ela baixou os olhos.

– Foi idiotice perguntar.

– Voltaremos no verão. Há um ótimo restaurante do outro lado da colina. Mas, nesse meio-tempo, Isabella, providenciei algumas coisas.

– Você?

– É claro. Não esperava que eu a deixasse passar fome, es perava? Tenho um pouco mais de juízo. Além disso, também estou com fome, sabe?

– Você providenciou um piquenique?

– Mais ou menos. – Ele estendeu a mão para ela, e Isabella levantou-se do tronco de árvore, sacudindo a poeira da saia, aconchegando-se mais ao blazer preto enquanto voltavam para o carro. Corbett dirigiu até um lago nas proximidades, parou e abriu uma grande bolsa de couro. O piquenique consistia em patê, queijo, pão, caviar, biscoitos, doces e frutas.

Isabella olhou encantada para tudo aquilo, distribuído so bre uma mesinha que ele fizera surgir de um compartimento existente nas costas do banco da frente.

– Meu Deus, isto é magnífico! Só falta champanhe.

Ele curvou-se para a frente e lançou-lhe um olhar malicioso.

– Falou cedo demais. – Tornou a abrir o bar e retirou uma garrafa grande, apoiada num balde de gelo. Também pegou duas taças.

– Você pensa em tudo.

– Em quase tudo.

ELA BRINCOU COM Alessandro durante todo o domingo chuvoso, sentindo-se grata por não ter chovido no dia anterior. Na segunda-feira, trabalhou durante 15 horas, passando a terça-feira telefonando para Hong Kong, Europa, Brasil e Bangkok.

Estava na cozinha, descalça e de calça jeans, bebericando café, quando tocaram a campainha. Ergueu os olhos, espantada. Era muito cedo para os meninos. Hattie estava no supermercado e Natasha lhe dissera que ficaria fora o dia todo. Com uma expressão atordoada, foi até a porta da frente e deu uma espiada pelo olho mágico. Depois, esboçou um largo sorriso. Era Corbett. Também usava um velho suéter e calça jeans.

– Como pôde esquecer algo tão importante? É o dia da visita aos bombeiros, é claro!

Isabella pareceu envergonhada.

– Esqueci.

– Os meninos estão em casa? Se não estão, preciso levar você. O pessoal do quartel jamais me perdoará se não aparecermos. Direi que você é minha sobrinha. – Um olhar avaliador percorreu Isabella da cabeça aos pés, notando subitamente as longas pernas finas e os quadris estreitos.

– Os meninos chegarão dentro de cinco minutos e vão vibrar. E como vai você?

– Estou ótimo. E vocês duas, o que pretendem fazer? Trabalhar, como sempre?

– Naturalmente. – Isabella lançou-lhe um olhar pretensioso. Depois, chamou-o com um gesto em direção à porta do seu escritório. – Gostaria de ver o lindo escritório que Natasha me ofereceu quando cheguei? – Parecia uma menina exibindo seu quarto. E ele a seguiu de bom grado e assobiou ao entrar.

– Não é adorável?

– Sem dúvida. Seu trabalho estava espalhado sobre a mesa, montanhas de papéis, o chão coalhado de pilhas arrumadas de desenhos. – Deve levar algum tempo para se acostumar. Imagino que em Roma devesse ter um pouco mais de espaço.

– Um pouquinho mais. – Ela sorriu ao pensar nos espaçosos escritórios que ela e Amadeo dividiam no quarto andar. – Mas estou me acostumando.

– Parece com você.

Naquele momento os meninos chegaram. Deram gritos de alegria ao descobrirem que ele estava ali. Dez minutos mais tarde, já haviam saído de novo, com Corbett, só voltando duas horas depois.

– Como foi o passeio? – Isabella os esperava quando chegaram, e eles relataram os mínimos detalhes. Alessandro informou, muito animado, que de fato havia um poste de metal. Foi falando por cima do ombro enquanto Hattie finalmente conseguiu levá-lo para tomar banho. – E mais objetivamente – disse ela a Corbett quando ficaram a sós – como você está? Exausto?

– Um pouco. Mas nos divertimos muito.

– Que sujeito bom você é! Gostaria de beber alguma coisa?

– Por favor. Uísque com água e bastante gelo.

– Muito americano. – Ela lançou-lhe um olhar de reprovação debochada e dirigiu-se ao bar de mármore branco de Natasha.

– O que eu deveria beber?

– Cinzano, Pernod, ou talvez *Kirsch*.

– Da próxima vez não esquecerei. Mas, com franqueza, prefiro uísque escocês. – Ela entregou-lhe o drinque e ele esboçou um largo sorriso. – Onde está Natasha?

– Vestindo-se para um jantar e um vernissage.

– E você, Cinderela?

– O mesmo de sempre. Vou dar minha caminhada.

– Não tem medo de fazer isso, Isabella? – Olhou-a, subitamente preocupado.

– Sou cautelosa. – Ela nem mais voltava a pé pela Madison Avenue. – Não é muito empolgante, mas serve. – Ele concordou.

– Posso ir com você esta noite?

Ela respondeu prontamente:

– É claro.

Antes de saírem, esperaram até que ele terminasse seu drinque e Natasha fosse para o seu programa noturno. Percorreram o trajeto costumeiro de Isabella e mais um pouco, dando uma corrida em uma parte do caminho, e caminhando o resto até em casa. Depois dessas caminhadas, ela sempre se sentia melhor. Como se seu corpo tivesse grande necessidade de exercício e ar fresco. Ainda não era o suficiente, mas era melhor do que nada.

– Agora sei como aqueles coitadinhos se sentem presos o dia todo no apartamento.

– Às vezes sinto o mesmo no escritório.

– É. – Ela o olhou com ar de censura. – Mas você pode sair.

Depois, quando voltaram para o apartamento, ele parecia estar pensando em alguma coisa, mas os meninos os atacaram no mesmo instante, agora de pijamas, com os cabelos recém-lavados, e o momento se perdeu. Isabella ficou observando-o com os meninos cerca de meia hora, enquanto os três lutavam e brincavam. Corbett parecia estar se divertindo. Tinha um jeito encantador de lidar com as crianças, aliás, com todo mundo. Mas agradava muito a Isabella ver as crianças com ele. Era o único homem que tinham. Mas Hattie finalmente entrou em cena e, apesar dos veementes protestos, levou-os para a cama.

– Gostaria de ficar para jantar?

– Adoraria.

Comeram na cozinha o jantar que Hattie deixara para que se servissem sozinhos: frango frito, espigas de milho e manteiga derretida no prato de cada um. Depois do jantar, caminharam até os fundos da casa e acomodaram-se no pequeno e agradável refúgio de Natasha. Isabella providenciou um pouco de música, e Corbett, à vontade, esticou as longas pernas.

– Estou muitíssimo satisfeito por ter ido àquela sessão de cinema beneficente da semana passada. Sabe que por pouco não fui?

– Por que não?

– Julguei que fosse me entediar. – Ele riu ao se lembrar, e Isabella imitou-o.

– E se entediou?

– Quase. E, desde então, nem por um minuto.

– Nem eu. – Ela sorriu tranquilamente e ficou surpresa quando ele pegou em sua mão.

– Fico feliz. Lamento muito pelo que você tem passado. Se eu pudesse mudar isso tudo... – Mas ele não podia e sabia disso. Ainda não podia.

– Às vezes, a vida não é fácil, mas, como você disse, sempre sobrevivemos.

– Alguns sobrevivem, outros não. Mas você é uma sobrevivente. Assim como eu.

Ela concordou com um gesto de cabeça.

– Acho que meu avô me ensinou isso. Não importa o que pudesse acontecer, o que saísse errado, ele se levantava e fazia algo melhor logo depois. Às vezes, demorava um pouco para tomar fôlego, mas sempre conseguia fazer algo espetacular. Admiro isso.

– Você é muito parecida com ele – disse Corbett, e ela agradeceu com um sorriso. – Por que ele acabou vendendo o negócio?

– Ele estava com 83 anos, cansado e idoso. Minha avó já havia morrido e minha mãe não tinha nenhum interesse no negócio. Só restava eu. Mas era jovem demais. Não poderia ter dirigido a Parel na época. Embora agora pudesse. Às vezes sonho em comprá-la de novo e incorporá-la à San Gregorio.

– Por que ainda não comprou?

– Amadeo e Bernardo sempre insistiram que isso não fazia sentido.

– E faz? Para você?

– Talvez. Ainda não considerei a possibilidade totalmente.

– Então, talvez, algum dia possa comprá-la.

– Talvez. Mas uma coisa é certa: jamais venderei o que tenho. – Referia-se à San Gregorio.

– Houve cogitação a respeito? – Ele olhava em outra direção quando fez a pergunta.

– Não da minha parte. Jamais. Mas meu diretor, Bernardo Franco, continua insistindo nesse assunto. É um perfeito idiota. Jamais venderei.

Corbett concordou.

– Um dia a empresa pertencerá a Alessandro. Devo isso a ele. – Corbett tornou a assentir e a conversa desviou-se para outros assuntos, como música e viagem, os lugares em que viveram quando crianças, e por que Corbett nunca teve um filho.

– Receava que não teria tempo para um filho.

– E sua mulher?

– Não estou bem certo se ela era do tipo maternal. Seja como for, concordava comigo e nunca tivemos um filho. Agora, é um pouco tarde.

– Aos 42 anos? Não seja ridículo. Na Itália, homens muito mais velhos têm filhos toda hora.

– Então vou sair correndo e ter um imediatamente. O que devo fazer? Pôr um anúncio no jornal?

Isabella deu um sorriso da extremidade oposta do sofazinho.

– Eu não ousaria pensar que você tivesse de fazer algo tão drástico assim.

Ele abriu um breve sorriso.

– Talvez não. – E, então, sem mesmo saber como aconteceu, ela o viu aproximar-se mais e colocar as mãos em seus ombros. Sentiu-se arrastada para seus braços. A música tocava ao longe e algo martelava em seus ouvidos quando Corbett beijou-a e ela agarrou-se a ele como a uma balsa de salvamento em meio a uma arrebentação violenta. Ele a beijou com delicadeza. Isabella sentiu profundamente aquele beijo, e ao mesmo tempo seu corpo lançava-se para Corbett. Então ela afastou-se, desviando-se de maneira inesperada.

– Corbett! Não! – Estava alarmada, mas a expressão nos olhos dele a tranquilizou. Uma expressão amorosa e gentil do homem em quem ela confiava, com quem sentia-se totalmente segura. – Como isso aconteceu? – Seus olhos estavam nublados de lágrimas e, talvez, um toque de alegria.

– Bem, vejamos, fui me deslocando suavemente por este sofá aqui, depois coloquei minha mão aqui... – Ele ria, e ela não pôde fazer outra coisa a não ser rir também.

– Isso foi terrível, você não devia fazer isso, Amadeo... – De repente, ela parou. Não era Amadeo. Breves lágrimas surgiram em seus olhos. Mas ele a tomou outra vez em seus braços e abraçou-a enquanto Isabella chorava.

– Não, Isabella, não chore. Não olhe para trás, querida. Pense no que lhe disse. A dor não dura para sempre. Isto é muito, muito novo.

Mas, enquanto a abraçava, estava grato pelo fato de Amadeo ter morrido há quase oito meses. Tempo longo o suficiente para ela estar pronta para ao menos considerar outra pessoa.

– Mas eu não devia, Corbett. – Afastou-se dele, devagar. – Não posso.

– Por que não? Se for algo que você não deseja, então não falaremos mais sobre o assunto.

– Não é isso, gosto de você.

– É cedo demais? Iremos devagar. Prometo. Não quero vê-la infeliz, nunca mais.

Ela então sorriu gentilmente.

– É um sonho adorável. Nada é eterno, lembra-se? Nem coisas boas, nem ruins.

– É verdade, mas algumas coisas o são durante um tempo bastante longo. Eu gostaria muitíssimo de uma coisa dessas com você.

Sem saber por que dizia, ela viu-se respondendo:

– Eu também.

Ele sorriu. Beberam conhaque, ouviram música e sentaram-se no chão como crianças. Era tranquilo estar com ele, e ela estava feliz, mais feliz ainda quando Corbett a beijou novamente. Desta vez ela não discutiu e não queria que ele parasse. Por fim, ele consultou o relógio, olhou-a com afeto e levantou-se.

– Minha querida, acho que está na hora de eu ir para casa.

– Tão cedo? Não deve passar das dez.

Ele balançou a cabeça.

– Já é quase uma e meia da manhã, e se eu não sair daqui agora, vou atacar você.

– Atacar? – perguntou ela, brincando. Já conseguira dominar-se.

– Podíamos **começar** assim. Soa bem, não acha? – Seus olhos azuis reluziam maliciosamente, e ela riu.

– Você é impossível.

– Talvez, mas estou louco por você. – Estendeu-lhe a mão e ajudou-a a levantar-se. – Sabe de uma coisa, Isabella? Há anos que não me sinto assim.

– E antes disso? – Ela ainda estava brincando. Ficou tão feliz de repente que queria voar.

– Antes disso apaixonei-me por uma garota chamada Tillie Erzbaum. Tinha 14 anos e um busto fabuloso.

– E você, quantos anos tinha?

Ele considerou, pensativamente.

– Nove e meio.

– Então está perdoado.

– Graças a Deus.

Caminharam lentamente até a porta e ele a beijou de novo ao se despedirem.

– Telefonarei amanhã. – Feliz, ela ofereceu-lhe um sorriso – E quanto à nossa caminhada? Posso ir com você amanhã?

– Acho que podemos dar um jeito.

AO LEVANTAR-SE NA MANHÃ seguinte, Isabella estava horrorizada com o que fizera. Era uma viúva. Em seu coração, ainda uma mulher casada. O que ela estava fazendo, beijando Corbett a noite toda no chão do escritório de Natasha? O coração batia forte toda vez que pensava naquilo, e sentia um misto de pesar e uma culpa desconhecida. Quando ele telefonou, Isabella escondeu-se no escritório e disse a Natasha, num tom brusco de voz através da porta fechada, que estava muito ocupada para atender telefonemas, inclusive os dele. Mas a culpa não era de Corbett, raciocinou, ao tentar infrutiferamente enterrar-se no trabalho. Não era culpa dele de maneira alguma. Ela estivera tão ansiosa como ele por aqueles beijos, ficara tão surpresa quanto ele diante da reação dela, e muito mais surpresa diante do que sentia agitando-se no fundo de sua alma. Mas Amadeo... Amadeo... Então era verdade. Amadeo não ia voltar mais.

– Aonde você vai? – Natasha olhou-a, admirada, enquanto Isabella dirigia-se para a porta da frente.

– Vou dar minha caminhada mais cedo. Tenho muito trabalho para fazer esta noite. – Lançou um olhar rápido e nervoso para Natasha, e sua voz soou áspera.

– Certo. Não precisa ficar tão tensa. Só fiz uma pergunta.

Às 17 horas, Isabella estava de volta, mas ainda trêmula, ainda nervosa, ainda abatida com o que fizera. Depois, de repente, enquanto subia pelo elevador, percebeu que estava sendo tola. Era uma mulher adulta, estava solitária, e ele era um homem muito atraente. Portanto o beijara. E daí? Porém, quando abriu a porta do apartamento, deu um pulo ao vê-lo parado, de pé, no meio da sala. Como sempre, as crianças brincavam ao redor de suas pernas e Natasha estava estatelada no sofá, cercada de livros e papéis, procurando conversar com Corbett apesar de todo o barulho.

– Oi, Isabella. Como foi a caminhada? – gritou Natasha.

– Ótima.

– Espero que lhe tenha feito algum bem. Você estava de péssimo humor quando saiu.

Ela concordou e Corbett esboçou um largo sorriso. Mas não havia nada íntimo demais, nada possessivo ou constrangedor na expressão dos olhos dele.

– Teve um dia ruim?

Ela tornou a assentir com a cabeça, procurando sorrir, e se descontraiu um pouco diante da expressão insistente de serena amizade em seus olhos. Talvez ela tivesse dado muita importância ao fato. Talvez ele não levasse a coisa adiante afinal. Fora o conhaque, a música, mas isso ainda podia ser esquecido; não era tarde demais. Em seguida, viu-se sorrindo e escarrapachada numa cadeira, como Natasha. Esta gritava por Hattie enquanto Corbett e os meninos brincavam. Hattie apareceu um minuto depois, e Natasha, com um gesto, mandou os meninos embora.

– Meu Deus, eu os adoro, mas, às vezes, me deixam louca.

Descontraído, Corbett sentou-se numa poltrona, deixou escapar um suspiro e esboçou um largo sorriso.

– Vocês duas nunca jogaram duro com eles? Ambos têm mais energia do que um estrado de molas novo em folha.

– Lemos histórias para eles. – Natasha olhou-o, divertida. – E brincamos com os jogos.

– Então comprem para eles aqueles sacos de areia com que os pugilistas treinam, ou algo parecido. Não, pensando bem, imagino que eles não precisem disso. Eles têm a mim. – Seus olhos encontraram-se com os de Isabella, dessa vez com uma expressão mais penetrante. – Já foi dar sua caminhada?

– Já – confirmou ela.

– Muito bem. Então mostre-me o que fez em seu escritório hoje. Você me prometeu ontem, lembra-se? – E, antes que ela pudesse opor-se, ele já tomara sua mão e a colocara de pé com um puxão. Não querendo fazer uma cena diante de Natasha, encaminhou-se depressa para o escritório. Corbett fechou a porta.

– Corbett, eu...

– Espere um minuto antes de dizer alguma coisa. Por favor. – Ele sentou-se numa cadeira e olhou-a com bondade. – Por que não se senta?

Ela sentou-se, como uma aluna obediente, aliviada só porque ele não a envolvera impetuosamente em seus braços.

– Antes que me diga o que tem em mente – continuou ele –, deixe-me dizer o que já sei. Já passei por isso. Sei como é. E é horrível; portanto, deixe-me ao menos compartilhar com você o que aprendi. Se não estou de todo maluco, quando saí daqui na noite passada você estava tão feliz como eu. Mas em algum momento... talvez ontem à noite, talvez nesta manhã, talvez só agora, embora eu duvide disso... você começou a pensar. Em seu marido, no que costumava ser, em ainda estar casada. Sentiu-se culpada, assustada, louca.

Isabella olhou-o, aturdida, não disse uma só palavra, mas seus olhos arregalaram-se.

– Nem mesmo conseguia entender por que agiu assim, mal conseguia lembrar-se de quem eu era. Mas deixe-me dizer, querida, que isso é muito natural. É uma coisa pela qual terá de passar. Não pode fugir, agora. Está solitária, é humana, não fez nada de terrível ou errado. E se tivesse sido você a sequestrada, seu marido estaria passando exatamente pela mesma coisa. Demora muito tempo para se voltar a ter um sentimento novo, para se descontrair, e então, quando esse tempo chegar, e você tiver todos os mesmos sentimentos que já teve um dia, não haverá ninguém com quem compartilhá-los. Mas agora tem a mim. Pode experimentar aos poucos, aos pouquinhos, ou pode fugir desesperadamente e esconder-se em sua culpa e na sensação de que ainda é casada para o resto da vida. Isto não é um ultimato. Você pode simplesmente não me querer. Talvez eu não seja o sujeito certo. Se é o que está pensando, entenderei. Mas não fuja do que está sentindo, Isabella... você não pode voltar. – Ele parou então, quase sem fôlego, e Isabella o olhava, desconcertada.

– Mas como soube?

– Já passei por isso. E na primeira vez em que beijei uma mulher, senti como se tivesse profanado a memória de Beth, como se a tivesse traído. Fiquei arrasado. Mas a diferença é que eu não ligava a mínima para aquela mulher. Apenas estava solitário, excitado, cansado e triste. Mas por você tenho interesse. Eu amo você. E espero loucamente que se interesse por mim.

– Como consegue entender tudo assim? – Ela o olhava espantada, do outro lado do escritório. E ele esboçou um sorriso cheio de amor sereno, do fundo do coração.

– Sou muito esperto, só isso.

– Ah, e modesto! – De súbito, ela voltava a sorrir e sentia prazer em provocá-lo.

– Nesse caso, acontece que somos iguaizinhos. Foi por essa razão que deu sua caminhada sem esperar por mim?

– Eu queria fugir de você. Ter acabado a caminhada antes de você chegar.

– Foi esperta. – Mas não parecia magoado, nem que o fato o divertira. Compreendeu, simplesmente.

– Desculpe.

– Não é necessário. Quer que eu vá embora agora? Tudo bem, Isabella, eu compreenderei.

Mas ela balançou a cabeça e estendeu a mão. Corbett encaminhou-se para ela e pegou a mão estendida, olhando diretamente nos olhos negros insondáveis.

– Não quero que se vá. Sinto-me uma idiota, agora. Talvez eu esteja errada. – Agarrou-se a ele como as crianças faziam, e ele, delicadamente, tomou-lhe as mãos. Ajoelhando-se ao lado dela, segurou-as entre as suas.

– Já lhe disse que iríamos devagar. Não estou com pressa.

– Fico satisfeita. – Então, ela colocou os braços suavemente ao redor do pescoço dele e apertou-o com força, como fazem as crianças. Ficaram abraçados assim durante o que pareceu um longo tempo. E dessa vez foi Isabella quem moveu a mão devagar, tocou-lhe o queixo, os olhos e o rosto fino e bonito. Foi ela quem deu o primeiro passo, seus lábios procurando os dele, com suavidade a princípio e mais ávida depois. E era ela quem tremia quando pararam.

– Tenha calma, querida.

Mas ela voltava a sorrir.

– O que foi que você disse sobre eu atacá-lo?

– Se me atacar, vou partir para a violência. – Ele parecia a própria virtude ofendida enquanto ela sorria. Depois, voltou a sorrir. – Gostaria de dar uma volta de carro? – Ele parecia ansioso, mas não queria insistir.

– Trouxe o carro?

– Não, planejava roubar um. É claro que trouxe. Por quê?

– Então eu adoraria. – Ela parou. – O que diremos a Natasha?

– Que vamos dar uma volta de carro. É tão errado assim?

Ela o olhou, acanhada.

– Ainda me sinto culpada.

Mas ele sorriu gentilmente.

– Não se preocupe. Às vezes também me sinto.

Deram um tchauzinho casual a Natasha e saíram para o passeio de carro, até Wall Street, os Cloisters, e depois pelo parque. Recostada no estofado macio, sentada ao lado dele, sentia-se protegida contra o mundo.

– Não sei o que aconteceu comigo hoje – disse ela.

– Não se preocupe, Isabella. Está tudo bem.

– Acho que está. Acredita que um dia voltarei a ser sensata? – Olhou-o, sorrindo, meio brincalhona, meio sincera.

– Espero que não. Gosto de você assim.

Ela sorriu-lhe ternamente.

– Também gosto de você.

MAS, DUAS SEMANAS depois, quando Natasha foi passar um fim de semana fora com os meninos, Isabella soube que o sentimento que tinha por ele era mais do que apenas gostar.

– Está dizendo que eles simplesmente a deixaram? – Corbett parecia infinitamente triste por ela, ao passar pelo apartamento no sábado à tarde para um chá. Planejara ficar com ela algumas horas, para talvez dar uma caminhada, e esperava que Natasha saísse. Gostava dessas ocasiões a sós com Isabella, mas eram-lhe ainda mais preciosas por serem raras. Estavam sempre cercados pelas crianças, por Natasha ou até por Hattie, a empregada. – Aonde foram?

Fazendo graça Isabella sorriu ao entregar-lhe uma xícara de chá Earl Grey.

– Para a casa de uns amigos de Natasha em Connecticut. Fará bem aos meninos.

Ele assentiu, mas não era nos meninos que ele pensava ao pegar-lhe a mão, gentil.

– Já notou como está silencioso aqui e como são raras as ocasiões em que ficamos a sós?

Isabella ficou ali sentada, pensando, e aos poucos sua mente deixou-se levar para Roma. Ali tivera tanto espaço em seu lar, tanto lugar para si mesma, tantas horas só para ela.

– Gostaria que tivesse me conhecido em outra época. – Ela disse, pensativa enquanto ele observava seus olhos.

– Quando, Isabella?

– Na Itália... – disse com suavidade, depois ergueu os olhos para ele com um ligeiro rubor. – Mas isso não faz sentido nenhum, faz? – Na Itália, nos bons tempos, ela era casada. Corbett não teria tido lugar em sua vida.

Mas ele compreendeu o que Isabella estava pensando. Era normal que sentisse saudades do seu lar.

– Na Itália sua casa era tão maravilhosa assim?

Ela sorriu e concordou, em seguida contou-lhe sobre o carrossel que Alessandro ganhara no Natal, enquanto seus olhos dançavam. Parecia tão encantadora no momento em que falava que ele pôs a xícara sobre a mesa e tomou-a nos braços.

– Gostaria de poder levá-la de volta para lá... para casa, se é o que deseja. – E, depois, ele falou suavemente: – Mas, quem sabe, talvez um dia seu lar seja aqui? – Porém, na verdade, ela não acreditava; não podia imaginar-se passando o resto da vida em outro lugar que não fosse Roma. – Sente muita falta de lá?

Ela deu de ombros e sorriu.

– A Itália é... simplesmente a Itália. Não há nada igual, em nenhuma parte do mundo. Gente louca, tráfego louco, ótimo espaguete, cheiros maravilhosos... – Ao dizer isso, viu-se pensando nas ruelas estreitas não muito distantes da San Gregorio, nas mulheres amamentando seus bebês nas portas das casas e crianças saindo correndo da igreja, nos pássaros cantando no topo das árvores do seu jardim... só em pensar, seus olhos marejaram.

E, ao observá-la, Corbett sentiu sincera simpatia por suas lágrimas.

– Quer jantar fora esta noite, meu amor? – Era a primeira vez que ele a chamava assim e ela sorriu, mas balançou a cabeça devagar.

– Sabe que não posso.

Mas ele pensou por um instante.

– Talvez possa.

– Fala sério?

– Por que não? – Os olhos dele dançavam, maliciosos. Tinha um plano. – Conheço um ótimo restaurantezinho italiano, que costumava frequentar, indo para o centro. Pessoas "respeitáveis" não vão lá. – Esboçou um largo sorriso. – Talvez pudéssemos dar uma passada rápida, um jantar ligeiro, e ninguém teria a mínima ideia de quem você possa ser. E é tão italiano que está determinado a fazer com que as pessoas se sintam na própria Itália. – Por um momento, imaginou se isso tornaria as coisas piores, mas tinha a sensação de que não seria o caso, e ele cuidaria para que ela se divertisse bastante.

Como um companheiro de conspiração, ele ficou esperando na sala de estar enquanto ela se aprontava. Isabella surgiu dando uma risadinha, usando calça comprida preta e suéter, com um chapéu Borsalino, preto, de feltro, puxado sobre um olho.

– Pareço misteriosa? – Ela ria e ele também.

– Muitíssimo misteriosa!

Ele inclusive estacionou o Rolls-Royce algumas casas adiante. Entraram no restaurante sem serem notados e comeram vorazmente. Isabella conversou muito feliz com o garçom que os servia, enquanto bebiam vinho romano barato.

– Prometa que não vai contar nada para Natasha! Ela me mataria. – Os olhos dela cintilavam e ele concordou.

– Eu não poderia contar. Provavelmente ela me mataria primeiro. – Mas ele não estava nervoso por causa de Natasha. Sabia que Isabella estava segura, e após comerem massa e beberem vinho tinto até se fartarem, voltaram sem pressa para casa, com uma breve volta pelo parque. – Feliz? – Ela confirmou e pousou a cabeça no ombro dele. Havia colocado o chapéu ao seu lado, no banco, e seu cabelo negro caía suavemente no casaco de Corbett. Com delicadeza, Corbett alisou-o, depois acariciou-lhe o rosto. E seus olhos pareciam não abandoná-la enquanto ele e Isabella entravam em casa de mansinho.

– Quer entrar para tomar um café? – Ela olhou-o convidativa, mas não era café o que ambos tinham em mente.

Ele aceitou e a seguiu para o interior do apartamento, mas assim que chegaram ao corredor, Isabella não se preocupou em acender as luzes. No mesmo instante, viu-se nos braços de Corbett e, na escuridão, sentiu-se palpitante de paixão, que há muito esquecera, quando Corbett comprimiu seus lábios contra os dela. Arquejantes, caminharam de mãos dadas até o quarto e, sem acender as luzes, Corbett a despiu. Isabella fez o mesmo com ele. Finalmente, seus corpos se uniram. Quando ela acendeu uma pequena luminária, várias horas pareciam ter passado, e ela sorriu para ele, deitado em sua cama. Ela lançou um olhar pelo quarto, para as roupas espalhadas dos dois, e começou a rir.

– Está rindo de quê, meu bem?

– De nós. – Olhou-o e depois beijou-o carinhosamente no pescoço. – Não se pode confiar em nós em absoluto. Minha colega de apartamento vai passar o fim de semana fora, e o que fazemos? Vamos jantar num restaurante e depois voltamos para casa e fazemos amor.

Corbett puxou-a lentamente para si.

– ... Em seguida fazemos de novo... E mais uma vez... e ainda outra vez.

22

Abril e maio passaram por eles com extrema rapidez. Quando o tempo permitia, saíam para caminhar todas as noites ou para dar uma volta de carro. Às vezes, levavam Alessandro ao campo e ficavam observando a expressão maravilhada em seus olhos enquanto brincava no gramado ou construía castelos em praias ainda desertas. E, algumas vezes, também levavam

Natasha. Durante as primeiras semanas, ela tentara fingir que ignorava o que estava acontecendo, mas acabou perguntando. E, como uma menina, Isabella confirmara, sorrindo, que ela e Corbett estavam apaixonados.

Era óbvio que Isabella estava imensamente feliz, e sempre que Natasha via Corbett notava o mesmo nele. Mas para ela evidenciava-se também que, com exceção da alegria de Isabella sobre seu romance, a amiga ainda tinha grandes preocupações com o trabalho.

A noite era quente, agradável, quando Corbett chegou à casa com uma carruagem, convidando Isabella para dar uma volta. Ela riu ao ver o veículo, e ficaram passeando durante duas horas.

– Então, como foi o trabalho hoje, querida? – Puxou-a para mais perto e olhou diretamente nos olhos escuros.

– Terrível. Bernardo está me causando preocupação outra vez.

– É a nova coleção?

– Não, essa já está resolvida. Lançamos na próxima semana. É o resto. Planejamento para o inverno, cosméticos, tecidos, não sei. Ele está impossível.

– Talvez ele esteja sobrecarregado, já que você está aqui.

– O que está insinuando? – Olhou-o com expressão cansada. – Que eu vá para casa?

– Quase isso. Embora sempre tenha pensado que há certas coisas que você poderia mudar.

– Eu sei, mas agora não posso. Não enquanto estiver aqui. – O modo como falou a fez pensar em Roma outra vez, algo que agora odiava admitir para Corbett. Tinham se apegado um ao outro como se a ligação fosse eterna, porém, mais cedo ou mais tarde, teria de voltar para casa. E os negócios de Corbett sempre o prenderiam aos Estados Unidos. *Nada é eterno*, pensou, e em seguida afastou a ideia.

– Bem, não se preocupe. As coisas provavelmente vão se acalmar dentro de alguns dias.

Mas não se acalmaram. Durante as duas semanas seguintes, os problemas só pioraram. Explosões após explosões, brigas após brigas. Isabella estava saturada. Disse isso a Bernardo certa manhã, por telefone. Ele parecia ter se desligado dela. Na verdade, parecia mais capaz de lidar com seus sentimentos por ela.

Oh, Bernardo, ela pensou mais de uma vez, *se ao menos fosse você quem eu amo. A vida seria muito mais simples.*

– Seja sensata, pelo amor de Deus, e venda.

– Ah, não, outra vez isso! Escute, Bernardo, pensei que tivéssemos resolvido esse assunto antes de eu partir!

– Não, não resolvemos. Você se recusava a raciocinar. Bem, estou física e mentalmente esgotado. Gabriela está fazendo o trabalho de dez pessoas, você muda os malditos tecidos toda vez que viramos as costas, você não entende nada sobre marketing de cosméticos e, sempre que se intromete, fico atolado, arrumando tudo depois.

– Muito bem, por que então não tem a coragem de portar-se como homem em vez de me dizer para vender? Talvez o problema esteja com você e não com a empresa! É você quem causa os problemas entre nós o tempo todo, é você quem não cumpre o que eu mando. Por que não faz o que lhe peço, só para variar, em vez de me meter a F-B goela abaixo toda vez que abro a boca?

A fúria italiana continuava partindo do escritório de Isabella.

– Não quero mais ouvir falar nesse assunto. E se você não parar, volto para casa – gritou ela. – Não ligo a mínima para esse lixo sobre perigo. Você, definitivamente, está enterrando a empresa. – Era uma acusação injusta, mas o nível de frustração entre eles chegara ao máximo. Havia cinco meses que ela estava nos Estados Unidos e o fascínio de trabalhar a distância começava a diminuir.

– Tem alguma ideia do que está fazendo, Isabella? Você ao menos ouviu o pessoal da F-B? Não. É claro que não. Preferiu ficar como espectadora aí, insultar-me, agarrar-se à empresa, ao seu ego e salvar as aparências.

– A empresa é perfeitamente sólida e você sabe disso.

– Sim, eu sei. Mas o fato é que não posso mais continuar sozinho; e você ainda não pode voltar. São as circunstâncias, Isabella, as circunstâncias. Seu avô também viu-se diante das circunstâncias e foi inteligente o bastante para vender.

– Eu nunca venderei.

– É claro que não. – Ela pôde perceber o tom mordaz de sua voz. – Porque é orgulhosa demais, não obstante o fato de que a F-B, a I.H.I. e Ewing me tivessem solicitado para que você vendesse. Bem, na verdade, não ultimamente – continuou ele –, mas sei muitíssimo bem que tudo que preciso fazer é pegar o telefone, chamá-los e você mesma fecharia o negócio.

Não houve resposta para o que ele acabara de dizer. Isabella estava chocada, quase sem fala.

– Quem?

– Do que está falando? – De repente, ela não falava coisa com coisa e ele ficou confuso.

– Estou perguntando quem tem se oferecido para comprar. – A voz dela soou gelada.

– Você enlouqueceu? Venho lhe dizendo isto desde outubro do ano passado e você me pergunta quem são?

– Não quero saber há quanto tempo você vem me dizendo. Diga-me agora. Devagar.

– Farnham-Barnes. – Ele falou como se Isabella fosse retardada.

– Quem mais?

– Mais ninguém. O que há com você? F-B. F-B. F-B. E eles pertencem à I.H.I.

– E qual foi o outro nome que você mencionou?

– Qual? Ewing? Ele é o presidente do conselho da I.H.I. A oferta inicial partiu dele.

– Oh, meu Deus!

– O que está havendo?

– Nada. – Ela tremia dos pés à cabeça.

Os piqueniques. As caminhadas, os jantares – o corpo de bombeiros... Todos apareceram subitamente diante de seus olhos – que bela brincadeira fizeram com ela. Foi uma aventura amorosa... uma aventura amorosa de Corbett com a Casa de San Gregorio.

– Devo chamá-los?

– Não. Está entendendo bem? Jamais! Cancele nossos negócios com a F-B, a partir de hoje! Telefone para eles ou eu mesma farei.

– Você ficou doida!

– Ouça, Bernardo, não estou louca e jamais falei tão sério em toda a minha vida. Ligue para a F-B e diga-lhes que vão pro inferno. Agora, hoje. *Finito*. Não há mais ofertas, não há mais pedidos. Nada. E prepare-se. Volto para casa esta semana. – Ela acabara de se decidir. A tolice durara um tempo longo demais. – Se ainda achar que é necessário, contrate dois seguranças, mas só isso. Telefonarei avisando quando devo chegar.

– Vai trazer Alessandro? – Bernardo estava abalado. Ela falava num tom de voz que há anos ele não ouvia. Talvez nunca tivesse ouvido. De súbito, ela ficou fria e a ponto de brigar, e ele estava satisfeito por não se encontrar na mesma sala com ela ou teria temido pela própria pele.

– Não levarei Alessandro. Ele pode ficar aqui.

– Quanto tempo ficará aqui? – Ele nem sequer discutira. Sabia que não ia adiantar. Isabella iria voltar para casa. E ponto final. Talvez ela estivesse certa. Já estava na hora.

– Enquanto eu tiver que ficar obrigando você e os demais a entrarem na linha de novo. Ligue para a Farnham-Barnes.

– Está falando sério? – Agora ele estava realmente abalado.

– Estou.

– *Capito.*

– E diga ao pessoal para aprontarem a cobertura. Ficarei lá. – Sem mais cerimônias, desligou o telefone.

– Como teve coragem? – Isabella entrou no pequenino aposento e ficou olhando para Natasha.

– O quê?

– Como teve coragem?

– Coragem de quê? – Natasha olhou-a com súbito terror. Isabella estava de pé diante dela, tremendo da cabeça aos pés, o rosto branco como papel, as mãos nos quadris.

– Você me preparou uma armadilha!

– Isabella! O que está falando não faz sentido! – Teria ela sofrido um colapso mental, afinal? A tensão dos negócios fora demais para ela? Porém, enquanto Natasha a observava, evidenciava-se que a amiga tinha algo bem definido em mente. Ela sentou-se de repente, sem tirar os olhos de Natasha, um sorriso mau de fúria dominando-lhe o semblante.

– Então deixe-me contar uma pequenina história – disse Isabella. – Talvez, depois, nós duas possamos entender. Em outubro do ano passado, depois que meu marido morreu... Você sabe, Amadeo... Você ainda se lembra dele? Bem, ele morreu, vítima de um sequestro brutal...

Natasha olhava Isabella com atenção. Se isto era loucura, era uma loucura calculada, fria e furiosa, cada palavra embebida em amargura. Assustada, continuou a observá-la. Não havia nada a fazer a não ser deixá-la prosseguir.

– Ele me deixou um ateliê, uma grande casa de alta-costura bem-sucedida em Roma. Também produzimos *prêt-à-porter*, cosméticos, lingerie, não vou entediá-la com a listagem. Assumi o controle da empresa, esgotei-me de tanto trabalhar e fiz uma promessa a mim mesma e a Amadeo de que a manteria forte até o dia em que nosso filho pudesse assumi-la.

Mas, veja bem, eis que meu braço direito, Bernardo Franco, primeiro me propõe casamento. – Natasha estava chocada, mas Isabella prosseguiu, vigorosamente. – Em seguida, me informa que uma empresa americana chamada Farnham-Barnes quer comprar meu estabelecimento. Não, eu lhe disse. Não quero vender. Mas ele insiste, insiste, tenta e torna a tentar. Inutilmente. Não venderei. Então, como que por milagre, certo dia recebo um telefonema, informando-me que meu filho também fora sequestrado. Só que, felizmente, era uma brincadeira. E meu filho está ótimo. Então Bernardo me diz que a minha vida e a do meu filho correm perigo em Roma. "Você precisa ir embora", diz ele. Portanto, telefono para a minha amiga Natasha Walker em Nova York, com quem ele, por coincidência, transou algumas vezes quando ela esteve em Roma. – Natasha tentou argumentar, mas Isabella ergueu a mão. – Deixe-me continuar. Então eu telefono para minha amiga Natasha, que me convida para ficar com ela. Um plano elaborado é preparado para me manter segura e dirigir a empresa do apartamento de Natasha em Nova York. Maravilhoso. Mais uma vez, Bernardo tenta me convencer a vender para a F-B e eu recuso. Viajo para os Estados Unidos, com meu filho, e minha amiga Natasha me busca no aeroporto, juntamente com um amigo num belo Rolls-Royce preto. Então passo a morar com Natasha, dirijo minha empresa, Bernardo me levando à loucura e, toda vez que tem oportunidade, me aborrecendo com a ideia de vender a empresa. Mas eu me torno amiga do homem do aeroporto, Sr. Corbett Ewing. "Meu amigo" muito conveniente. – Ela destilava veneno nas palavras. – Natasha me convida para ir a uma pré-estreia cinematográfica. Vou, e ao lado de quem devo me sentar senão do Sr. Corbett Ewing, que por acaso é apenas o presidente do conselho da I.H.I., proprietária da F-B, que quer comprar a San Gregorio? Feliz coincidência, não? Passo três meses sendo interrogada habilmente sobre meus negócios, sendo cortejada, sendo manipulada por esse monstro, esse aproveitador, esse vilão, que quer comprar minha empresa e, aparentemente, fará qualquer coisa para conseguir, inclusive fingindo-se apaixonado por mim, adulando meu filho e usando meus "amigos". Natasha, é claro, o convida noite e dia e fica emocionada quando nos "apaixonamos". E o que acontece, então, minha querida? Você ganha uma comissão de Corbett quando ele se casar comigo e me convencer a vender a empresa?

Natasha olhava-a com espanto. Levantou-se devagar:

– Você está falando sério?

Isabella era a própria frieza agora.

– Cada palavra. Acho que Bernardo armou a brincadeira sobre Alessandro para me tirar do caminho, usou-a para me mandar para cá e você providenciou para que Corbett Ewing se aproximasse de mim. Tudo feito lindamente, mas é inútil, porque nunca venderei. Nunca! Nem para Corbett, nem para mais ninguém e acho repulsivo o que vocês fizeram. Ouviu bem? Repulsivo! E eram meus amigos... Que se danem! – Em seus olhos havia lágrimas de raiva e desapontamento, e Natasha não ousava aproximar-se dela.

– Isabella, eu não fiz nada! Nada! Foi você quem quis vir para cá. Foi você quem quis ir àquela maldita pré-estreia. Eu nem queria que você fosse. O que está pensando, que informei à imprensa? Oh, Deus! – Ela tornou a sentar-se e passou a mão pelo cabelo emaranhado.

– Não acredito em você. Está mentindo, como Bernardo. Como *ele*.

– Escute, Isabella, por favor. Sei que isto é difícil, e o modo como você fala, tudo se encaixa, mas apenas aconteceu desse modo, ninguém planejou, principalmente Corbett. – Agora havia lágrimas correndo-lhe pela face. – Ele a ama, sei disso. Ele ficou alucinado quando descobriu quem você era, depois da pré-estreia. Ele veio aqui no dia seguinte para lhe contar; falou comigo a respeito. Temia que algo semelhante acontecesse. Mas acabou não lhe contando nada. Não sei por que, mas algo aconteceu naquela noite que o fez mudar de ideia. Corbett receava perdê-la antes que tivesse oportunidade de consquistá-la, e esperava que, se isso viesse à tona um dia, na ocasião você talvez pudesse entender.

– Entender o quê? Que ele dormiu comigo para roubar a San Gregorio? Entendo perfeitamente.

– Pelo amor de Deus, ouça-me. – Natasha soluçava e segurava a cabeça com ambas as mãos. – Ele a ama, não quer perdê-la. Ao descobrir quem você era, ele avisou aos seus assessores na F-B para retirarem a oferta e jamais mencionarem seu nome.

– Bem, Bernardo acabou de fazê-lo.

– A respeito de uma nova oferta, ou ele se referiu à oferta antiga?

– Não sei, mas eu mesma vou me informar quando for para Roma. O que traz à tona apenas mais uma questão. Você se diz minha amiga... Bem, não tenho ninguém a quem recorrer, não importa o que eu pense sobre qual seja a verdade... Você fica com Alessandro enquanto vou até Roma?

– É claro. Quando você vai? – Natasha parecia abalada.

– Esta noite.

– Por quanto tempo?

– Um mês, dois. O tempo que o assunto exigir de mim. Não sei. E mantenha aquele cretino longe do meu filho enquanto eu estiver fora. Quando eu voltar, providenciarei outra acomodação. Se eu não voltar de vez para Roma, vou procurar um apartamento para mim.

– Não precisa fazer isso, Isabella. – Natasha encolhera-se na cadeira, aniquilada.

– Preciso, sim. – Ela moveu-se para deixar o aposento, depois parou por um instante. – Obrigada por ficar com Alessandro. – Amava Natasha. Tinham passado por muita coisa juntas. Não importa qual fosse a verdade.

Natasha ainda chorava.

– Eu o amo e amo você também. O que vai dizer a Corbett?

– Exatamente o que disse a você.

ISABELLA LIGOU PARA ELE e Corbett chegou ao apartamento uma hora depois, com uma aparência provavelmente não melhor do que a de Natasha quando passou pela mesma situação.

– Isabella, só posso dizer que tentei lhe contar várias vezes. Mas alguma coisa sempre atrapalhava. – Inconsolável, lançou um olhar para ela da poltrona onde se encontrava, quase do outro lado da sala. Não ousava aproximar-se. – Estou chocado porque o fato revelou-se dessa forma.

– Você precisava forçar, interrogar sobre os meus negócios, manipular, descobrir, revolver dentro da minha cabeça tudo que pudesse aprender sobre a San Gregorio. Bem, já sabe o suficiente agora? Não lhe servirá para nada, fique sabendo. Não a venderei e mandei Bernardo cancelar todos os nossos negócios com a Farnham-Barnes a partir de hoje.

– Há mais de três meses que não tem havido nenhuma oferta da F-B para a San Gregorio.

– Terei de verificar isso. Mas não faz diferença. Você foi muito esperto para evitar ofertas enquanto estivesse me "cortejando", talvez tenha calculado que eu seria bastante inteligente para descobrir. Mas e depois? O que tinha em mente, Corbett, casar-se comigo e cativar-me em troca da San Gregorio? Jamais teria essa oportunidade.

– O que vai fazer agora?

– Voltar para Roma e obrigar todo mundo a entrar novamente na linha.

– E depois? Vai voltar para cá para tornar a se esconder? Por que não traz a firma com você? É a única coisa que faz sentido.

– Não se preocupe com o que faço ou não com a minha firma. Você já disse e fez o bastante.

– Então vou embora. Mas saiba de uma coisa, Isabella. O que aconteceu entre nós foi verdadeiro, foi honesto, estou sendo totalmente sincero.

– Foi uma mentira.

– Eu não menti. Amo você.

– Não quero mais ouvir falar sobre isso! – Ela levantou-se e sorriu maliciosamente. – Nada dura para sempre, Corbett. Lembra-se? Nem mesmo uma mentira. Você me usou, droga! Tomou meu coração, meu corpo, minha vulnerabilidade, e me usou só para acrescentar outra marca ao seu cinturão de corporações. San Gregorio. Bem, a mim você teve, mas não terá o resto.

– Não posso dizer que nunca desejei o resto. Antes de conhecê-la, eu desejei. Mas depois, não. Depois, jamais, nem por um instante sequer.

– Nunca acreditarei em você.

– Então só me resta dizer adeus.

Ela ficou olhando enquanto ele, com expressão infeliz, saía da sala. Mas ela já estava no próprio quarto fazendo as malas quando ele dispensou o carro com um gesto e caminhou sozinho, rapidamente, cabeça baixa, de volta para o escritório.

23

O avião aterrissou no Aeroporto Leonardo da Vinci às 11h05 da manhã seguinte. Bernardo e dois seguranças estavam à espera quando ela passou pela alfândega. O cumprimento que endereçou a Bernardo demonstrava afeto bem como tensão. Parecia exausta, sem ter dormido durante todo o voo. Fora doloroso deixar Alessandro, deixar Natasha constrangida. Tudo que desejara fazer era fugir.

240

Tinha chorado durante metade da viagem para Roma. Ele a traíra. Todos a tinham traído. Bernardo, Amadeo, Corbett, Natasha. Todas as pessoas em quem confiava. Todos que amava. Amadeo, por morrer; Bernardo, por seus esforços para fazê-la vender a empresa; e Corbett – não suportava pensar. Ela gostaria de saber como começaria outra vez, como conseguiria ao menos trabalhar.

Após passar pela alfândega com duas pequenas malas, cansada, ela olhou nos olhos de Bernardo. Era difícil acreditar que não o via havia cinco meses. Mais pareciam cinco anos.

– *Ciao*, Bellezza. – Ao olhá-la, ele achou que os cinco meses que ela passara em Nova York não tinham lhe feito muito bem. Parecia frágil, magra e destroçada, e havia círculos profundos ao redor dos seus olhos. – Você está bem? – Bernardo estava preocupado.

– Apenas cansada. – Pela primeira vez em 24 horas, ela sorriu.

Ele podia sentir a tensão que a dominava durante todo o trajeto por Roma. Isabella estava estranhamente reticente, enquanto olhava em silêncio e com expressão de sofrimento pela janela da limusine.

– Nada mudou muito. – Ele procurou iniciar uma pequena conversa. Não queria falar de negócios em frente aos seguranças.

– Mudar não mudou, mas está mais quente. – Lembrou-se de como estava frio na noite em que partira.

– Como está Alessandro?

– Está ótimo.

Isabella ansiava ver a *villa*, mas sabia que não estava preparada. Ainda não. E tinha muito trabalho para fazer na empresa. Para ela fazia mais sentido ficar ali mesmo. Havia mais sentido ficar junto à San Gregorio, embora admitisse apenas para si mesma. Após ter dado seu corpo a Corbett, não desejara voltar para a cama que compartilhara com Amadeo.

Agora ela o traíra também. E para quê? Por uma artimanha. Uma mentira.

Sentiu o lento compasso do coração ao pararem diante da pesada porta preta. Tinha vontade de chorar, mas só pôde olhá-la fixamente por um instante. Depois, desceu do carro e entrou na Casa de San Gregorio em largas passadas, como se nunca tivesse partido. Ninguém fora avisado de sua chegada, mas sabia que a notícia se espalharia por toda a Roma naquela mesma noite. Não ligava a mínima. Que eles a persigam, que façam explodir seus flashes diante do seu rosto; ela não ligava a mínima. Nada mais a perturbaria ou surpreenderia, nada mais. Levada pelo longo hábito, introduziu a chave no elevador e apertou o botão para o quarto andar, enquanto Bernardo a observava, abalado e infeliz.

Ele notara que alguma coisa horrível acontecera a Isabella. Estava morta por dentro. O rosto pálido, de marfim, que tanto amava, mais parecia uma máscara. Nunca a vira assim, nem mesmo durante aquelas horas pavorosas em que aguardavam notícias de Amadeo, nem durante o funeral, ou nem mesmo em seu voo para o exílio. A Isabella que ele conhecera durante anos não existia mais.

Do final do corredor do quarto andar, ela dirigiu-se para a porta da escada que levava à cobertura, com Bernardo acompanhando o pequeno lance de escadas. Foi então que ela finalmente sentou-se, tirou o chapéu de feltro e pareceu se descontrair.

– *Allora, va bene*, Bernardo?

– Eu estou bem, Isabella. E você? Esteve longe durante cinco meses e volta para casa e age como se eu tivesse lepra.

Talvez tenha, ela pensou. Disse apenas:

– Ligou para a F-B?

Ele confirmou.

– Deixou-me doente, mas telefonei. Sabe o que vai significar para as nossas contas?

– Recuperaremos no ano que vem.

– O que aconteceu ontem? – Ele não tinha coragem de discutir com ela agora. Isabella parecia muito cansada, frágil demais.

– Fiquei sabendo de uma coisa muito interessante.

– E o que foi?

– Que um amigo de Natasha, que pensei que tivesse se tornado meu amigo também, esteve me usando. Para comprar a empresa. Talvez consiga reconhecer o nome, Bernardo. Corbett Ewing. Não achei graça.

Bernardo olhou-a, chocado.

– O que quer dizer com "usando" você?

Ela poupou-lhe os detalhes.

– Nunca imaginei quem ele era. Mas Natasha sabia, é claro. E você também. Não tenho meios de saber; não há nenhuma possibilidade de um dia vir a saber. Não estou certa se essa era a razão pela qual você insistia para que eu saísse de Roma. Isso não tem mais importância, Bernardo. Estou em Roma agora. Na verdade, o vilão é Ewing. A questão já foi resolvida. Não vou vender. E tomei uma decisão que devia ter tomado alguns meses atrás. Exigiu-me certo tempo.

Bernardo ficou imaginando o que estava para vir. Sentiu uma dolorosa ferroada em sua úlcera e aguardou as notícias.

– Vou levar comigo para os Estados Unidos a parte principal dos negócios. – Fora sugestão de Corbett. Porém, extraordinariamente, ele estava certo.

– O quê? Como?

– Ainda não resolvi. O setor da alta-costura ficará aqui. Gabriela pode dirigi-lo. Viajarei várias vezes por ano. Essa parte da empresa não precisará de minha supervisão constante. O resto, sim. Do contrário, é muita pressão sobre você... e sobre mim. – Ela sorria outra vez, debilmente, e observava Bernardo enquanto ele assimilava o choque. – Resolveremos juntos, enquanto estou aqui. Mas quero que você volte comigo.

Não importa o que aconteceu, preciso de você. Sempre foi meu amigo e é bom demais para se perder.

– Terei de pensar no assunto. Isso surgiu como uma espécie de choque. Não sei, Isabella... – Mas com suas palavras ela só confirmava o que ele já sabia. Ele era apenas seu amigo e funcionário. Ela jamais o deixaria ser mais do que isso. E ele percebera algo mais. Era melhor assim. Isabella sempre seria uma amante difícil de lidar. Ela continuava relatando seus planos:

– Não posso mais viver aqui, principalmente com Alessandro. Quanto a isso, você estava certo. Não posso correr o risco. Não há nenhuma razão que nos impeça de dirigir a parte internacional inteira em Nova York. E – ela hesitou outra vez – decidi levar Peroni e Baltare comigo, se eles aceitarem. Dos nossos quatro subdiretores, são os únicos que falam inglês. Os outros dois terão de partir. Mas podemos falar sobre o resto depois. E vou dizer uma coisa. – Ela suspirou baixinho e olhou ao seu redor. – É ótimo ver algo familiar para variar. Estava excessivamente cansada de ficar tão longe de casa.

– Mas decidiu ficar aqui. Está segura?

– Acho que não tenho escolha.

– Talvez não. E quanto à *villa*!?

– Vou fechá-la e mantê-la. Ela pertence a Alessandro. Talvez, um dia, ele possa voltar para viver aqui. Mas está na hora de eu estabelecer um lar para ele nos Estados Unidos. E está na hora de parar de me esconder. Faz nove meses que Amadeo morreu, Bernardo. Chega.

Ele assentiu lentamente com a cabeça. Nove meses. E quanta coisa havia mudado.

– E quanto a Natasha? Pelo que concluí, então vocês tiveram uma desavença?

– Concluiu corretamente. – Não acrescentou mais nada.

– Acha mesmo que Ewing tentava manipulá-la?

– Nunca estive tão certa. Talvez você saiba mais a respeito do que eu. Isso também jamais saberei.

244

Era chocante. Agora ela não confiava em ninguém. De repente estava amarga e fria. O que o deixou constrangido e assustado.

O que ele viu nas três semanas seguintes não contribuiu em nada para fazê-lo mudar de ideia.

Isabella comunicou suas decisões aos diretores e examinou cada milímetro da Casa de San Gregorio, indo de sala em sala, de escritório em escritório, de sala de estoque em sala de estoque, de mesa em mesa, de arquivo em arquivo, andar por andar. Em três semanas sabia tudo que acontecia e tudo que desejava saber. Os dois subdiretores que Isabella convidara para juntarem-se a ela em Nova York concordaram e ela decidiu contratar dois subdiretores americanos para trabalharem com eles lá. O resto do pessoal estava sendo transferido e dividido. Gabriela ficou imensamente satisfeita. Seria quase autônoma agora na parte de alta-costura, supervisionada unicamente por Isabella, que confiava plenamente nela. Mas a confiança de Isabella parava aí. Estava desconfiada, incrédula, e a maior mudança de todas era que Isabella nem brigava mais com Bernardo. Não era mais a mulher afável com quem todos gostavam de trabalhar, de repente era uma mulher a quem todos temiam. Qualquer um poderia ser demitido inesperadamente. Seus olhos negros viam tudo, seus ouvidos escutavam tudo. Ela parecia não ter mais suspeitas dele – mas continuava desconfiada dos demais.

– Bem, Bernardo, a quantas andamos?

Durante o almoço em seu escritório, ela o observava. Apenas por um momento, o desejo dele era tocar em sua mão. Queria libertá-la desse feitiço hediondo, certificar-se mesmo que ela ainda era humana, queria estender-lhe a mão. Tinha dúvidas se alguém ainda poderia, inclusive ele. A única hora em que sua voz se animava era quando falava com Alessandro ao telefone; em sua ligação naquela manhã, ela lhe prometera que voltaria em breve.

– Estamos extraordinariamente bem, Isabella. – Bernardo deixou o momento passar com um suspiro. – Considerando o tipo de mudanças que estamos fazendo. Eu diria que você trabalhou esplendidamente. Devemos estar aptos para organizar os escritórios de Nova York dentro de um mês.

– Isso significa fim de julho, começo de agosto. É o bastante. – Em seguida veio a pergunta final. A que ele vinha temendo há semanas. – E você?

Ele hesitou por um longo momento; por fim, balançou a cabeça.

– Não posso. – Ela parou de comer, pousou o garfo no prato e olhou para Bernardo com atenção. Por um instante parecia a Isabella de outrora, e ele quase sentiu alívio.

– Por que não?

– Estive pensando no assunto. Não daria certo. – Ela aguardou em silêncio enquanto ele prosseguiu. – Você está preparada para dirigir a empresa sozinha. Entende do assunto tão bem como eu, na verdade até melhor do que Amadeo entendia. Não sei se você se dá conta disso.

– Não é verdade.

– É verdade, sim. – Ele sorriu para ela e Isabella ficou emocionada. – E eu não seria feliz em Nova York. Quero ficar em Roma, Isabella.

– Fazendo o quê?

– Vai aparecer alguma coisa. A coisa certa. No devido tempo. Talvez até tire umas longas férias, talvez vá para algum lugar, talvez passe um ano na Grécia.

– Você enlouqueceu. Não poderia viver sem a empresa.

– Tudo tem de chegar a um fim.

Ela olhou-o, pensativa.

– Nada é eterno.

– Exatamente.

– Gostaria de mais algum tempo para pensar no assunto?

246

Ele quase concordou, mas depois tornou a balançar a cabeça. Era inútil. Estava tudo acabado.

– Não, querida, não gostaria. Não quero viver em Nova York. Como você disse quando chegou aqui, basta.

– Não me referia a você.

– Eu sei. Mas está na hora para mim. – De repente, enquanto olhava para ela, ele viu lágrimas em seus olhos. O rosto crispado, cansado, com os grandes olhos negros apertados. Ele moveu-se para sentar-se ao lado dela no sofá de couro e tomou-a nos braços. – Não chore, Bellezza. Isabellezza...

Isabellezza... Ao som daquela palavra ela virou a cabeça e rompeu em soluços.

– Oh, Bernardo, não existe mais nenhuma Isabellezza.

– Sempre existirá. Para mim. Jamais esquecerei aqueles tempos, Isabella. Nem você esquecerá.

– Mas acabaram. Tudo mudou.

– Tem de mudar. Você está certa ao mudar a San Gregorio. A única coisa que está errada em mudar é você.

– Mas estou tão confusa! – Ela parou por um instante para assoar o nariz no lenço dele, enquanto Bernardo passava a mão gentilmente pelo seu cabelo.

– Sei que está. Não confia em mais ninguém. É natural, depois do que aconteceu. Porém, agora, precisa livrar-se disso. Precisa parar, antes que isso a destrua. Amadeo morreu, Isabella. Mas você não pode morrer também.

– Por que não? – Ela parecia uma menina inconsolável, ali sentada ao lado dele, enquanto assoava o nariz outra vez.

– Porque você é muito especial, Bellezza. Partiria meu coração se permanecesse assim, zangada, infeliz, desconfiada de todos. Por favor, Isabella, você precisa libertar-se do passado e tentar de novo.

Ela não lhe contou que fizera exatamente isso e que fora magoada mais do que já havia sido antes.

– Não sei, Bernardo. Muita coisa mudou nesse ano que passou.

– Mas você verá. Vai descobrir, no devido tempo, que algumas dessas mudanças foram boas também. Está tomando a decisão certa ao levar a empresa para os Estados Unidos.

– Espero que sim.

– A propósito, o que vai fazer com a *villa*?

– Começarei a empacotar as coisas na próxima semana.

– Vai levar tudo com você?

– Tudo não. Deixarei algumas coisas aqui.

– Posso ajudá-la?

Ela assentiu lentamente com a cabeça.

– Seria mais fácil. Ando com medo de voltar para lá.

Ele também assentiu com a cabeça e sorriu enquanto ela assoava o nariz pela última vez.

24

O carro dobrou na entrada de cascalho e parou diante da familiar porta da frente. Isabella olhou-a pensativa por um momento, antes de descer. De alguma forma, a casa parecia maior, e o espaço ao redor, estranhamente silencioso. Por um instante, deu-lhe a impressão que voltava de uma longa viagem. Esperava vislumbrar o rosto de Alessandro na janela, a seguir, um minuto depois, vê-lo saltitando para vir ao seu encontro, mas ele não veio. Ninguém veio. Nada se moveu.

Bernardo permanecia silencioso atrás dela enquanto Isabella começava a caminhar devagar para a casa. Nas cinco semanas em que estivera em Roma, ainda não fora até ali. De certa forma, em seu coração, ela na realidade não tinha voltado. Viera para Roma a fim de prestar assistência à sua empresa. Mas isto era algo diferente, algo íntimo, um pedaço do passado. E ela própria sabia que não estava preparada para vê-la. Agora que estava de volta, sentia-se aliviada por não estar sozinha. Então olhou de relance por cima do ombro com um sorriso suave, lembrando-se de Bernardo. Mas os olhos negros não estavam sorrindo; pareciam infelizes e distantes quando Isabella olhou à sua volta e depois tocou a campainha. Tinha a própria chave, mas não queria usá-la. Era o mesmo que visitar alguém agora. Alguém que ela fora outrora.

Bernardo estava atento quando uma empregada abriu a porta e Isabella entrou. Ele avisara o pessoal. A *signora* di San Gregorio estava de volta. A notícia foi recebida com agitação e alvoroço: com Alessandro? Para sempre? Tinha-se seguido um turbilhão de planos – que quartos abrir, que refeições preparar. Mas Bernardo apressara-se em dispersar as ilusões. Ela não ficará hospedada na *villa* e virá sozinha. Alessandro ainda estava nos Estados Unidos. A seguir, ele desferira o derradeiro golpe. Ela fecharia a casa.

De qualquer modo, a casa já não era mais a mesma. As figuras centrais do corpo doméstico já tinham ido embora. *Mamma* Teresa partira em abril, compreendendo finalmente que seu pupilo ficaria afastado durante um tempo muito longo. Bernardo falara francamente com ela, os riscos eram grandes demais. O menino ficaria afastado por um ano, talvez um pouco menos ou, provavelmente, um pouco mais. Ela fora trabalhar para uma família em Bolonha, com três filhas e dois meninos. Jamais se recuperara inteiramente do modo como Isabella a deixara, sem sequer avisá-la que estava tirando Alessandro dela, na calada da noite, abandonando a cama dele vazia e deixando seu quarto trancado e a mulher que o protegera e amara para trás. Luisa arranjara emprego para o verão, em São Remo, com as pessoas para quem já havia trabalhado certa vez. E Enzo aposentara-se; seu quarto sobre a garagem estava vazio. Chorosos, havia muito que as três estrelas de primeira grandeza do corpo doméstico tinham partido. Agora havia apenas os corpos celestes secundários para ajudar Isabella.

Bernardo encomendara um número incontável de caixas, que foram deixadas no vestíbulo. Isabella viu-as assim que entrou. Silenciosamente, ficou parada, olhando-as, mas seus olhos deixaram-se levar dali. Isabella parecia estar esperando – por ruídos familiares, por sons que ali ouvira, por vozes que não estavam mais. Bernardo observava-a, cautelosamente retraído. Ela colocou a jaqueta leve de linho numa cadeira e começou a caminhar pelo longo vestíbulo, seus passos soando ocos. Passaram-se apenas cinco meses desde a noite em que ela fugira com Alessandro? Cinco meses desde que percorrera furtiva aquele vestíbulo, reunindo malas e com Alessandro em suas pantufas vermelhas, sussurrando "psiu" e prometendo aventura? "Vamos para a África, *mamma*?" Ela sorriu e perambulou pela sala de estar. Olhou para o relógio Fabergé azul, o mesmo que consultara com tanta intensidade na noite em que ficara aguardando por Amadeo, quando iam a um jantar na casa da princesa – na noite em que ele se atrasara tanto, na noite em que desaparecera. Sentou-se pesadamente na *chaise longue* ao lado da janela, olhando para Bernardo, com uma expressão vazia.

– Nem mesmo sei por onde começar. – Seus olhos estavam marejados e pesados, e ele assentiu com a cabeça, entendendo.

– Está certo, Bellezza. Faremos tudo devagar, quarto por quarto.

– Levará anos. – Olhou para o jardim. O carrossel que ela dera a Alessandro no Natal estava envolto por uma lona, os sinos e a música em silêncio. Brotaram lágrimas em seus olhos, mas ela sorriu.

Bernardo a observava, lembrando-se daquela noite, como ele também estava. Remexeu no bolso e retirou algo que ficou segurando.

– No último Natal não cheguei a lhe dar isto. Receei que a faria muito infeliz se lhe desse um presente. – O Natal com Amadeo sempre significara originalidade, uma joia ou objetos singulares, pequenos tesouros e livros notáveis que ela cobiçava, pequenas surpresas que ela sempre adorara. De modo algum Bernardo poderia ter feito o mesmo para agradá-la e ele ficara, inclusive, receoso de tentar. Mas tinha ido ao Alfredo Paccioli e comprara uma coisa que agora, cinco meses depois, ele lhe oferecia. – Depois me senti péssimo por não lhe dar nada. – Silenciosamente, tateou o relógio de bolso, agora familiar, que fora de Amadeo. Usava-o sempre.

Bernardo entregou-lhe o pacotinho. Ela o recebeu, seus olhos marejaram de lágrimas, e sentou-se outra vez com um pequeno sorriso.

– Não precisa me dar presentes, Bernardo. – Mas pegou-o e abriu-o, depois ergueu os olhos para o amigo, sem fala pela emoção. Era um anel de ouro grande, com o selo da San Gregorio cuidadosamente gravado, impecavelmente cinzelado na superfície lisa de uma pedra preta. Era ônix, e suas proporções eram perfeitas em sua mão longa e fina. Ela colocou-o antes da aliança e seus olhos arregalaram-se, tornando a umedecer.

– Bernardo, você é maluco...

– Não, não sou. Gosta? – De onde estava, lançou-lhe um sorriso, parecendo muito jovem para ela, quase um garoto.

– É perfeito. – Contemplou o anel mais uma vez.

- Se gostar dele a metade do que gosto do meu relógio de bolso, ficarei feliz.

Sem falar mais nada, ela levantou-se e dirigiu-se a ele. Por um momento, ficaram estreitamente abraçados, e ele sentiu as batidas do coração de Isabella ao mantê-la junto a si.

– Obrigada.

– *Va bene*, Bellezza. Não, não chore. Vamos, temos um trabalho a fazer. – Separaram-se sem pressa, ele tirou o paletó e soltou as abotoaduras enquanto ela observava. – Por onde começamos?

– Meu quarto?

Ele concordou com a cabeça e, de mãos dadas, encaminharam-se com determinação para o corredor. Ela estava dividindo tudo em três categorias. As coisas que deixaria na casa sob capas contra poeira, para serem pegas por ela, um dia, talvez, ou postas em uso na casa se Alessandro viesse a reabri-la, se, já adulto, voltasse para Roma. As coisas que empacotaria e mandaria para os Estados Unidos. E os objetos preciosos que não poderiam ficar abandonados ali, mas teriam de ser postos em um depósito. Desses, ela concluiu, havia poucos. Coisas que valiam a pena levar com ela ou poderiam ficar em Roma, na casa. Coisas como o piano de cauda e algumas peças da mobília grande e antiga que estivera durante anos na família de Amadeo, mas das quais nenhum dos dois gostara muito. A maioria dos tapetes ela deixaria no depósito. Talvez não se adaptassem ao seu novo apartamento. As cortinas ficariam nas janelas para as quais tinham sido feitas. Os candelabros de parede e os lustres ficariam. Não queria deixar buracos ou fendas expostos na casa. Quando Alessandro um dia voltasse, ela queria que a casa ainda parecesse um lar, não um lugar que alguém tivesse saqueado ao preparar-se para fugir.

– *Allora.* – Lançou um olhar para Bernardo. – Vamos lá!

Ele sorriu-lhe, e começaram a embalar as coisas. Primeiro, no quarto dela, depois no de Alessandro, a seguir seu *boudoir*, então, finalmente, pararam para almoçar. O santuário sagrado estava sendo desmantelado, as caixas agrupadas em pilhas intermináveis no vestíbulo, e Isabella estava satisfeita enquanto olhava ao redor. Era uma boa oportunidade para separar suas coisas favoritas das que não lhe interessavam realmente. Bernardo observara-a com atenção, mas não aparecera uma lágrima sequer desde o instante em que começaram. Isabella readquirira o autocontrole.

Estavam almoçando no jardim.

– O que vai fazer com o carrossel? – perguntou Bernardo. Ele mastigava com firmeza e energia um sanduíche de presunto defumado e tomate. Isabella servia vinho branco a ambos.

– Não posso levá-lo. Nem mesmo sei onde vamos morar. Talvez nem tenhamos um jardim.

– Se puder tê-lo, avise-me. Mandarei encaixotá-lo.

– Alessandro adoraria. – Ela olhou para Bernardo. – Irá nos visitar?

– É claro que irei. Posteriormente. Mas antes – ele parecia vitorioso – vou à Grécia.

– Já decidiu então?

– Está tudo acertado. Na semana passada, aluguei uma casa em Corfu, por seis meses.

– E depois disso? – Ela bebeu outro gole de vinho. – Talvez devesse ir a Nova York e avaliar direito...

Ele fez que não.

– Não, Bellezza, ambos sabemos que tomamos as decisões certas. Farei alguma coisa por aqui.

– Para um dos meus rivais? – Seu olhar de preocupação era apenas meio sério, porém, ele tornou a balançar a cabeça.

– Você não tem nenhum, Isabella. E eu não suportaria trabalhar com um profissional de segunda após ter trabalhado para você. Já recebi cinco ofertas.

– Santo Deus, é mesmo? De quem? – Ele mencionou, e ela mostrou-se desdenhosa. – Esses fazem lixo, Bernardo. Não!

– É claro que não! Mas pode surgir outra coisa. Houve uma oferta que me deixou intrigado. – Ele contou-lhe. Era o maior designer de roupa masculina da Itália, que também fazia provas particulares em Londres e na França.

– E isso não iria entendiá-lo?

– Talvez. Mas precisam de alguém que dirija a empresa. O velho Feleronio morreu em junho, o filho vive na Austrália e é médico, a filha não entende nada do negócio. E – Bernardo

253

lançou-lhe um olhar malicioso – não querem vendê-la. Querem alguém que dirija para eles, assim podem continuar vivendo como reis. Acho que no final acabarão vendendo, porém não antes de cinco ou dez anos, talvez. Me daria um bocado de liberdade para fazer o que eu quisesse. – Lançou-lhe um sorriso.

– Ande, diga logo. Uma coisa que nunca teve comigo.

– Eu não a teria respeitado tanto se você desempenhasse um papel sem importância. E não há razão para desempenhar, pois conhece mais esse negócio do que qualquer um na Europa.

– E nos Estados Unidos – acrescentou ela, com orgulho.

– E nos Estados Unidos. E se fizer a metade de um bom trabalho ensinando Alessandro, a San Gregorio continuará por mais cem anos.

– Às vezes me preocupo a esse respeito. E se ele não quiser?

– Vai querer.

– Como pode saber?

– Já conversou com ele sobre o assunto? Alessandro mais parece um menino de 15 do que de 5 anos. Talvez não tenha realmente seu olho para o design e cor, mas o funcionamento, a engenhosidade e o mecanismo da San Gregorio já estão no sangue dele. Como em Amadeo. Como em você.

– Espero que sim. – Ela fez uma anotação mental para falar com o filho a respeito quando voltasse. – Sinto terrivelmente a falta dele – acrescentou – e acho que está ficando zangado. Quer saber quando vou voltar.

– Quando será?

– Dentro de um mês. É bastante justo. Natasha alugou uma casa em East Hampton para o verão. Ele pode ficar na praia enquanto termino aqui e, depois, enquanto procuro um apartamento em Nova York.

– Vai ficar extremamente ocupada. Tem de procurar um local para os escritórios temporários, os rapazes chegarão lá duas semanas depois de você... sem falar que precisa escolher sua casa definitiva e um arquiteto para fazê-la, uma casa para você e Alessandro.

– Enquanto *você* fica passeando na Grécia!

Ele esboçou um largo sorriso.

– Eu mereço, criatura desnaturada.

– Vamos – disse ela –, vamos voltar ao trabalho.

Trabalharam até as 23 horas, separando os tesouros da sala de estar, embalando o que podiam e deixando o resto para os embaladores profissionais. Etiquetas vermelhas indicavam o que ia com ela, as azuis, o que ficaria em Roma, e as verdes, o que iria para o depósito. Depois, havia o restante, o inevitável excedente que vem à tona na vida de toda pessoa que muda de residência. Mesmo para Isabella, com seus móveis no estilo Luís XV, seus mármores, seu relógio Fabergé, havia ainda os brinquedos quebrados, coisas que ela detestava, livros que não queria mais e louça rachada.

Naquela noite, Bernardo deixou-a na Casa de San Gregorio e voltou para buscá-la no dia seguinte. Durante as três semanas seguintes, eles deixavam o trabalho cedo, chegando na *villa* por volta das 14 horas e só saindo depois da meia-noite. Na quarta semana, a tarefa terminara.

Isabella ficou parada por um último e solitário momento entre a montanha de caixas empilhadas em ordem na sala de estar e no vestíbulo. Um mar de etiquetas vermelhas, os tesouros que ela estava enviando para Nova York. De repente, a casa produziu um eco estranho; as luzes estavam apagadas. Eram 2 horas da manhã.

– Você não vem? – Bernardo já aguardava na entrada da garagem.

– Espere! – gritou ela; exatamente quando pensava: O quê? Ele estava chegando? Ela ia ouvir seus passos? Do homem que se fora havia dez meses? Ela sussurrou docemente na escuridão: – Amadeo?

Ela ficou esperando, ouvindo, prestando atenção, como se ele pudesse voltar para ela e dizer-lhe que seu desaparecimento não passara de uma brincadeira. Que ela devia parar com tudo e desfazer as caixas. Na verdade, não houve nenhum sequestro... ou tinha havido, mas eles mataram outra pessoa. Ela ficou ali de pé parada, trêmula, sozinha, durante um minuto que pareceu uma hora. Então, com as lágrimas escorrendo pela face, fechou suavemente a porta e trancou-a. Segurou o trinco um derradeiro instante, sabendo que jamais voltaria.

25

— Você vai me visitar? Promete? – Ela agarrava-se a Bernardo no aeroporto. Ambos estiveram chorando. Agora ele enxugava os olhos dela com seu lenço e o passava rudemente nos seus.

– Prometo. – Ele sabia como Isabella ficara de repente nervosa a respeito de dirigir a empresa sozinha em Nova York. Mas ela estava fazendo boas contratações. Peroni e Baltare não tinham criatividade, mas eram firmes. Isabella não precisava de ninguém com criatividade, pois a possuía de sobra por todos eles. – Dê um beijo em Alessandro por mim – disse ele.

Ela chorava de novo.

– Darei. – Fora uma semana insuportável de despedidas. Na *villa*. Na casa. Com Gabriela, que só veria na sua próxima viagem a Roma, dentro de três meses. Mas, ainda assim, havia a dor constante da partida, e agora Bernardo. De certa forma, era o mesmo que partir como fizera seis meses antes. Mas desta vez, era em plena luz do dia, do aeroporto de Roma, com os dois seguranças que pareciam entediados, e não houvera mais nenhum telefonema dos maníacos. Finalmente estava terminado. Até Bernardo concordara que ela ficaria a salvo sendo vista em Nova York. Não era segredo que a empresa estava sendo transferida, e haveria fotos e telefonemas da imprensa. Mas a polícia tinha lhe assegurado que ela não corria mais nenhum perigo real. Só precisava ser sensata e, talvez, um pouco cautelosa com Alessandro, porém não mais do que qualquer pessoa em sua posição. Ela aprendera bem a lição. Dolorosamente bem.

Beijou Bernardo pela última vez, e ele sorriu para ela, mais uma vez através das próprias lágrimas.

– *Ciao*, Isabellezza. Cuide-se.

– *Ciao*, Nardo. Amo você.

Abraçaram-se pela última vez, e ela embarcou no avião. Sozinha desta vez, sem seguranças, na primeira classe, com seu nome na lista de passageiros. Escorriam lágrimas dos seus olhos.

Dormiu durante três horas, depois serviram-lhe um jantar leve. Em seguida, ela tirou alguns papéis da pasta e sorriu diante da perspectiva de ver Alessandro. **Havia** dois meses que não o via.

Quando o avião aterrissou em Nova York, ela passou rapidamente pela alfândega, sem nenhum receio desta vez. Lembrou-se da última vez que chegara em Nova York, exausta, aterrorizada, suas joias escondidas na bolsa a tiracolo, os seguranças ao seu lado e o filho em seus braços. Hoje, as autoridades alfandegárias a liberaram com um aceno, e ela murmurou um rápido "obrigada", passando pelo portão, os olhos esquadrinhando o aeroporto.

Então, ela os viu, Natasha e os meninos, esperando. Correu na direção deles e tomou Alessandro nos braços.

– *Mamma!... Mamma!* – Os gritos do menino invadiram o aeroporto inteiro. Ela o envolveu com força em seus braços.

– Oh, querido, como eu amo você... oh, e você está tão moreninho! Bernardo mandou um beijo...

– Trouxe meu carrossel? – Seus olhos estavam arregalados e felizes, um reflexo dos da mãe.

– Ainda não. Se encontrarmos uma casa com jardim, pedirei que o mandem, mas você já está um pouquinho crescido para ele, sabe disso.

– Carrosséis são para bebês. – Jason os olhou, aborrecido com todos aqueles beijos e abraços. Aquele tipo de tolice não era coisa de um homem. Mas, de qualquer modo, Isabella beijou-o e fez-lhe cócegas, e então ele riu.

– Esperem até ver o que eu trouxe para vocês dois! – Houve gritos de animação e mais risadas, e Isabella ergueu os olhos para Natasha. A expressão do seu rosto ficou mais moderada, mas ela sorriu gentilmente. – Como vai?

Por um instante, Natasha hesitou, em seguida caíram nos braços uma da outra.

– Também senti muita falta de você, sabe disso.

– Eu também. Foi horrível ficar sem minha companheira de apartamento. – Ambas riram outra vez. Enquanto caminhavam juntas, Natasha sabia que Isabella não estava mais zangada. O brilho da angústia toldara-se um pouco nos olhos da amiga.

– Quase caí dura quando você disse que estava transferindo a empresa. O que disseram em Roma?

– O mesmo que você. O único que achou maravilhoso foi Bernardo. Ele sabia que eu estava certa ao fazer isso. Vai ser uma loucura durante algum tempo. Tenho milhões de coisas para fazer. – Gemeu só em pensar.

– Eu ajudarei.

– Você não está em East Hampton? – Todos pareciam bronzeados e saudáveis devido a um mês ao sol.

– Estou, mas posso deixar os meninos com Hattie.

Isabella assentiu.

– Certo. – Tinha algumas arestas a aparar com Natasha. O caso com Corbett não importava tanto assim. Talvez a intenção de Natasha tivesse sido boa. Mas não interessava. Isabella não queria saber. O assunto estava encerrado entre elas. Dessa vez não havia nenhum Rolls-Royce, apenas a limusine comum que Natasha às vezes alugava e que levara Isabella àquela pré-estreia desastrosa em abril. Isabella sorriu para ela. Parecia que mil anos tinham se passado.

Foram para o apartamento. Os meninos abriram os embrulhos, gritando e rindo, experimentando suéteres e chapéus bizarros, jogando novos jogos e brincando com seus brinquedos.

Finalmente, sorrindo com timidez, Isabella ofereceu um embrulho a Natasha.

– Este é para você.

– Ora, Isabella. Que tolice é essa?

– Não interessa. Abra. – Era o requinte da alta-costura da nova coleção de inverno, lançada em junho. Um vestido azul, de caxemira macia, com um casaco azul combinando. Natasha ergueu-o diante do espelho, cheia de admiração.

– É magnífico.

– Combina com seus olhos. – Das camadas de papel, Isabella retirou uma echarpe e um chapéu. – Pode usá-lo para almoçar com seu editor.

– Essa não! Por que desperdiçar com ele?

– Então pode usar para almoçar comigo. No Lutece.

Natasha olhou-a fixamente.

– Vai sair outra vez?

Isabella confirmou com um gesto de cabeça.

– Agora está tudo bem. Já está na hora. – Corbett estivera certo, pensou, sua prisão não duraria para sempre. Apenas dez meses, embora lhe parecesse uma vida inteira.

Pela manhã, Natasha e os meninos voltaram para East Hampton e Isabella foi trabalhar. Desta vez não ia telefonar para Roma, mas para quatro corretores de imóveis que a levaram de um lado a outro da Park Avenue e de cima a baixo da Quinta Avenida. Em uma semana, Isabella já tinha lugar para o escritório temporário, contratara cinco secretárias bilíngues, alugara montes de equipamento e encomendara telefones. Não era o ideal, mas um começo.

No final da segunda semana, ela encontrou o que procurava. No topo do mais alto arranha-céu da cidade, dois andares para a Casa de San Gregorio, com vista para toda a cidade de Nova York.

Para encontrar o apartamento, ela levara mais tempo, mas, no final de duas semanas de procura, ela estava de pé, numa cobertura da Quinta Avenida, olhando a vista. Lá estava o movimento circular do Central Park aos seus pés, o rio Hudson mais além e a silhueta da cidade à sua esquerda, tendo pela frente o sul. O apartamento em si era espaçoso e encantador. Tinha quatro quartos – um para ela, outro para Alessandro, um quarto de hóspedes e outro que Isabella poderia usar como escritório –, duas dependências, uma enorme sala de jantar com lareira, uma sala de estar dupla e um amplo corredor e vestíbulo que a faziam lembrar-se vagamente da casa de Roma.

O corretor ficara observando-a atentamente.

– Gostou?

– Ficarei com ele. – O edifício possuía um exército de porteiros e auxiliares, mais que no edifício de Natasha, 12 quarteirões ao sul.

No dia seguinte, Natasha veio de East Hampton para vê-lo.

– Meu Deus, Isabella, que vista! – Isabella estava de pé, orgulhosa, em seu novo terraço. Haveria lugar, inclusive, para o carrossel, se ele conseguisse sobreviver à neve do inverno de Nova York. – Quando vai fazer a mudança?

– Bem, ontem telefonei para a empresa de mudanças. O navio chega amanhã. Estava pensando no próximo sábado. Tenho que acabar logo com isso, assim posso voltar a trabalhar. – Seus auxiliares de confiança já haviam chegado de Roma e todos estavam ansiosos para começar e pôr mãos à obra.

Mas Natasha de repente pareceu triste.

– Tão rápido? – Isabella balançou a cabeça. – Isso é péssimo. Sentirei muito sua falta. E Jason diz que ficará com medo de dormir sozinho no quarto.

– Ele pode vir nos visitar todo fim de semana. – Isabella sorriu.

– Sinto como se estivesse me divorciando de novo.

– Mas não está.

Durante o calor intenso de uma tarde de setembro, as duas mulheres olhavam uma para a outra, e Isabella decidiu afinal mencionar o assunto doloroso. Devia isso à amiga.

– Devo-lhe desculpas, Natasha.

No mesmo instante, Natasha compreendeu do que Isabella estava falando, mas balançou a cabeça e olhou ao longe.

– Não, não me deve.

– Devo sim. Não compreendo o que realmente aconteceu. Eu estava zangada com Corbett. Mas errei ao agredi-la. Não sei se você tentou me ajudar ou não, mas isso não importa. Se o fez, foi levada por boas intenções. Eu sei. E sinto muito por tudo o que disse.

Mas agora Natasha olhou-a intensamente.

– Você está errada a respeito dele.

– Isso jamais saberei.

– Poderia conversar com ele, deixar que ele lhe contasse. Poderia ao menos dar-lhe essa oportunidade.

Isabella apenas fez que não.

– Nada é eterno. Nem o bom, nem o ruim. Corbett disse-me isso no começo. Ele tinha razão.

– Ele ainda ama você. – Natasha pronunciou as palavras suavemente.

– Então você o tem visto? – Isabella procurou os olhos da amiga. Natasha confirmou com a cabeça.

– Ele compreende o que aconteceu. Talvez melhor do que você. Desde o princípio ele temia esse desfecho. O único erro que ele cometeu foi não lhe contar logo.

– Agora não faz diferença. Está acabado.

Sentindo-se infeliz, Natasha sabia que Isabella falava sério. Para ela, estava acabado. Mas não para Corbett ou para o menino. Mas Natasha não disse nada, e Isabella não falou mais de Corbett até aquela tarde.

Ela contara para Alessandro a respeito do apartamento.

– Você está dizendo que posso ter meu carrossel?

– Claro que sim. Já telefonei para Roma.

– *Mamma!... Mamma!* Espere até Corbett vê-lo. – Seus olhos brilhavam e, por um instante, tudo parou.

Isabella o olhou de modo estranho.

– Ele não o verá, querido.

– Ele vai ver sim! Ele é meu amigo. – Uma expressão de desafio brilhava nos olhos escuros de Alessandro. Ninguém dissera nada a ele, mas o menino sentira uma distância entre sua mãe e seu amigo. Alessandro não gostou. De jeito nenhum. Podia afirmar isso pelo modo como Corbett falava de sua mãe. Como se ele a temesse. Como se ela estivesse morta. – Eu o convidarei para ver o carrossel. – Ergueu os olhos para a mãe, com uma expressão de desafio, mas a voz de Isabella tornou-se ríspida.

– Não, Alessandro, você não vai convidá-lo.

– Vou sim. Prometi a ele, neste verão.

– Prometeu? Quando?

– Quando vi ele na praia. Ele também estava em East Hampton.

Então Isabella levantou-se rápido e foi à procura de Natasha. Mais uma vez encontrou-a em seu escritório, com uma xícara de café na mão, lendo uma página nova. Isabella fechou a porta com violência após entrar. Natasha deu um pulo com o barulho, depois olhou com atenção para a amiga como se ela tivesse perdido o juízo.

– O que houve?

262

A expressão de Isabella era estranhamente familiar, mas antes que Natasha pudesse reconhecê-la, a amiga começou a esbravejar.

– Por que não me disse? Ele estava em East Hampton durante o verão, grudado em Alessandro, tentando se reaproximar de mim!

Natasha se levantou, com as mãos na cintura. Desta vez não cederia.

– Alessandro precisa dele, Isabella. E Corbett *não* está tentando se aproximar de você. Pare com essa paranoia, pelo amor de Deus! O que há com você? Acha que todo mundo quer roubar sua maldita empresa, todo mundo está usando você e seu filho!

– Mas estão, droga! Levaram meu marido também.

– *Eles* levaram. *Eles*. Pessoas loucas, que queriam dinheiro. Mas isso terminou, Isabella. Terminou! Agora ninguém está querendo prejudicá-la.

– Pouco me importa. Não quero aquele homem perto do meu filho.

– Está enganada. Mas diga isso a ele, não a mim.

– Mas você sabia! Sabia como me sentia quando fui para Roma.

– Pensei que recobraria o juízo, que passaria por cima disso tudo.

– Não vou passar por cima de nada. Já recobrei o juízo. No minuto em que Bernardo mencionou o nome dele. Não quero aquele homem ao lado de Alessandro novamente. – Depois saiu do escritório de Natasha batendo a porta. Foi para seu quarto e, com a mão trêmula, pegou o telefone.

Ele apressou-se em atender.

– Isabella? Aconteceu alguma coisa?

– Muita coisa. E quero vê-lo. Agora! É possível?

– Estarei aí em meia hora.

– Ótimo. Encontrarei com você lá embaixo. – Ela não queria que Alessandro o visse. Consultou o relógio do quarto, e 25 minutos depois desceu. Quatro minutos mais tarde, o Rolls-Royce parou na porta do prédio. Corbett estava sozinho no carro. Ele desceu e abriu a porta para ela. Isabella entrou discretamente, mas quando Corbett começou a dar partida, ela fez um gesto rápido com a mão, exibindo o anel que ganhara de Bernardo.

Ele notou e compreendeu no mesmo instante o que a joia significava. Ele queria dizer-lhe que era bonita, que ela estava linda, que ainda a amava, mas Isabella não lhe deu oportunidade.

– Não se incomode, Corbett. Não vou a lugar algum com você. Mas não queria falar lá em cima, onde Alessandro poderia nos ouvir.

Preocupado, o rosto dele contraiu-se.

– O que aconteceu?

– Quero que se afaste do meu filho. Ficou claro? Quero você fora da vida dele, total, permanente e completamente. Estou farta dos seus jogos... influenciando meus amigos, meus assistentes em minha empresa, e agora meu filho. Quanto aos outros, tinha o direito de fazer; como conduz seus negócios, só compete a você saber. Mas quando me usa pessoalmente ou meu filho, Corbett, então está se envolvendo em uma guerra onde só poderá perder. Se tornar a se aproximar do menino, se lhe mandar presentes, se tentar vê-lo ou falar com ele, ou se deixá-lo telefonar para você, chamarei a polícia e meu advogado. Eu o processarei por estar nos perturbando. Tomarei *seus* negócios e o verei na cadeia. Perturbar um menor, tentativa de sequestro, assédio, chame como quiser, mas fique longe do meu filho! – Ela gritava tão alto que o porteiro a teria ouvido se Corbett não tivesse tomado a precaução de fechar os vidros do carro.

Ele ficou olhando-a por um instante, não acreditando no que ouvia. Depois, foi dominado pela raiva.

– É isso o que acha que estou fazendo, Isabella? – perguntou. – Usando o menino para me aproximar de você? É o que pensa? Mesmo? Como você é pretensiosa, arrogante e incrivelmente imbecil! Meses atrás, eu lhe disse que devia continuar com sua empresa, disse que minhas ofertas tinham sido retiradas. Apaixonei-me e, para falar a verdade, sentia uma enorme pena de você. Trancada como um animal, com medo de todo mundo, não confiava em ninguém. Você passou por um período infeliz na vida, Isabella. E o mesmo aconteceu com o menino. Ele perdeu o pai; está tão solitário quanto você. E quer saber de uma coisa? Amo aquele menino. É uma criança maravilhosa. E ele precisa de mim. Muito mais do que você! Você é uma maldita máquina. Sua empresa, sua empresa, sua empresa! Estou farto de ouvir isso. Agora me deixe em paz e saia imediatamente do meu carro!

Antes que Isabella pudesse responder, ele já descera do carro de um salto, contornara a frente do Rolls-Royce e segurava a porta aberta para ela, enquanto ela, aturdida, descia.

– Espero que me tenha feito entender. – Ela olhou-o com frieza.

– Completamente – respondeu ele. – Adeus. – Corbett voltou para o carro e, antes que ela tivesse entrado no edifício, já havia partido.

26

O apartamento era adorável, os escritórios funcionavam com o frenesi costumeiro e o carrossel acabara de chegar. Estavam no final de setembro, e Jason e Natasha tinham ido à cobertura para vê-los. Alessandro subia e descia aos pulos, rindo e gritando, e Jason já decidira que o carrossel não era "nada mau".

– Oh, Deus, eu adorei, Isabella. Também quero um. – As duas mulheres sorriram uma para outra, observando as crianças dando uma porção de voltas, montadas nos cavalinhos do carrossel. A primeira brisa do outono rompera o encanto do verão, e Isabella estava estirada no terraço do seu novo lar, satisfeita com sua façanha.

As paredes dos quartos foram revestidas de tecido, havia cortinas maravilhosas e tapetes em todos os pisos. Os banheiros já haviam sido construídas em mármore quando ela comprou o apartamento, mas Isabella mudara todos os acessórios. Abrindo para o terraço, havia belas portas duplas envidraçadas.

– Você é um gênio – disse Natasha, olhando à sua volta, com admiração.

– Gênio, não. Sou uma designer. Às vezes isso ajuda.

– Como está indo a nova coleção?

– Devagar.

– Como meu novo livro.

– Custo a me acomodar sempre que mudo de local. Mas do jeito que eles estão demorando para se organizar nos novos escritórios, não terei que me preocupar com isso novamente até o ano que vem. Vão levar séculos.

– Até parece. Há quanto tempo já estão ali? – Ela esboçou um largo sorriso para Isabella. – Duas semanas?

Isabella retribuiu o sorriso.

– Seis.

– Paciência, paciência!

– Uma virtude pela qual jamais fui conhecida.

– Você está aprendendo. – Ela aprendera muito no ano que passou. – Que tal a sensação de sair outra vez?

– Magnífica. – Em seguida, ficou séria. – Mas um pouco estranha. Continuo aguardando que algo aconteça. Algo horrível. Algo inevitável. Que a imprensa faça explodir seus flashes no meu rosto, em seguida as ameaças, os telefonemas dos maníacos.

– E tem havido tais telefonemas?

Isabella balançou a cabeça, esboçando um breve sorriso.

– Não, só das repórteres da *Women's Wear Daily*, que desejam saber o que estou comendo ou o que vou vestir. Mas leva muito tempo para se esquecer o pesadelo, Natasha. Um tempo muito, muito longo. – Pelo menos ela já não aguardava mais que Amadeo voltasse para casa à noite. Levara um ano. – O que me faz lembrar de uma coisa. – Voltou seus pensamentos para algo alegre. – Quero que jante comigo amanhã à noite. Está ocupada?

– É claro que não. O homem com quem gastei minhas energias durante o verão acaba de voltar para a esposa. Miserável.

Isabella exibiu um largo sorriso, e ambas disseram juntas:

– Nada é eterno.

A SUAVE ILUMINAÇÃO rosada animava os rostos conhecidos, rostos que geralmente eram vistos nas revistas de moda ou nas capas do *Fortune* ou da *Time*. Estrelas de cinema, magnatas, editores, autores, empresários. Os muito bons naquilo que faziam e os muito ricos porque simplesmente o eram. As mesas estavam dispostas juntas, as chamas das velas sobre as toalhas cor-de-rosa dançavam na brisa suave que vinha do jardim e os diamantes de todos pareciam cintilar, enquanto os rostos esfuziantes conversavam e riam. O Lutece jamais esteve tão encantador.

Como entrada, pediram caviar, filé mignon e salmão escaldado para cada uma. Meia garrafa de vinho tinto para Isabella e meia de branco para o peixe de Natasha. A salada era composta de palmito e endívia e, como sobremesa, morangos grandes e lindos. Isabella parecia à vontade e feliz, quando de repente Natasha notou seu vestido.

– O que houve? – Isabella olhava com atenção para a amiga, mas esta apenas ficou sentada ali, com uma expressão de espanto nos olhos.

– Durante o ano inteiro você parecia uma freira ou um espantalho e, de súbito, mudou completamente e eu nem sequer comentei.

Isabella apenas sorriu. O período de luto oficial terminara, e, nessa noite, pela primeira vez, ela usava os mais suaves tons de malva e branco. O traje era composto de um tubinho branco de gabardine – criação sua – e, por cima dele, uma túnica malva de caxemira macia, com os brincos de ametistas e diamantes que certa vez emprestara a Natasha.

– Gostou? É novo.

– Da mesma coleção daquela minha maravilha azul? – Isabella confirmava com a cabeça ao mesmo tempo em que Natasha inclinava-se para ela, confidenciando. – No outro dia liguei o ar-condicionado só para que eu pudesse usá-lo pela casa.

– Não se preocupe. Logo estará frio o suficiente para usá-lo. – Isabella estremeceu, já pensando no longo inverno de Nova York que dava a impressão de que nunca ia acabar.

– Você está linda – disse Natasha. Contudo, havia um lampejo de algo muito triste nos profundos olhos de ônix da amiga. – Estou contente porque tudo acabou, Isabella. – Imediatamente lamentou o que disse, porque, sob certos aspectos, ela sabia que não estava acabado. Jamais acabaria. A perda de Amadeo sempre pesaria no coração de Isabella.

– Nem acredito que já tenha se passado um ano. – Isabella levantou os olhos que fitavam o café, com uma expressão pensativa. – Sob certos aspectos, dá a impressão de que ele se foi para sempre. Em outros, parece que foi apenas ontem. Mas, para mim, é mais fácil suportar aqui do que em Roma.

– Você tomou a decisão certa.

Isabella tornou a sorrir.

– O tempo dirá.

Continuaram conversando por mais uma hora, depois cada uma foi para sua casa, Natasha para um apartamento que agora lhe parecia vazio, Isabella para a sua cobertura nova. Ela despiu-se tranquilamente, colocou a camisola, foi beijar Alessandro, já adormecido em sua cama. Depois entrou devagar debaixo das cobertas de sua cama e apagou a luz. Eram 6 horas seguinte quando foi acordada, sobressaltada, pelo telefone.

– Alô?

– *Ciao*, Bellezza.

– Bernardo! Sabe que horas são? Eu estava dormindo. Já está entediado? – Bernardo partira para Corfu pouco depois que ela retornara a Nova York.

– Entediado? Está louca. Adoro isto aqui. – A voz dele adquiriu um tom sóbrio no mesmo instante. – Isabella, querida... tive de telefonar. Tenho de ir a Roma.

– Já? – Ela soltou uma risada. – Já vai voltar para trabalhar? Foi rápido.

– Não, não é nada disso. – Houve uma pausa enquanto Bernardo revestia-se de coragem para contar-lhe. Gostaria de estar ao lado dela e não em uma ilha a milhares de quilômetros de distância, olhando desamparado para o telefone. – Ontem recebi um telefonema. Esperei até me telefonarem de novo esta manhã, até que tivessem certeza.

– Quem, pelo amor de Deus? – Ela se levantou da cama e bocejou, sonolenta. Era sábado, e ela pretendia dormir até meio-dia. – Você não está falando coisa com coisa.

– Eles os pegaram, Isabella.

– Quem pegou o quê? – Ela agora franzia a testa, e sentiu o sangue gelar de repente no momento em que compreendeu. – Os sequestradores?

– Todos eles. Eram três. Um deles falou demais. Está tudo terminado, Isabella. Está terminado, querida.

Ao ouvi-lo, ela começou a chorar.

– Terminou no ano passado – disse. Não sabia se ficava feliz ou triste agora. Não fazia mais nenhuma diferença. Amadeo morrera. E capturar os homens que o mataram não iria trazê-lo de volta.

– Temos de ir a Roma. A polícia tornou a me telefonar esta manhã. Eles têm permissão especial de acelerar o julgamento. Que será dentro de três semanas.

– Eu não vou. – Ela parou de chorar. Estava mortalmente pálida.

– Você precisa, Isabella. Precisa. Eles necessitam do seu depoimento.

– Nardo... Não! Não posso.

– Pode sim. Estarei com você.

– Não quero vê-los.

– Nem eu. Mas devemos isso a Amadeo. E a nós mesmos. Você não pode ficar de fora, Isabella. E se acontecer alguma coisa, se forem libertados? Pode deixar que isso aconteça com outras pessoas?

Diante de suas palavras, os acontecimentos de um ano antes voltaram a assaltá-la. Então aquele maldito Corbett mentira para ela. Continuava para sempre. Não terminava nunca. Nunca! Ela chorava de novo ao telefone.

– Isabella, pare com isso. Está quase acabado.

– Não está.

– Prometo-lhe, querida. Está. Só mais esta última coisa e, depois, você pode deixar o caso para trás, para sempre. A polícia me pediu que telefonasse para você, acham que seria um choque menor se você soubesse por mim – continuou. – Acham que o julgamento não levará mais de uma semana. Você pode ficar na Casa.

– Não vou.

Agora a voz dele estava firme:

– Vai, sim, Isabella. Você vai.

Depois de desligar, ela sentou-se na cama. Via as imagens que apagara da mente durante o ano que passou – a de ficar aguardando na sala de estar em seu vestido verde de gala, vigiando o relógio no consolo da lareira; a de Alessandro com a mão cheia de biscoitos naquela mesma noite. Em seguida o telefonema, a visita a Alfredo Paccioli para vender suas joias, Amadeo ao telefone, dizendo-lhe para ser corajosa. Ela fechou os olhos bem apertados, tentando não gritar. Com a mão trêmula, pegou no telefone outra vez e discou o número de Natasha.

Quando a sonolenta Natasha respondeu, Isabella já estava histérica.

– Quem? Quem fala? Isabella! O que há? Querida, fale comigo... Isabella?... Por favor... – disse Natasha.

– Eles os pegaram... os sequestradores... e tenho de... ir ao julgamento... em Roma...

– Estarei aí daqui a pouco.

Com o rosto enterrado nos travesseiros, Isabella afugentou as imagens e largou o telefone.

27

Do aeroporto, dirigiram direto para a Casa de San Gregorio, indo em grande velocidade por Roma. Era aquela época milagrosa do ano outra vez, ainda ensolarada e quente, embora com brisas frias, céu azul sem nuvens. Meados de outubro. Outrora tinha sido a época do ano favorita de Isabella. Ela estava sentada no carro em completo silêncio, usando um terninho cinza e um chapéu da mesma cor. Bernardo mal podia ver seus olhos, ocultos pela aba do chapéu e voltados para as mãos dela, cruzadas firmemente no colo.

– O julgamento começa amanhã, Bellezza. Agiu certo ao vir.

Isabella lançou-lhe então um olhar cansado, e ele retraiu-se diante da dor que viu estampada tão nitidamente naqueles olhos.

– Estou cansada de fazer o que é certo. O que isso importa, agora?

– Importa. Confie em mim.

Ela segurou a mão dele. Depois de todo esse tempo, de todas as discussões e acusações, ela confiava.

Havia alguns fotógrafos aguardando na porta, mas Bernardo conduziu-a entre eles, e ambos passaram rapidamente pela Casa, até a cobertura, onde ele colocou suas malas e serviu uma taça de vinho para os dois.

– Como foi a viagem?

– Correu tudo bem.

– E Alessandro?

– Louco da vida por eu ter partido, mas está ótimo.

– Contou-lhe o motivo da viagem?

Ela assentiu lentamente com a cabeça.

– Contei. Eu não ia, mas Natasha disse que eu devia contar. Assim ele não ficaria mais com medo.

– O que ele disse?

Ela parecia espantada.

– Ficou feliz. Mas não compreendia por que eu tinha de vir. Nem eu. – Isabella bebeu mais pouco do vinho e olhou para Bernardo, bronzeado e parecendo anos mais jovem após o mês que passara em Corfu.

– Você compreendeu e sabe disso. E quanto ao escritório?

– Está tudo ótimo. – Pela primeira vez ela sorriu para ele, tirando o chapéu cinza.

– E quanto a você? – Bernardo lançou-lhe um olhar penetrante.

– O que essa pergunta deve significar?

272

– Tem visto alguém? Já faz mais de um ano agora. Está na hora de começar a sair. – Ele finalmente veio a aceitar aquilo que jamais haveria entre eles e a tratar com carinho o que tinham.

– Cuide da sua própria vida. – Ela olhou ao longe, para os telhados de Roma.

– Por que deveria? Você não cuida da sua. E quanto a Corbett Ewing?

– E quanto a ele o quê? – Lançou um olhar aturdido para Bernardo. – O que sabe sobre nós?

– Não foi difícil calcular. Sua reação violenta sobre a F-B e o modo como falou naquele dia quando mencionei o nome de Ewing ao telefone. Nunca a vi tão zangada.

– Nunca fiquei tão zangada. Mas achei que ele havia me seduzido de propósito, só para botar as mãos na San Gregorio.

– É o que acha agora?

Ela deu de ombros.

– Isso não importa mais. Não o tenho visto, de jeito nenhum.

– Ele a seduziu? – A voz de Bernardo soou muito macia.

– Não é da sua conta. – Depois, ela moderou o tom. – Por um momento pensei que estivéssemos apaixonados. Mas me enganei, só isso. Jamais teria dado certo, de qualquer maneira.

– Por que não?

– Porque... oh, droga, não sei, Bernardo. Talvez porque sejamos diferentes. Talvez porque eu já esteja casada com meu trabalho. Além disso, jamais será como foi com Amadeo. E não quero partir meu coração ou o de outra pessoa, tentando descobrir. – Ela olhou para ele com tristeza. Ele balançou a cabeça.

– Então quer se destruir, é isso? Aos 33 anos, resolve confinar-se. Perde Amadeo, e então desiste de viver.

– Não desisti de viver. Tenho Alessandro e a empresa. – Olhou para Bernardo com uma expressão desafiadora, mas ele não retribuiu.

– Isso não é vida. Deu pelo menos uma chance a Ewing de contar o que aconteceu, para descobrir se o que pensa é verdade?

– Já disse, isso não importa. E sim, eu o vi uma vez quando voltei de Roma.

– E o que aconteceu?

– Nada. Disse a ele para se afastar de Alessandro. Descobri que, enquanto estive aqui, Natasha tinha deixado Corbett ver o menino. – Deixou escapar um suspiro brando e esboçou um sorriso amargo. – Eu disse a ele que, se voltasse a se aproximar de nós, eu chamaria meu advogado e a polícia e mandaria prendê-lo por assediar Alessandro... algo assim.

– Você enlouqueceu? O que ele disse?

– Mandou-me sair imediatamente do carro dele.

– Fez muito bem. Eu a teria posto para fora com um ponta-pé. Pelo amor de Deus, Isabella, no que estava pensando?

– Não sei... em mim mesma... Amadeo... Eu disse a você, está acabado. Não teria dado certo.

– Não mesmo, se é dessa maneira que você tem se comportado. – Ele serviu-se de outra taça de vinho.

– Natasha o encontra, é claro. São velhos amigos.

– Ela contou a ele sobre o julgamento? – Bernardo olhava-a de modo estranho, mas Isabella apenas deu de ombros.

– Não sei. Talvez. Em todo caso, estava nos jornais na véspera do meu embarque de Nova York. Desta vez, na página nove; finalmente, nosso grau de importância está diminuindo. Vou lhe dizer uma coisa, ficarei contentíssima quando voltar a ver meu nome apenas na seção de moda.

– Esse dia chegará. Depois desta semana, tudo estará terminado. Agora durma um pouco. Buscarei você pela manhã. – Beijou-a gentilmente no rosto e deixou-a sentada ali, bebendo o restante do seu vinho.

274

28

— *Va bene?* – Bernardo olhou-a com ar preocupado, assim que Isabella desceu do carro. Ela usava um vestido preto, porém, desta vez, sem meias pretas. Era de lã, com mangas compridas, e usava sapatos e bolsa de crocodilo, e um chapéu pequeno e discreto. Usava apenas suas pérolas e o anel que Bernardo lhe dera da última vez em que partira de Roma.

– Você está bem, Isabella? – perguntou ele. Estava tão pálida que, por um momento, ele receou que ela desmaiasse nos degraus do tribunal.

– Estou bem.

Ele pegou-a pelo braço. Num instante, o bombardeio começou. Fotógrafos, câmeras de TV, microfones, loucura. Houve uma lembrança de toda aquela época cruel. Ela apertava a mão dele com força e, um momento depois, estavam no interior do tribunal, aguardando numa salinha anexa à sala de audiência do juiz. Ele a deixara disponível só para ela.

Ficaram ali durante o que pareceu a Isabella o mesmo que horas, até que um guarda uniformizado entrou e acenou para ela.

Apoiando-se firmemente em Bernardo, sentindo as pernas bambas, ela o seguiu para a sala do tribunal, desviando os olhos da longa mesa onde se encontravam os acusados, procurando não olhar para eles, não desejando vê-los. Bernardo sentiu-a trêmula quando Isabella sentou-se.

O depoimento das testemunhas foi longo e cansativo: a secretária de Amadeo, o porteiro e, finalmente, dois funcionários da San Gregorio que tinham visto os dois homens entrarem. Foi explicada a história sobre o carro, e Bernardo pôde ver um dos homens demonstrar constrangimento. Em seguida mais depoimentos do investigador, de dois oficiais secundários, e, depois, finalmente, terminou; a corte não voltaria a se reunir depois do almoço. Devido à natureza dolorosa do julgamento e em consideração à viúva do *signore* di San Gregorio, o julgamento seria adiado até a manhã seguinte.

O juiz ordenou aos guardas que retirassem os acusados. Quando se levantaram, prontos para serem levados sob escolta, Bernardo ouviu Isabella respirar fundo.

Eram homens comuns, usando roupas simples, homens que ela nunca vira antes, mas que, de repente, estavam ali, diante dela, os homens que haviam tirado a vida de Amadeo. Isabella empalideceu ainda mais.

– Tudo bem, Isabella, tudo bem – disse ele, sentindo-se impotente para acalmá-la. Ela precisava de algo que mesmo ele não poderia lhe dar. – Venha, vamos embora agora.

Às cegas, ela deixou-se levar. Em um momento, foram cercados outra vez por um tumulto nos degraus da frente do prédio.

– *Signora* di San Gregorio, viu os acusados?... Como eles eram... Lembra-se?... Pode nos contar?... – Alguém arrebatou-lhe o chapéu. Ela corria e chorava, protegida por dois seguranças e Bernardo, até que finalmente alcançaram o carro. Jogou-se nos braços de Bernardo, soluçando por todo o caminho até a Casa. Ele a levou rapidamente para a cobertura e amparou-a até o sofá.

– Quer que chame um médico?

– Não... não... mas não me deixe... – começou ela, no momento em que o telefone tocou. Isabella sentou-se imediatamente, ereta, com uma expressão de terror no olhar. Não conseguiria passar por aquilo outra vez, não aguentaria. – Diga-lhes para não transferirem ligações para cá. – Mas Bernardo já atendera e falava em voz baixa. Ela não conseguia ouvir o que ele dizia. Por fim, ele olhou para ela, sorriu e assentiu. Em seguida, sem maiores explicações, passou-lhe o telefone e deixou a sala.

– Isabella? – A princípio, ela não reconheceu a voz. Depois, seus olhos arregalaram-se.

– Corbett? – Mas não podia ser.

Então a voz respondeu:

– Eu mesmo – acrescentou –, e não desligue. Ou, pelo menos, ainda não.

– Onde você está? – O rosto dela estava impassível; tinha a impressão que ele estava ali com ela, na mesma sala.

– Estou aqui embaixo, Isabella, mas não precisa me ver. Se quiser, vou embora.

– Mas por quê? – E por que agora?

– Vim para roubar a empresa. Lembra-se de mim?

– Sim, lembro de você. Eu... eu lhe devo desculpas... pelo que disse em seu carro. – Ela sorria ao telefone.

– Você não me deve nada. Nem desculpa, nem a empresa, nada. Nada a não ser dez minutos do seu tempo.

Ocorreu-lhe uma ideia então, e ela ficou espantada. Bernardo! Teria pedido a Corbett para vir?

– Veio a Roma para me ver, Corbett?

Ele respondeu:

– Vim. Calculei o que você devia estar passando. Pensei que talvez precisasse de um amigo. – Depois: – Isabella, posso subir?

Um instante depois, ela abria a porta para ele. Não falou. Seus olhos escuros estavam cansados e vazios. Ela estendeu a mão devagar.

– Como vai, Corbett?

Era como no começo. Ele apertou-lhe a mão solenemente e acompanhou-a até a sala.

– Gostaria de uma taça de vinho?

Ela sorria agora ao olhar para ele. Corbett precisou usar todo o seu autocontrole para não tomá-la nos braços. Ele deu uma olhada pelo aposento.

– É seu escritório?

– Não, é um apartamento que mantemos para hóspedes importantes. Em seguida, olhou-o com ar infeliz e sentou-se, a cabeça baixa. – Oh, Corbett, como eu gostaria de não estar aqui. – Ele sentou-se ao lado de Isabella, demonstrando solidariedade.

– Lamento que tenha de passar por isto, mas, pelo menos, os bandidos foram presos. Agora você não vai ficar imaginando o que aconteceu com eles e se um dia voltarão a atacar de novo.

– Acho que sim. Mas pensei que tivesse me livrado disso tudo.

Ele limitou-se a balançar a cabeça. Queria dizer a ela que isso é uma coisa que não se pode fazer de verdade. Não se consegue apagar uma lembrança. Ou negar uma perda irreparável. Pode-se embaçá-la, pode-se remediá-la, pode-se preencher uma lacuna com outra coisa.

– Isabella... – ele parou por um momento – ... posso estar lá com você amanhã?

Ela olhou para ele, horrorizada.

– No julgamento? – Ele confirmou. – Mas por quê? – Então ele estava curioso? Era isso? Ele era igual aos outros? Foi por isso que veio? Olhou-o com desconfiança, e ele pegou em sua mão.

– Quero estar lá com você. Foi por isso que vim.

Desta vez ela concordou, compreendendo, enquanto ele apertava firmemente a mão dela na sua.

29

Na manhã seguinte, ela desceu do carro com um segurança à sua frente e outro atrás, com Corbett de um lado e Bernardo de outro. Juntos, avançaram com dificuldade através da multidão,

Isabella de cabeça baixa, o rosto encoberto pela aba do chapéu preto. Momentos depois, estavam na sala do tribunal e o juiz tinha entrado e chamado Alfredo Paccioli, o joalheiro, para depor no banco das testemunhas.

– E a *signora* di San Gregorio levou para o senhor suas joias? Todas?

– Todas – murmurou Paccioli.

– O que deu a ela em troca? Deu alguma coisa? – O promotor estava pressionando, e novamente Paccioli confirmou.

– Dei a ela todo o dinheiro que tinha no escritório na ocasião. E consegui mais 300 mil dólares com comerciantes conhecidos meus. Também prometi a ela uma quantia igual na semana seguinte.

– E o que ela lhe disse?

Corbett sentiu Isabella enrijecer ao seu lado, e ele voltou-se ligeiramente para observá-la. Seu rosto estava pálido, quase branco.

– Ela disse que não era o suficiente, mas que levaria.

– Ela lhe disse por que precisava do dinheiro?

– Não. – Paccioli parou, incapaz de prosseguir. Quando falou de novo, sua voz era quase um sussurro. – Mas desconfiei. Ela... ela... parecia... destroçada... abalada... assustada... – Ele teve de parar, enquanto as lágrimas inundavam suas faces coradas. Seus olhos encontraram-se com os de Isabella. Ela chorava também.

O juiz anunciou um recesso.

O DEPOIMENTO CONTINUOU de maneira angustiante por mais três dias. Finalmente, na manhã do quinto dia, o juiz olhou para Isabella com uma expressão pesarosa e pediu a ela que ocupasse o banco das testemunhas.

– A senhora é Isabella di San Gregorio?

– Sim. – Sua voz foi um sussurro trêmulo, seus olhos quase maiores do que seu rosto.

– É a viúva de Amadeo di San Gregorio, que foi sequestrado do seu escritório em 17 de setembro e assassinado em... – O promotor apurou a data certa. Forneceu-a, e Isabella, com um gesto de cabeça, confirmou tristemente.

– Sou a viúva, sim.

– Pode nos contar, de maneira ordenada, o que aconteceu naquele dia? A última vez que o viu, o que fez, o que soube?

Passo a passo, ela fez a recapitulação minuciosa: sua chegada à Casa naquela manhã, o assunto que discutiram, o aviso de Bernardo, como Amadeo e ela ficaram perturbados, mas não deram importância ao alerta. Ela olhou rapidamente para Bernardo. Havia lágrimas em seus olhos, e ele olhou em outra direção.

Com angústia, Corbett prestava atenção nos procedimentos, desejando que Isabella tivesse energia para prosseguir. Durante dias, ele ficara observando-a e ouvindo-a, levando-a de volta para a San Gregorio todas as tardes e conversando com ela até a noite. Mas não dissera nada de mais íntimo, nunca a tocara, exceto gentilmente com os olhos. Ele viera a Roma como amigo, sabendo que esses dias seriam os mais dolorosos, que, ao reviver o acontecimento, finalmente ela ficaria livre. Mas sabendo também que esse julgamento poderia abatê-la, que ela poderia não querer nada com ele mesmo se sobrevivesse à provação. De qualquer modo, ele viera, esteve ali com ela, como estava agora, por ela.

– E quando percebeu que seu marido estava atrasado?

– Às... não sei... talvez às sete e meia. – Contou sobre o momento em que fora interrompida por Alessandro. Em seguida, em agonia, continuou explicando que chamou Bernardo, que ficou aguardando, que de repente sentiu medo. E, depois, o telefonema. Começou a descrevê-lo, mas desesperou-se e não pôde continuar. Ficou ofegante por um instante, esforçando-se para obter ar e serenidade, mas, de súbito, as lágrimas caíram pela sua face. – Eles... eles disseram que estavam com... meu marido. – Era uma palavra sufocada pronunciada entre uma arfada e um grito estridente. – ...que eles o matariam... e... me deixaram falar com ele, e Amadeo disse...

Bernardo olhou para o juiz com ar infeliz, mas ele apenas assentiu com a cabeça. Era melhor se ela acabasse com tudo de uma vez. Tinham que prosseguir.

– E então o que a senhora fez?

– Bernardo... o *signore* Franco... chegou. Conversamos. Mais tarde, naquela mesma noite, chamamos a polícia.

– Por que mais tarde? Os sequestradores lhe disseram que não chamasse?

Ela tomou fôlego e continuou:

– Sim, mais tarde. Mas, a princípio tive medo que, se eu chamasse a polícia, minhas contas seriam congeladas e eu não poderia de jeito nenhum obter o dinheiro. E foi o que aconteceu, é claro. – Ela parecia amarga ao dizer isso.

– Foi por essa razão que tentou vender suas joias?

Ela olhou para Paccioli, sentado no fundo da sala, e confirmou. Ele chorava sem discrição.

– Foi. Eu teria feito qualquer coisa... qualquer coisa...

O maxilar de Corbett retesou-se, e ele e Bernardo trocaram um olhar aflito.

– O que aconteceu em seguida? Depois de ter conseguido o dinheiro? Entregou-o aos sequestradores, embora fosse uma quantia menor do que a exigida?

– Não cheguei a entregar. Eu ia fazer isso. Ia contar a eles. Foi na noite de segunda-feira, e eles queriam o dinheiro para a terça-feira. Mas... – Ela recomeçou a tremer. – ... mas eles telefonaram... Estava... estava... – Estampou-se uma expressão de horror em seu rosto, e os olhos procuraram por Corbett e Bernardo. – Não posso! Não posso continuar.

Ninguém se mexeu. O juiz falou gentilmente com ela e insistiu para que terminasse, se pudesse. Ela aguardou um instante, soluçando, enquanto um guarda trazia-lhe um pouco de água. Ela bebeu um pequeno gole e continuou:

– Estava nos jornais que eu fora à loja de Alfredo. Alguém disse a eles. – E, ao pronunciar estas palavras, lembrou-se do rosto da moça. – Os sequestradores então souberam que minhas contas haviam sido congeladas. Que tínhamos chamado a polícia. – Ficou sentada muito ereta e fechou os olhos.

– E o que lhe disseram na vez seguinte que falou com eles?

Ela sussurrou, os olhos fechados:

– Que iam matá-lo.

– Foi só o que disseram?

– Não. – Ela tornou a abrir os olhos, como se estivesse diante de uma visão, como se ela mesma estivesse agora muito longe. As lágrimas corriam-lhe pela face. Ela olhou para o teto. – Disseram que eu poderia... – Sua voz estava sumindo quando tornou a baixar os olhos. – ... me despedir de Amadeo... E... eu me despedi. Ele me disse... ele me disse... para ser corajosa só mais um pouquinho, que tudo ficaria... bem... que ele me amava... eu disse que o amava... e depois...

Sem enxergar, ela encarou a sala do tribunal.

– E então o mataram. Na manhã seguinte, a polícia o encontrou morto.

Enquanto permaneceu ali sentada, ela ficou inerte, relembrando aquele momento, a sensação, e o último som da voz de Amadeo, que parecia desaparecer gradualmente no momento em que a voz dela também sumia. Em silêncio, Isabella olhou para os três acusados do assassinato de Amadeo e, ainda chorando, ela balançou a cabeça. O juiz fez um rápido sinal para Bernardo. A parte de Isabella no julgamento estava terminada. Ele queria que ela fosse retirada.

Compreendendo, Bernardo levantou-se. Corbett o seguia juntamente com o promotor até o banco das testemunhas, onde estenderam a mão para Isabella, que os olhava sem entender.

– Eles o mataram... eles o mataram... Bernardo... – Sua voz foi um pavoroso grito de dor na sala do tribunal. – Ele está morto!

Seu grito chegara à parte externa do tribunal. Enquanto Corbett e Bernardo amparavam Isabella em direção à saída, e os fotógrafos precipitaram-se sala adentro.

– Vamos, Bernardo! – Subitamente Corbett estava em plena ação, envolvendo Isabella em seus braços. – Afastem-se, seus cretinos. – Bernardo e os dois seguranças avançavam com dificuldade através do tumulto. O juiz, aos gritos, exigia ordem e os auxiliares tentavam retirar a imprensa. A sala do tribunal assemelhava-se a um matadouro, e Isabella continuava chorando, enquanto a multidão aturdida os observava.

De algum modo, finalmente conseguiram chegar ao carro de Isabella, as portas se fecharam e os três se comprimiram no banco traseiro enquanto o carro se afastava a toda velocidade e os repórteres continuavam gritando e os cliques das câmeras se sucediam.

Isabella desabou no peito de Corbett.

– Acabou, Isabella. Acabou, querida... acabou. – Ele repetiu muitas vezes que havia acabado, enquanto Bernardo, abalado, os observava. Ele lamentava ter dito a ela para fazer a viagem. Errara, mas os olhos de Corbett não o censuravam, nem mesmo quando chegaram à Casa de San Gregorio e uma nova multidão de repórteres os aguardava.

Bernardo olhava para aquela gente com horror, e Isabella começava a derramar novas lágrimas. Corbett lançou um olhar para a multidão e falou rapidamente com o motorista.

– Não pare aqui. Prossiga. – Olhou para Bernardo. – Vamos levá-la para o meu hotel.

Furioso, Bernardo assentiu com a cabeça, achando que a única coisa sensata que fizera ultimamente foi ter chamado Corbett Ewing, pedindo-lhe que viesse.

Cinco minutos depois, estavam em sua suíte do Hassler, e Isabella fitava-os com expressão arrasada.

– Tudo acabou agora – disse Corbett. – Jamais terá de passar por uma coisa dessas outra vez.

Ela assentiu lentamente, como se fosse uma criança que tivesse acabado de ver sua família morrer num incêndio.

Bernardo olhava-a com ar penalizado.

– Lamento, Bellezza.

Porém ela já estava mais controlada enquanto o observava e inclinava-se para a frente, a fim de beijá-lo no rosto.

– Esqueça. Talvez agora esteja realmente terminado. O que acontecerá àqueles homens?

– Se conseguirem viver tempo suficiente para saírem da sala do tribunal, serão considerados culpados e presumo que sentenciados à prisão perpétua – respondeu Bernardo maldosamente, e Corbett concordou com um gesto de cabeça. Mas, em seguida, levantou-se e dirigiu-se ao telefone. Falou em voz baixa e voltou um instante depois para consultar os outros. – Acho que deveríamos partir para Nova York no próximo voo. Pode ir, Isabella? Ou tem algum trabalho a fazer? – Ela assentiu, meio entorpecida, e ergueu os olhos para ele.

– E as minhas coisas?

Mas Bernardo já estava de pé.

– Vou buscá-las.

Corbett assentiu com a cabeça.

– Ótimo. Você pode se encontrar conosco no aeroporto em uma hora? – Bernardo respondeu concordando e olhou para Isabella.

– Está tudo bem com você?

– O julgamento já terminou? – Ambos confirmaram. O depoimento principal fora dado e nunca houve dúvidas quanto ao resultado. Foi um crime capital. Os homens que levaram Amadeo e o mataram seriam punidos.

– Terminou, Isabella. Pode ir para casa agora.

Casa. Bernardo referia-se a Nova York como sua casa. Pela primeira vez, ela percebeu que era mesmo. Ela não pertencia mais a Roma. Não pertencia mais, depois do dia de hoje, depois desta semana, depois do que acontecera. Seus olhos procuraram os de Corbett, após Bernardo deixá-los e ele trancar a porta. Ela ficou observando-o enquanto ele fechava sua mala, e depois veio sentar-se por um instante ao lado dela.

– Obrigada por estar aqui. Eu... foi tão horrível... pensei que fosse morrer. O que me deu forças para prosseguir foi saber que eu tinha de contar a história, precisava ir até o fim, deixar sair tudo. – Olhou para ele de novo. – E eu sabia que daria conta de tudo contanto que você estivesse ali. – Em seguida, ela precisou perguntar. – Foi Natasha quem o mandou?

Mas ele balançou a cabeça devagar. Não esconderia mais nada.

– Bernardo me chamou.

– Bernardo? – Ela parecia chocada. – *Capisco*.

– Está zangada?

Sua voz soou muito gentil quando sorriu para ele.

– Não.

Desta vez, ele também sorriu. Olhou-a por um longo momento, sentando-se bem perto dela no sofá.

– Há certas coisas sobre as quais precisamos conversar, mas, neste exato momento, vamos para o aeroporto pegar nosso avião. Está com seu passaporte? Se Bernardo se desencontrar de nós, poderá mandar sua bagagem no próximo voo.

– Meu passaporte está na bolsa.

– Então vamos. – Estendeu-lhe a mão, e ambos se levantaram. A limusine já os aguardava. Não havia nenhum *paparazzo*. Não tinham nenhum interesse por Corbett Ewing, hospedado no Hassler. Estavam ocupados demais na San Gregorio.

Uma hora mais tarde, Bernardo foi encontrá-los no aeroporto, cinco minutos antes de pegarem o avião. Isabella agarrou-se fortemente a ele por um último momento.

– *Grazzie, Nardo*, obrigada. – Ele também abraçou-a estreitamente por um instante, em seguida empurrou-a para o avião.

– Vejo você em março! – Foram suas últimas palavras, enquanto Corbett acenava-lhe e eles embarcavam.

Quando Roma ficou pequenina lá embaixo, Corbett observava a cidade em silêncio pela janela, por cima da asa da aeronave. Finalmente, ela virou-se e colocou sua mão sobre a dele. Mas ele não podia esperar mais. Encarou-a com uma expressão preocupada nos olhos.

– É muito cedo para lhe dizer que amo você? – Sua voz era apenas um sussurro que mal chegava aos ouvidos dela.

Enquanto o olhava, Isabella esboçou um sorriso que foi se espalhando lentamente até seus olhos.

– Não, querido, nunca foi cedo demais. – Trocaram um beijo longo e ávido enquanto a comissária esperava para servir-lhes champanhe. Ela derramou o espumante nas taças e Isabella, apanhando a sua, lançou um olhar longo e penetrante para Corbett. Então, suavemente, sussurrou enquanto erguia sua taça: – Para sempre, meu amor... para sempre, enquanto dure.

fim